Hun er vred

Maja Lee Langvad

HUN ER VRED

by Maja Lee Langvad

HUN ER VRED

그 여자는 화가 난다

Et vidnesbyrd om transnational adoption

국가 간 입양에 관한 고백

마야 리 랑그바드 지음
손화수 옮김

일러두기

1 : 이 책은 아래의 원서를 한국어로 완역한 것이다.
Maja Lee Langvad, HUN ER VRED(Forlaget Gladiator, 2014)
2 : 본문의 주는 모두 옮긴이의 주이다.
3 : 인용한 부분은 원서에 따라 ' ' 로 일괄 표시했다.
4 : 보다 정밀한 완역을 행하고자 덴마크 현지에서 활동하는 시각예술가 Jeuno JE Kim의 도움을 받았다.

⋮

차례

: 감사의 말

당신들의 이야기를 쓸 수 있어 감사합니다.

당신들의 지식과 경험을 나눌 수 있어 감사합니다.

크리스티나 니아 글라피, 한분영, 토비아스 휘비네테, 한스 오토 외르겐센, 곽소민, 헨릭 쇼베르, 리세 랑그바드, 메테 뫼스트룹, 레네 명, 야콥 기 닐센, 김 수 라스무센/서길승, 야콥 산바드, 김 스토케르, 사라 카트리네 티에센, 그리고 유지영님께 감사드립니다.

: 한국어판에 부쳐

독자 여러분. 『그 여자는 화가 난다』의 한국어 출간을 앞두고 오랫동안 꿈꾸었던 일이 이루어졌다는 생각을 해봅니다. 이 책이 덴마크어로 출간되었던 2014년 이후, 줄곧 저는 여러분과 이를 나눌 수 있기를 고대해왔습니다. 제가 서울에서 살 때 쓰기 시작한 글이고, 또 국가 간 입양을 통해 본 한국 사회를 담아낸 글이기도 해서였습니다.

저는 처음부터 이 책을 한국의 독자들을 위해 썼습니다. 그렇기에 『그 여자는 화가 난다』가 한국어로 출간된다는 사실은 제게 참으로 중요한 사건입니다. 바로 '당신'을 생각하며 쓴 책이기 때문입니다. 이 책으로 의미 있고 즐거운 시간을 보내길 바랍니다.

2022년 7월

마야 리 랑그바드

: 서문

이 책은 제가 서울에 머물렀던 2007~2010년의 시간을 바탕으로 썼습니다. 당시 저는 사회운동가, 예술가, 학자들로 이루어진 입양인들과 교류했습니다. 내용과 관련된 상황과 인명, 성별, 국적은 대부분 바꾸어 기재했습니다. 그들의 대화와 과거의 경험을 토대로 한 이야기는 사실과 조금 다를 수도 있습니다.

: **인명 갤러리**

입양인

앨리슨: 한국 출생, 미국으로 입양

앤드류: 한국 출생, 미국으로 입양

비외른: 한국 출생, 덴마크로 입양

도미니크: 한국 출생, 벨기에로 입양

그레이스: 한국 출생, 미국으로 입양

행크: 한국 출생, 네덜란드로 입양

헨릭 리: 한국 출생, 덴마크로 입양

현주: 한국 출생, 미국으로 입양

잉빌: 한국 출생, 노르웨이로 입양

정준: 한국 출생, 스웨덴으로 입양

로랑: 한국 출생, 프랑스로 입양

로렌조: 한국 출생, 이탈리아로 입양

멜리사: 한국 출생, 미국으로 입양

메테: 한국 출생, 덴마크로 입양

마이크: 한국 출생, 미국으로 입양

모르텐: 한국 출생, 덴마크로 입양

나영: 한국 출생, 덴마크로 입양

니콜라이: 한국 출생, 덴마크로 입양

페르닐레: 한국 출생, 덴마크로 입양

리케: 한국 출생, 덴마크로 입양

스콧: 한국 출생, 미국으로 입양

세브린: 한국 출생, 프랑스로 입양

스베인: 한국 출생, 노르웨이로 입양

테드: 한국 출생, 미국으로 입양

울리카: 한국 출생, 스웨덴으로 입양

오케: 한국 출생, 스웨덴으로 입양

홀로 자녀를 키웠던 여자들

은진

현아

지혜

진경

소민

수진

자녀를 입양 보냈던 여자들

지영

미라

미숙

나래

통역사

경희

친가족

어머니

아버지

첫째언니

둘째언니

셋째언니

막내언니

언니들의 남편들

조카들

할머니

할아버지

아버지의 사촌

양가족

어머니

아버지

비베케: 양부의 아내

로라: 양부와 비베케 사이의 딸

요나스: 양부와 비베케 사이의 아들

조카들

외할머니

할머니

할아버지

연인

아스트리

데이트 상대

혜진

지나

예나

유미

친구들

헬레네

이다와 비야르케

이바나

미정

미켈

지인들

인호

정민

기영

메리

세호

소라

쇠스와 크리스토퍼

그 외

안나: 학교 친구

아우구스트: 이다와 비야르케 부부 친구의 아들

도현: 소민의 아들

한박사: 의사

정박사: 한의사

러셀 박사: 의사

미세스 박: 사회복지사

미스터 김: 자녀를 입양 보낸 아버지

현수: 멜리사의 오빠

기요미: 아스트리의 전 애인

마리안네: 양모의 친구

프레벤 홀스트: 양모 직장 동료의 남동생 또는 오빠

사무엘: 학교 친구

상준: 나래의 애인

샤론: 현주의 애인

트로엘스: 학교 친구

여자는 자신이 수입품이었기에 화가 난다.

여자는 자신이 수출품이었기에 화가 난다.

여자는 어린이를 입양 보내는 국가는 물론 입양기관도 국가 간 입양을 통해 돈벌이를 한다는 사실에 화가 난다.

여자는 『내부의 이방인—국가 간 입양에 관한 보고서』[1]를 읽은 후, 한국이 국가 간 입양을 통해 연간 1천5백만 달러를 벌어들인다는 것을 깨닫고 화가 난다.

여자는 입양기관이 아이들을 해외로 보내는 일을 우선적으로 한다는 사실에 화가 난다. 물론 어려움에 처한 아이들을 도와야 하는 것은 당연하다. 하지만 그들이 입양 보낼 아이들을 먼저 찾아나선다는 사실은 참을 수가 없다. 어려움에 처한 아이들을 돕기 위해서는 아이들을 태생적 문화와 부모에게서 무작정 분리하기보다 그 부모와 가정을 도울 수 있는 일이 무엇인지 먼저 찾아보아야 한다.

여자는 미국 입양기관인 국제홀트아동복지회에서 북한을 비롯해 아이들을 모집할 수 있는 새로운 시장을 찾고 있다는 소문에 화가 난다. 국제홀트아동복지회는 그간 불가리아, 중국, 에티오피아, 과테말라, 아이티, 인도, 한국, 필리핀, 루마니아, 태국, 우간다, 우크라이나, 미국, 베트남 등지에서 입양할 아이들을 물색했다. 만약 북한 사회가 무너진다면 북한도 여기에 포함될 것이다. 국제홀트아동복지회가 북한 사회의 붕괴를 바라는 것은 그리 놀랄 일이 아니다. 그들은 북한을 거대하고 새로운 시장의 하나로 생각하니까.[2]

여자는 오늘날 '아이들을 위해 부모를 찾아주는 일'보다 '부모들을 위해 아이를 찾아주는 일'이 더 우선된다는 사실에 화가 난다. 바로 그 때문에 소위 '어린이 수집가'라는 말도 생겨나지 않았던가. 입양을 원하는 부모들이 입양을 보내려는 부모들보다 훨씬 많지 않았더라면, 입양기관이 어려운 환경에 있는 부모들에게 아이를 달라고 설득하기 위해 큰돈을 쓸 필요도 없었을 것이다.

여자는 입양 보내기를 원하는 부모보다 입양을 받아들이기를 원하는 부모들이 더 많다는 사실에 화가 난다.

여자는 아이를 가질 수 없는 여자들이 있다는 사실에 화가 난다.

여자는 아이를 가질 수 없는 남자들이 있다는 사실에 화가 난다.

여자는 이다와 비야르케가 아이를 가질 수 없기에 화가 난다.

여자는 입양부모의 자격을 갖추기 위해 노력하는 이다와 비야르케에게 화가 난다. 여자는 이다에게 화가 난다. 이다는 국가 간 입양에 관한 여자의 의견을 한 귀로 듣고 한 귀로 흘려버렸던 것일까? 여자가 『인포메이션』지에 기고했던 글[3]을 보지 않았던 것일까? 여자는 이다와 비야르케가 여자의 기고문을 읽었던 것을 너무나 잘 알고 있다. 그럼에도 여자의 글은 이다와 비야르케에게 아무런 영향도 미치지 못했다.

여자는 자신의 기고문이 이다와 비야르케의 생각을 바꿀 수 있다고 믿었던 자기 자신에게 화가 난다.

여자는 이다와 비야르케의 결정을 받아들이지 못하는 자기 자신에게 화가 난다. 여자가 그들의 결정에 동의하든 못하든 그것은 그들*의* 결정이다. 여자는 받아들일 수밖에 없다. 여자는 그들의 결정을 인정해주기를 바라는 이다와 비야르케에게 화가 난다. 그들은 에티오피아에서 아이를 입양했던 또다른 부부에 관해 이야기했다. 영양실조에 걸린 채 입양되었던 아우구스트는 이제 그 나이대의 평균 체중을 유지한다고 했다.

여자는 이다와 비야르케가 아이들이 아프리카의 고아원에서 자라는 것보다 덴마크의 입양가정에서 자라는 것이 훨씬 좋지 않냐며 백열일곱 번이나 물어봤다는 사실에 화가 난다.

여자는 이다와 비야르케의 태도에 화가 난다. 그들은 국가 간 입양이라는 방법을 거치지 않으면 아이들이 고아원에서 자랄 수밖에 없다는 듯 말한다.

여자는 이다와 비야르케가 자신들이 서구의 백인이라는 점에 전혀 비판적이지 않다는 사실에 화가 난다. 여자는 솔직히 그들이 단 한 번이라도 세상의 어린이들에 집중하기보다는 스스로의 내면에 시선을 돌려보기를 바란다. 도대체 무엇이 그들에게 아이들을 입양할 수 있는 특권을 주었던가? 진정 그들에게 이 특권을 남용할 수 있는 권리가 있단 말인가? 여자는 그들이 이런 질문을 한 번이라도 생각해보기를 바랐다.

여자는 이다와 비야르케에게 화가 난다. 여자는 페이스북 친구 목록에서 그들을 삭제할까 생각도 해보았다. 여자를 분노케 하는 이들과 굳이 친구가 되어야 할 이유는 없다.

여자는 이다와 비야르케에게 분노하는 자기 자신에게 화가 난다. 여자는 그들 부부가 불임치료를 몇 번이나 받아왔는지 정확히 알지 못하기에 화가 난다. 아마도 그들 부부는 적어도 스무 번 이상은 치료를 받아왔을 것이다. 치료를 받기 위해 쏟아부었던 돈도 적지 않을 것이다. 그들은 산업화가 되어버린 국가 간 입양 대신, 친부모가 아이를 직접 기를 수 있도록 도와주는 방법도 있다는 말에는 귀를 기울이지 않는다.

여자는 불임치료를 받은 후에도 임신을 하지 못하는 여자들의 자살률이 그렇지 않은 여자들보다 두 배나 높다는 사실에 화가 난다. 이 사실은 인터넷 기사[4]를 통해 이미 확인해보았다.

여자는 이다가 불임치료 후 임신 가능한 여자들보다 자살할 확률이 두 배나 높다는 사실에 화가 난다.

여자는 이다가 다녔던 비도브레병원의 불임치료센터에서 국가 간 입양을 권했다는 사실에 화가 난다.

여자는 정부기관에서 일하는 의사가 불임치료보다 국가 간 입양을 권장한다는 사실에 화가 난다.

여자는 아이를 가질 수 없는 부부들에게 국가 간 입양이 일종의 치료법으로 통한다는 사실에 화가 난다.

여자는 이다와 비야르케가 방문했던 사립 불임치료센터에 국가 간 입양 광고지가 산더미처럼 쌓여 있었다는 사실에 화가 난다.

여자는 불임치료를 받는 도중에도 얼마든지 국가 간 입양 신청을 할 수 있다는 사실에 화가 난다.

여자는 아이를 가질 수 없는 슬픔에 적응하지 못하는 이다와 비야르케에게 화가 난다. 그 슬픔은 아이를 입양한다 해도 사라지는 것이 아니다. 심리학자 조 솔은 그의 저서에서[5] 불임부부는 입양 절차를 밟기 전에 아이를 가질 수 없는 고통과 슬픔에서 벗어날 수 있도록 마음을 다스려야 한다고 말했다.

여자는 아이를 가질 수 없는 여자를 진정한 '여자'로 취급하지 않는 일반적 사고에 화가 난다.

여자는 아이를 가질 수 없는 남자를 진정한 '남자'로 취급하지 않는 일반적 사고에 화가 난다.

여자는 이다와 비야르케가 아이를 가지려고 너무나 오랫동안 노력해왔다는 사실에 화가 난다. 38~39살은 첫아이를 가지기에 결코 적은 나이가 아니다. 나이가 많을수록 임신 가능성도 적어진다. 여자는 여자의 나이가 35살에 이르면 임신 가능성이 현저하게 줄어든다는 것을 들은 적이 있다.

여자는 여자의 임신 가능성이 35살 이후에 현저히 줄어든다는 사실에 화가 난다.

여자는 아이를 꼭 가져야 한다고 생각하는 이다와 비야르케에게 화가 난다.

여자는 아이를 꼭 가져야 한다고 생각하는 자기 자신에게 화가 난다.

여자는 아이와 함께 가족을 이루고 싶어하는 자기 자신에게 화가 난다.

여자는 아이와 함께 가족을 이루고 싶어하는 이다와 비야르케에게 화가 난다.

여자는 아이와 함께 이루는 가족을 선호하는 일반적 사고에 화가 난다.

여자는 이다와 비야르케가 아이와 함께 가족을 이루고 싶어 국가 간 입양 신청을 했다고 믿는 자기 자신에게 화가 난다. 아이를 가지려는 그들의 노력은 인간의 본능일 수도 있다. 신체의 생물학적 시계는 자꾸만 흐르는데 아이를 가질 수 없다는 사실을 알게 되면 무엇을 해야 할까? 그것이 아니라면 스스로 어린이의 세상에서 벗어나 어른의 세상으로 발을 디뎌 더 큰 차원의 삶을 영위할 필요를 느끼기 때문일지도 모른다. 이다와 비야르케가 아이를 입양하고 부모가 되고 싶어하는 것도 그 때문일 것이다. 이 세상 그 누가 다 큰 어른이 되어서도 아이처럼 살고 싶어 할까? 적어도 여자는 그것을 원하지 않는다.

여자는 아이어른으로 평생을 살게 될까봐 화가 난다.

여자는 입양된 아이어른으로 평생을 살게 될까봐 화가 난다.

여자는 28살이 된 후에도 입양아로 불리는 것에 화가 난다. 한국에서는 입양아가 성인이 되면 '입양인'[6]으로 불리지만, 덴마크에서는 여전히 입양아로 불린다. 딱 한 번 신문기자가 '입양인'으로 기사를 쓴 적을 제외하고선, 덴마크의 미디어에는 '입양아'[7]가 주를 이룬다.

여자는 동성애자의 입양권을 주제로 한 『인포메이션』지의 인터뷰 기사[8]에서 자신이 '한국 입양의 한 사례'로 취급되었다는 사실에 화가 난다.

여자는 동성애자의 입양할 권리에 관해 덴마크에서 열띤 토론이 진행중이라는 사실에 화가 난다.

여자는 *권리*라는 단어가 쓰였다는 사실 자체에 화가 난다.

여자는 친부모가 자식을 키울 수 있는 권리를 간과하는 사회에 화가 난다.

여자는 아이들이 친부모와 함께 자랄 수 있는 권리를 간과하는 사회에 화가 난다.

여자는 서구권에서 입양가정의 수가 늘어남에 따라 자식을 입양 보내는 타대륙 가정의 수도 함께 늘어난다며 자신들에게도 입양권을 달라고 정부에 호소하는 동성애자 연합에 화가 난다.

여자는 덴마크의 동성애자들에게 입양할 권리가 없다는 사실에 화가 난다.

여자는 덴마크의 이성애자들만이 입양권을 가지고 있다는 사실에 화가 난다.

여자는 이다와 비야르케에게 아이를 입양할 수 있는 권리가 있다는 사실에 화가 난다.

여자는 자신들에게 입양권이 있다고 주장하는 이다와 비야르케에게 화가 난다.

여자는 자신들도 아이를 가질 권리가 있다고 주장하는 이다와 비야르케에게 화가 난다.

여자는 자신들을 위해 아이를 낳아줄 대리모로 인도 여자를 고용할지 고민하는 이다와 비야르케에게 화가 난다. 여자는 최근 인도의 대리모 산업에 관한 강연에서 이오츠나 굽타 교수[9]가 이를 '자본주의의 자궁'이라 표현한 것을 기억한다. 여자는 이러한 국제적 추세를 비판하는 굽타 교수의 강의를 들으며, 그것이 국가 간 입양과 얼마나 많은 유사점을 지니고 있는지 생각해보지 않을 수 없었다.

여자는 국가 간 입양 단체와 국제 불임 산업계가 서로 상부상조하는 관계에 있다는 사실에 화가 난다. 친부모들은 자식을 입양 보내면서 코앞에 닥친 문제를 해결할 수 있을지 모르나, 세월이 흐르면서 심각한 정신적 장애를 겪는 경우가 많다.

여자는 자신의 친모가 딸을 한국사회봉사회 소속 고아원에 맡길 당시 이후 겪을 수 있는 후속적 심리 불안에 관해 아무런 정보도 얻지 못했다는 사실에 화가 난다.

여자는 자신에게 입양 사실을 속이고 고아원 앞의 다리 밑에서 주워왔다고 거짓말했던 덴마크의 외할머니에게 화가 난다.

여자는 고아원에 자신을 맡겼던 어머니에게 화가 난다. 26년이 지난 후 한국사회봉사회 건물에서 만난 친모는 딸을 고아원에 맡기고 발길을 돌리던 순간, 자신과 고아원 사이에 거대한 장벽이 솟아오르는 것 같은 느낌이 들었다고 했다.

여자는 고아원에 자신을 맡기고 발길을 돌렸던 어머니에게 화가 난다. 여자의 어머니는 그곳에서 발길을 돌리지 않았어야 했다. 자식을 두고 떠나지 말았어야 했다.

여자는 고아원에 딸을 맡기고 발길을 돌린 어머니를 원망하는 자기 자신에게 화가 난다. 친모의 울음 섞인 목소리와 후회 가득한 말을 얼마나 많이 들었던가. 그럼에도 여자는 여전히 어머니를 책망한다. 마치 어머니가 후회하는 모습만으로는 성에 차지 않는듯. 당시 어머니는 여자를 고아원에 맡기는 것이 최선이라고 생각했을 것이다. 여자는 어머니가 후회하는 모습을 한국사회봉사회에서 처음 만났을 때 보았다. 친모는 딸을 고아원에 맡겨야 했던 이유를 설명하는 도중에도 눈물을 흘리고 절규했다. 적어도 여자의 귀에는 어머니가 여자를 고아원에 맡겨야만 했던 이유를 설명하는 것처럼 들렸다.

여자는 이 세상에 고아원이 존재한다는 사실에 화가 난다.

여자는 여전히 고아원이 존재한다는 사실에 화가 난다.

여자는 고아원이 한국사회봉사회 산하에 있다는 사실에 화가 난다.

여자는 입양기관이 고아원을 운영할 수 있도록 허가해준 한국 정부에 화가 난다.

여자는 입양기관이 미혼모 복지시설을 운영할 수 있도록 허가해준 한국 정부에 화가 난다.

여자는 입양기관이 운영하는 미혼모 복지시설에 거주하는 여자들이 그렇지 않은 시설에 거주하는 여자들보다 아이를 입양시키는 비율이 훨씬 높다는 사실에 화가 난다.[10] 리케는 바로 그 때문에 아기농사라는 신조어가 생겨났다고 말한다.

여자는 입양기관이 운영하는 미혼모시설에서는 10대의 미혼모를 더욱 선호한다는 리케의 말을 듣고 화가 난다. 리케는 20대 또는 30대의 미혼모보다는 10대의 미혼모에게 입양을 권유하는 것이 훨씬 쉽기 때문이라고 말했다.

여자는 입양기관의 직원들이 미혼모들에게 입양을 권한다는 사실에 화가 난다. 미혼모들의 자문 역할을 하는 사람이라면 중립적인 태도를 지녀야 한다.

여자는 친모가 입양 서류에 서명할 때 조언한 사람이 중립적이고 객관적인 위치의 사람이 아니라는 사실에 화가 난다. 친모는 입양 서류에 무엇이 적혀 있는지 알고서 서명을 했던 것일까? 친모는 글을 읽을 줄도 쓸 줄도 모르는 사람이다. 자문위원이 친모를 위해 입양 서류의 내용을 큰 소리로 읽어주었을지도 모른다. 하지만 친모가 그 내용을 모두 이해할 수 있었을까?

여자는 친모가 글을 읽을 줄도 쓸 줄도 모르는 문맹이라는 사실에 화가 난다.

여자는 친모가 교육의 기회를 얻지 못했다는 사실에 화가 난다.

여자는 친부가 교육의 기회를 얻지 못했다는 사실에 화가 난다.

여자는 교육을 받는다는 것이 특혜로 간주되는 사실에 화가 난다.

여자는 양부모가 친부모보다 훨씬 많은 특혜 속에서 살아왔다는 사실에 화가 난다. 친부는 생계를 위해 돈을 벌어야 했기 때문에 교육의 기회를 포기해야만 했다. 양모는 얼마 전 석사과정을 마치고 박사과정을 시작했다.

여자는 자신의 분노를 양모에게 표출하는 스스로에게 화가 난다. 친부가 교육을 받지 못했던 것은 결코 양모의 잘못이 아니다.

여자는 양모와 친부모를 비교하는 자신에게 화가 난다.

여자는 친부모가 토요일과 일요일을 포함해 매일 17시간이나 일해야 한다는 사실에 화가 난다.

여자는 친부모가 1년 중 5일밖에 휴가를 얻지 못한다는 사실에 화가 난다.

여자는 덴마크 노후연금제도에 의해 은퇴 시기가 2년 늦어진다고 불평하는 덴마크인들에게 화가 난다.

여자는 이처럼 생각하는 자기 자신에게 화가 난다. 그것은 음식 투정을 하는 아이들에게 너무나 가난해서 음식을 먹고 싶어도 먹을 수 없는 아프리카 아이들을 떠올려보라고 말하는 부모들과 다르지 않다.

여자는 친부모가 너무나 가난해서 하루에 한 끼를 해결하기도 어려웠다는 사실에 화가 난다.

여자는 한국에는 친부모와 같은 이들을 위한 노후연금제도가 없다는 사실에 화가 난다.

여자는 양모가 친부모보다 일은 훨씬 적게 하지만 돈은 훨씬 많이 번다는 사실에 화가 난다.

여자는 자신이 친부모보다 훨씬 나은 삶을 살아왔다는 사실에 화가 난다. 비록 여자가 직접 입양되기를 선택한 건 아니지만, 친부모보다 나은 삶을 살아왔다는 사실에 가책을 느끼는 것은 사실이다. 여자는 입양인들이 친부모보다 더 나은 삶을 살았다는 이유로 얻는 죄책감은 타국으로 이주해 사는 난민이 갖는 감정과 비슷하다고 말했던 한 심리학자의 말을 기억한다. 타국으로 이주해 더 나은 삶을 살게 된 난민들은 고국에 남아 있는 사람들에게 일종의 가책을 느끼기 마련이다.

여자는 친부모에 대한 죄책감을 느끼는 스스로에게 화가 난다.

여자는 가끔 남산공원 옆의 그랜드 하얏트 호텔에서 한 잔에

80크로네나 하는 차를 마시는 스스로에게 화가 난다.

여자는 그랜드 하얏트 호텔이 존재한다는 사실에 화가 난다.

여자는 세상에 부유한 사람들이 존재한다는 사실에 화가 난다.

여자는 세상에 가난한 사람들이 존재한다는 사실에 화가 난다.

여자는 자신의 가족들이 가난하다는 사실에 화가 난다.

여자는 자신의 가족들이 부유하다는 사실에 화가 난다.

여자는 세상에 화가 난다.

여자는 한국에 화가 난다.

여자는 한국의 빈부격차가 크다는 사실에 화가 난다. 여자는 덴마크보다 한국의 빈부격차가 훨씬 크다고 미정에게 말한다. 덴마크에는 한국적 기준의 부와 가난이 존재하지 않는다.

여자는 한국의 최저임금이 시간당 4천 원[11]이라고 말하는 미정의 말에 화가 난다. 4천 원은 덴마크 돈으로 20크로네에 불과하다. 미정은 한국에서 최저임금을 받고 일하는 사람들은 생계를 꾸려가기 위해 갖가지 일을 닥치는 대로 해야 한다고 말한다. 시간당 4천 원으로 생계를 꾸려갈 수 있는 사람은 아무도 없다.

여자는 미정이 급여의 15퍼센트를 세금으로 낸다는 사실에 화가 난다. 바로 그 때문에 한국의 부모들이 자식의 대학 학비와 사립학원 비용을 부담한다는 사실이 그리 놀랍지 않다. 미정은 대부분의 한국 부모들이 자식을 한 명만 낳는다고 말한다. 그들은 두 명 이상 자녀의 대학 등록금과 학원비를 부담할 수 있는 경제적 여력이 없기 때문이다.

여자는 한국에서 좋은 대학에 가려면 사립학원에 다녀야 한다는 사실에 화가 난다. 원칙적으로는 사립학원에 다니지 않고서도 좋은 대학에 갈 수 있다. 하지만 사립학원에 다닌 학생들이 일반적으로 더 좋은 대학에 가는 것이 사실이다.

여자는 민영화된 한국의 교육 시스템에 화가 난다.

여자는 민영화된 한국의 사회 시스템에 화가 난다. 여자는 민영화에 반대하진 않지만, 여자의 외할머니가 항상 말했듯 모든 일은 정도껏 해야 한다고 생각한다. 어쩌면 덴마크의 삶과 사고방식은 한국 사회와 맞지 않을지도 모른다.

여자는 한국인의 사고방식에 화가 난다. 여자는 한국인 부부가 입양자녀에게 자신들과 비슷한 외모를 가질 수 있도록 성형수술을 시켰다고 전해주는 세호의 말에 화가 난다. 친자식이 아니라는 사실을 아무도 눈치채지 못하게 하기 위해서라고 세호는 덧붙였다. 여자는 매우 이상하다고 생각하지만, 성형수술이 대중화된 한국이라면 가능할지도 모른다고 생각한다.

여자는 성형수술이 대중화된 한국 사회에 화가 난다. 여자는 성형수술에 전적으로 반대하진 않지만, 양부모와 비슷한 외모를 가질 수 있도록 입양자녀에게 성형수술을 시키는 것은 비윤리적이라고 생각한다.

여자는 한국에서는 서구식 미의 기준에 맞추어 쌍꺼풀 수술을 하는 것이 대중화되어 있다는 사실에 화가 난다. 쌍꺼풀 수술을 하지 않은 배우는 거의 없다는 사실에 놀랍기만 하다. 여자는 쌍꺼풀 수술을 하지 않아 일자리를 잃을 뻔한 배우들이 많다는 이야기도 들었다.

여자는 한국 사회를 지배하는 미의 기준이 서구식, 더 정확하게 말해 서구 백인의 외모라는 사실에 화가 난다. 여자는 서구 백인 사회에서 자랐지만 한국에서도 서구 백인 사회의 기준을 따를 생각은 없다.

여자는 서구 백인의 외모가 미의 기준이 되는 사회에서 자랐다는 사실에 화가 난다.

여자는 대다수의 패션 잡지 모델이 백인인 문화 속에서 자랐다는 사실에 화가 난다.

여자는 대다수의 영화 속 배우가 백인인 문화 속에서 자랐다는 사실에 화가 난다.

여자는 동양인이라곤 오노 요코와 브루스 리밖에 모르는 사회에서 자랐다는 사실에 화가 난다.

여자는 동양인 롤모델을 만나지 못한 채 자랐다는 사실에 화가 난다.

여자는 자신의 동양적 외모를 돌아볼 기회를 얻지 못한 채 자랐다는 사실에 화가 난다. 바로 그 때문에, 여자는 한국의 찜질방에서 몇 시간이나 다른 여자들을 우두커니 바라보았다. 젖가슴, 배, 골반, 엉덩이, 허벅지, 발, 발가락, 피부색. 모두 찬찬히 살펴보아야만 했다.

여자는 학교에서 한국 역사를 배우지 못했기에 화가 난다.

여자는 한국의 문화, 언어, 역사 등에 관해 소개해주지 않은 양모에게 화가 난다.

여자는 한국의 문화, 언어, 역사 등에 관해 소개해주지 않은 양모를 책망했던 자기 자신에게 화가 난다.

여자는 양육과 주변 환경만이 아이의 행복에 영향을 준다고 믿었던 양모와 같은 세대의 사람들에게 화가 난다.

여자는 양육과 주변 환경만이 아이의 행복에 영향을 준다고 믿었던 양모에게 화가 난다.

여자는 누군가의 친혈육이라는 사실에 화가 난다.

여자는 어렸을 때 코리아클럽에 보내주지 않았던 양모에게 화가 난다. 양모는 코리아클럽에서 한국 문화를 다루는 방식이 잘못되었다고 생각했을지도 모른다. 하지만 여자는 중요한 것은 그게 아니라 그곳에서 다른 한국계 입양인들을 만나는 것이라 생각한다.

여자는 양모의 말처럼 한국 문화를 숭배하기까지 했던 코리아클럽에 화가 난다. 그들은 진정한 한국 문화보다는 서구인의 눈으로 본 한국 문화를 다루었기 때문이다. 앤드류의 말에 따르면, 코리아클럽은 미국의 문화 캠프와 다르지 않다고 했다. 문화 캠프는 입양아들이 조국의 문화와 전통, 사회적 관습을 배우고 익히는 통로라고 한다. 앤드류는 중국 입양아들의 캠프에서 자원봉사자로 일한 적이 있다. 그의 눈에는 캠프가 진정으로 중국에 관심을 가지고 이해하기 위해 노력하기보다는 물질적이고 이국적인 시각으로 중국이라는 나라를 다루는 듯 보였다고 했다.

여자는 입양자녀들의 조국을 이국적으로 미화시키는 양부모들에게 화가 난다.

여자는 입양자녀들에게 그들의 조국에서 수입한 옷을 입히는 양부모들에게 화가 난다.

여자는 입양자녀들의 나라에서 수입한 물건들로 집안을 장식하는 양부모들에게 화가 난다.

여자는 입양자녀들에게 조국에 관해 관심을 가지라며 등을 떠미는 양부모들에게 화가 난다.

여자는 입양자녀들에게 친부모를 찾아보라고 권하는 양부모들에게 화가 난다.

여자는 입양자녀들이 친부모를 찾는 데 반대하는 양부모들에게 화가 난다.

여자는 양부모를 생각해 친부모를 찾지 않는 입양자녀들에게 화가 난다.

여자는 양부모를 생각해 친부모를 찾지 않는 세브린에게 화가 난다.

여자는 친부모를 찾을 경우 자신들이 뒷전으로 밀릴까봐 두려워하는 세브린의 양부모에게 화가 난다. 세브린은 특히 양모가 친부모를 일종의 위협으로 생각한다고 말했다. 세브린은 친부모를 만나고 싶은 건 양부모와의 관계가 어떠한지와는 전혀 상관이 없다고 덧붙이며, 단지 자신이 어떻게 세상에 나왔는지 알고 싶기에 친부모와 만날 수 있기를 바란다고 말했다.

여자는 세상에 어떻게 나왔는지 모르는 세브린에게 화가 난다.

여자는 세상에 어떻게 나왔는지 모르는 메테에게 화가 난다.

여자는 메테가 어렸을 때부터 친부모를 찾고 싶었으나 양부모의 반대에 부딪혔다는 사실에 화가 난다. 메테는 이미 8살 때 친부모를 만나고 싶어했지만, 여자의 양부모는 성인이 될 때까지 기다리라고 말했다.

여자는 메테의 양부모가 메테에게 성인이 될 때까지 기다리라고 말했다는 사실에 화가 난다. 조 솔은 입양아들이 친부모를 만나기에 가장 좋은 나이는 6살에서 8살 사이라고 했다. 그는 『입양 치유』라는 책에서 시간이 흐르면 흐를수록, 입양아들이 느끼는 고통은 더욱 커진다고 했다. 그는 입양아들이 친부모를 만나는 데 이르다고 말할 수 있는 시기는 없다고 덧붙였다. 아이들은 말로 표현하지 못하는 어린 나이에도 항상 친부모에 관해 알고 싶어하기 때문이다.

여자는 한국계 입양인들이 18살 이전에는 양부모의 동의 없이 친부모를 찾아나설 수 없다는 사실에 화가 난다.[12]

여자는 모든 입양인이 당연히 친부모를 찾고 싶어한다고 믿는 사람들에게 화가 난다. 여자는 한국에 수년 동안 살았음에도 친부모를 만나고 싶어하지 않는 입양아들을 많이 알고 있다.

여자는 입양인이 삶에 무언가 부족함을 느껴서 친부모를 찾아나선다고 믿는 사람들에게 화가 난다.

여자는 입양인이 내면의 공허감을 느껴서 친부모를 찾아나선다고 믿는 사람들에게 화가 난다.

여자는 입양인이 양부모와 좋은 관계를 유지하지 못해서 친부모를 찾아나선다고 믿는 사람들에게 화가 난다.

여자는 여자가 양부모와 사이가 좋지 않기 때문에 친부모를 찾아나섰다고 믿는 미정에게 화가 난다. 여자와 양부모 사이에는 아무런 문제가 없다. 물론 다른 가정처럼 가끔 갈등을 겪을 때도 있었고 지금도 어려운 순간을 견뎌내는 과정 중에 있지만 적어도 그들은 대화를 할 수 있지 않은가. 친부모에 관해 한마디도 언급하지 않는 양부모들은 적지 않게 찾아볼 수 있다. 여자는 가끔 여자가 친부모를 찾을까봐 양모가 두려워하는 건 아닐까 의심해보았다. 하지만 양모는 단 한 번도 그런 말을 한 적이 없다. 그럼에도 여자는 양모가 여자의 친부모를 위협으로 여긴다는 생각을 떨칠 수가 없다. 대부분의 양부모들이 입양자녀들의 친부모를 위협으로 생각한다면 전혀 근거 없는 짐작은 아닐 것이다.

여자는 양모가 딸을 잃어버릴까봐 두려워하지만 입 밖에 내어 인정하지 않는다고 생각하는 스스로에게 화가 난다. 여자의 친부모를 단 한 번도 위협으로 생각해본 적이 없다고 하는 양모의 말이 진심일 수도 있지 않은가.

여자는 모든 한국계 입양인이 친부모를 찾는 건 아니라는 사실에 화가 난다. 여자는 전체 한국계 입양인들 중 친부모를 찾는 데 성공한 사람은 불과 2.7퍼센트밖에 되지 않는다는 것을 읽은 적이 있다.[13]

여자는 친부모를 찾는 데 성공한 여자를 부러워하는 스베인에게 화가 난다.

여자는 스베인의 부러움을 이해하지 못하는 자기 자신에게 화가 난다. 스베인은 친부모를 찾기 위해 수년을 소비했지만, 여자는 비교적 짧은 시간 내에 친부모를 찾았으니 그가 부러워하는 것도 이해할 수 있어야 한다.

여자는 스베인이 친부모를 찾는 데 실패했다는 사실에 화가 난다.

여자는 메테가 친부모를 찾는 데 실패했다는 사실에 화가 난다. 메테는 지하철에 앉아 있을 때면 그곳에 함께 있는 사람들 중 한 명이 친모일 수도 있다는 생각을 떨칠 수가 없다고 했다. 어쩌면 메테의 바로 옆에 앉아 있는 여자가 여자를 낳아준 친모일지도 모르는 일이 아닌가.

여자는 현주가 친부모를 찾지 못했다는 사실에 화가 난다. 현주는 유전으로 내려오는 눈병을 앓고 있다. 그것은 친부모 중 한 명이 여자와 같은 병을 가지고 있다는 것을 의미한다. 현주는 친부모를 만나 병에 관한 이야기를 듣고 싶어한다. 비록 병을 고칠 수는 없으나 병에 관해 전혀 모르는 것보다는 훨씬 나을 것이라고 생각하기 때문이다. 친부모의 병이 어떻게 진행되었는지를 알면 자신의 병에 대해서도 알 수 있을 거라고 현주는 말한다. 현주는 병이 어떤 속도로 진행될지도 모른다. 여자가 아는 것이라곤 병이 점점 악화되어 최악의 경우 맹인이 될 수도 있다는 사실뿐이다.

여자는 앤드류가 친부모를 찾지 못했다는 사실에 화가 난다.

앤드류는 친부모에 관한 정보를 얻기 위해 백백합보육원을 찾았지만, 그가 입양된 직후 보육원에 화재가 났기에 남아 있는 정보는 아무것도 없다는 말만 들었다. 그는 보육원 담당자의 말이 사실일 가능성도 배제할 수 없지만, 솔직히 그들의 말을 믿을 수 없다고 말했다. 그는 한국으로 이사를 했을 때 친부모와 출생 배경을 알아내는 데 실패했던 입양인들을 많이 만나보았다. 그들은 하나같이 보육원에 화재가 났기 때문에 아무것도 알아낼 수 없었다고 말했다. 그는 보육원의 화재는 매우 좋은 구실이라고 말한다. 더는 논쟁의 여지를 찾을 수 없기 때문이다.

여자는 화재를 구실로 삼는 백백합보육원의 수녀에게 화가 난다. 그것이 앤드류에게 출생 정보를 감추기 위한 거짓말이라면 말이다.

여자는 로랑에게 친모에 관한 정보를 주지 않았던 한국 홀트아동복지회의 직원들에게 화가 난다. 로랑은 포기하지 않고 수차례나 그곳을 방문한 후에야 가까스로 친모에 관한 정보를 얻을 수 있었다.

여자는 홀트아동복지회의 직원들이 개인정보 정책과 관련해 일관성을 유지하지 못한다는 사실에 화가 난다. 여자는 처음에는 친부모의 정보를 얻지 못했으나, 여러 차례 홀트한국지사를 방문한 후에는 필요한 정보를 얻을 수 있었다고 말하는 한국계 입양인들을 이미 수없이 만나보았다.

여자는 홀트아동복지회보다 한국사회봉사회를 통해 입양이 이루어진 경우 입양인들이 친부모의 정보를 더 쉽게 알아낼 수 있다는 사실에 화가 난다. 적어도 소문에 의하면 그렇다. 여자는 홀트아동복지회 건물에 계란을 던졌던 입양인들을 충분히 이해할 수 있다. 여자였어도 그렇게 했을 것이다. 아니, 더 심한 일을 했을지도 모른다. 홀트아동복지회에 쳐들어가자는 로랑과 앤드류의 말은 진심이었다. 진심어린 요구에도 불구하고 친부모에 관한 정보를 얻을 수 없다면 개인적으로 정보를 찾아나설 수밖에.

여자는 한국의 개인정보보호법에는 정보 유출과 관련한 일관성을 찾아볼 수 없다는 사실에 화가 난다.

여자는 소위 문제가 될 소지가 있는 정보를 한국계 입양인들에게 전달하지 않는 홀트아동복지회에 화가 난다. 문제가 될 소지가 있다니. 도대체 누구에게 문제가 된다는 말인가? 그들은 친부모를 보호하기 위해서라고 한다. 하지만 여자는 사실 그들 스스로를 보호하기 위해서가 아닐까 하고 생각한다. 여자는 그들이 법적인 차원은 차치하고서라도 윤리적 차원의 혐의를 받을까 두려워한다고 짐작한다.

여자는 한국의 입양기관이 법적 제재를 받지 않았다는 사실에 화가 난다.

여자는 덴마크의 입양기관이 법적 제재를 받지 않았다는 사실에 화가 난다.

여자는 덴마크의 입양기관에 화가 난다.

여자는 한국의 입양기관에 화가 난다.

여자는 한국의 입양기관에서 일하는 사람들에게 화가 난다.

여자는 덴마크의 입양기관에서 일하는 사람들에게 화가 난다.

여자는 인천의 한국이민사박물관이, 덴마크로 이민을 간 한국인의 수에 입양인의 수는 포함하지 않았다는 사실에 화가 난다. 덴마크로 이민을 간 한국인은 총 293명이지만, 1960년대 이후 덴마크로 입양된 수천 명의 한국 어린이의 수는 여기에 포함되지 않았다.

여자는 브루스 리와 친척이냐고 묻는 이바나에게 화가 난다. 이바나는 농담삼아 물었을지 모르지만, 여자는 지금껏 그런 말을 너무나 많이 들었기에 결코 농담으로 받아들일 수가 없었다.

여자는 페이스북에 도플갱어 프로필 사진을 올리는 것이 유행할 때, 자신과 닮은 유명한 아시아인을 찾을 수 없었다는 사실에 화가 난다. 여자는 이 세상에 자신과 닮은 유명한 아시아인이 하나쯤은 있을 것이라 믿었지만, 한 명도 찾을 수 없다. 여자는 궁여지책으로 오노 요코의 사진을 올렸다. 여자와 닮았기 때문이 아니라 더 나은 예를 찾을 수 없었기 때문이다.

여자는 오노 요코와 닮았다는 말에 화가 난다.

여자는 포카혼타스와 닮았다는 말에 화가 난다.

여자는 뮬란과 닮았다는 말에 화가 난다.

여자는 그린란드 사람과 닮았다는 말에 화가 난다.

여자는 술 취한 그린란드 사람과 닮았다는 말에 화가 난다.

여자는 코가 납작하다는 말에 화가 난다.

여자는 머리카락이 부시시하다는 말에 화가 난다.

여자는 피부가 도자기 같다는 말에 화가 난다.

여자는 피부가 도자기 같다는 말에 좋아하는 자기 자신에게 화가 난다.

여자는 엉덩이가 납작하다는 말에 화가 난다.

여자는 눈이 작다는 말에 화가 난다.

여자는 아이를 낳으면 예쁠 것이라는 말에 화가 난다. 여자는 혼혈아가 예쁘다고 했던 헬레네의 말을 기억한다. 여자는 헬레네의 말에 화가 나는 것을 참을 수 없었다. 일단 여자가 아이를 낳고 싶어하는지 스스로도 확신을 할 수 없는 데다, 설사 아이를 낳는다 하더라도 혼혈아가 되리라는 확신을 할 수 없기 때문이다. 어쩌면 여자는 현주와 샤론처럼 동양인의 정자를 받아 시험관 아기를 출산하게 될지도 모른다.

여자는 한국인치고 키가 크다는 말에 화가 난다.

여자는 한국인이 원래 키가 작은 민족이라고 생각하는 스스로에게 화가 난다.

여자는 한국인의 눈이 작다고 생각하는 스스로에게 화가 난다.

여자는 한국인의 코가 납작하다고 생각하는 스스로에게 화가 난다.

여자는 덴마크인의 코가 그다지 높지 않다고 생각하는 자기 자신에게 화가 난다.

여자는 백인의 외모가 정상이라고 생각하는 스스로에게 화가 난다. 문학가이자 관념사학자인 김 수 라스무센은 그것을 '내면화된 인종차별주의'라고 정의했다.[14] 그는 '집단 내에서 인종차별을 당했던 사람들은 지배 집단의 차별적 색안경을 끼고 스스로를 돌아보는 경향이 있다'라고 지적했으며, 동시에 '국제적 인종차별주의는 개인의 열등감이나 자기증오를 유발하며, 이는 자기파괴, 자기파멸, 자기억압 또는 맹목적으로 서구식 외모를 추종하는 무분별함을 유발할 수도 있다'라고 덧붙였다.

여자는 어렸을 때 자신의 외모가 백인과 다르지 않다고 생각했던 스스로에게 화가 난다. 여자는 다른 한국계 입양인들과는 달리 단 한 번도 백인이 되고 싶다고 생각했던 적이 없다. 금발로 염색을 하지도 않았으며, 푸른 눈을 원했던 적도 없다. 그런 것을 원할 이유도 없었다. 여자는 스스로 백인이라 생각했기 때문이다. 단지 누군가가 여자에게 어느 나라 출신이냐고 묻거나 찢어진 눈을 가졌다고 놀리는 아이를 만날 때만 스스로 백인이 아니라는 것을 자각했다. 적어도 타인의 눈에 비친 여자의 모습이 백인과는 다르다는 것을 알았던 것이다.

여자는 스스로 백인이라 생각해왔지만 사실은 백인이 아니라는 사실에 화가 난다.

여자는 자신이 세뇌되었다는 사실에 화가 난다.

여자는 세뇌되었다고 생각하는 스스로에게 화가 난다.

여자는 앤드류가 세뇌되었다고 느낀다는 사실에 화가 난다. 앤드류는 자신의 뇌가 하얗게 '세탁'되었다고 자주 말한다.

여자는 앤드류가 거의 백인뿐인 환경에서 자랐다는 사실에 화가 난다.

여자는 주변에 거의 백인뿐인 환경에서 자랐다는 사실에 화가 난다. 여자는 11살 때 뇌레보에서 농구를 하며 처음으로 다른 입양인들을 만났다. 그들 중 몇몇은 여자와 외모가 비슷했다. 즉, 몇몇은 백인이 아니었던 것이다. 어떤 여자아이들은 여자보다 피부색이 훨씬 짙었다. 그들은 한 번도 입 밖에 내어 말한 적은 없지만, '납작코' '새우눈' '똥피부' 라는 말을 듣는 등 인종차별을 당한 적이 있었다. 여자는 세월이 흐른 지금, 당시 터키, 파키스탄, 세르비아, 알바니아, 마케도니아, 또는 한국에서 입양된 아이들이 그런 말에 무심하게 대응했던 것은 인종차별에 대한 나름의 숙련된 반응이 아니었을까 생각해본다.

여자는 인종차별을 경험했다는 사실에 화가 난다.

여자는 어렸을 때 '새우눈'이라 불린 적이 있다는 사실에 화가 난다. 아스트리는 스카이프로 통화를 하며 '새우눈'이나 '안경원숭이'나 비슷비슷하다고 말한다. '안경원숭이'로 불리든, '새우눈'으로 불리든 아이들이 상처받는 것은 매한가지다. 하지만, '안경원숭이'라는 말에 비해 '새우눈'이라는 말은 특정 인종을 가리키는 것이기에 인종차별적 언어라 할 수 있다.

여자는 인종차별적인 말을 들으면 무시하라고 권했던 양모에게 화가 난다. 학교에서 한 소년이 여자에게 '새우눈'이라 말했다는 것을 들은 양모는, 여자가 아니라 그 소년에게 문제가 있다고 말했다. 양모는 여자에게 전혀 신경쓸 일이 아니라고 말했다. 여자는 양모 또한 외모에 관련된 차별적인 말을 들었을 때 그처럼 쉽게 무시할 수 있는지 궁금했다. 여자는 같은 반의 안냐와 친하게 지낼 수 있어서 행운이라고 생각했다. 안냐는 트로엘스와 사무엘이 여자에게 '새우눈'이라 말했을 때 여자의 편에 서주었다. 안냐의 아버지는 친구에게 인종차별적인 말을 하는 아이가 있다면 때려도 좋다고 안냐에게 말했다. 안냐는 트로엘스와 사무엘보다 덩치도 크고 힘도 셌기에 그들을 때려눕히는 것은 아무런 문제도 되지 않았다. 여자는 아이들에게 폭력을 사용하라고 권하는 것이 결코 옳은 일이 아니라는 건 알지만, 아이들에게 폭력 앞에서 침묵하라고 가르치지도 않을 것이다.

여자는 모르텐의 양부모가 모르텐과 그의 여동생을 인종차별적인 말과 행위에 단련시킨다며 집에서 그러한 말과 행위를 직접 했던 사실에 화가 난다.[15]

여자는 이 세상에 인종차별이 존재한다는 사실에 화가 난다.

여자는 한국계 입양인들이 반인종차별 운동에 앞장서야 한다고 주장하는 사람들에게 화가 난다. 덴마크의 정치인 카말 쿠레쉬는 입양인들이 모국에 거주하는 동성애자들의 권리를 위해 싸워야 한다고 말한다. 하지만 아무리 같은 이념을 지닌 사람들이라 할지라도 동성애자들의 권리를 위한 싸움에 무기로 이용되고 싶어하는 사람은 없다. 입양인이기에 모국의 동성애혐오자들과 맞서 싸워야 할 필요는 없지 않은가. 설사 입양인들이 참여한다 하더라도 태어난 나라의 언어도 모르는 사람들이 대부분이기에 그것은 실질적으로는 불가능한 일이라고 생각한다. 여자는 카말 쿠레쉬가 어떤 생각을 하는지 이해할 수가 없다. 그가 이 문제를 진심으로 깊이 생각해보긴 했을까? 여자는 의심하지 않을 수 없다.

여자는 카말 쿠레쉬에게 화가 난다.

여자는 사회진보당에 화가 난다.

여자는 어려운 가정의 문제를 해결하는 방법으로 국가 간 입양이 이용된다는 점에 의문을 던지지 않는 덴마크의 모든 정당에게 화가 난다. 여자는 국가 간 입양에 무조건 반대하진 않는다. 여자는 단지 국가 간 입양이 한국의 미혼모 문제를 해결하기 위한 방법으로 선호되기에 반대할 뿐이다.

여자는 국가 간 입양이 한국의 미혼모 문제를 해결하기 위한 방법으로 이용된다는 사실에 화가 난다.

여자는 한국 아이들이 국내보다는 해외로 더 많이 입양된다는 리케의 말에 화가 난다. 리케는 최근 개정된 입양법[16]에 의하면 한국인 가정에서 한국인 아이를 입양하는 것이 예전보다 훨씬 쉬워졌다고 말했다. 덕분에 국내입양의 수는 이전보다 많이 늘었다. 만약 국내입양보다 국가 간 입양을 선호하는 입양기관만 아니라면 국내입양의 수는 훨씬 더 늘었을 것이다. 리케는 입양기관이 국내입양보다 국가 간 입양으로 더 많은 돈을 벌 수 있기 때문이라고 말했다.[17]

여자는 입양기관이 국내입양보다 국가 간 입양으로 더 많은 돈을 벌 수 있다는 사실에 화가 난다.

여자는 입양기관이 국내입양에서조차도 돈을 벌 수 있다는 사실에 화가 난다.

여자는 입양기관이 국가 간 입양을 통해 큰돈을 벌 수 있다는 사실에 화가 난다.

여자는 한국의 입양기관이 미국으로 아동을 입양시킬 경우 가장 큰 수익을 얻을 수 있기에 대부분의 한국 아이들이 미국으로 보내진다는 소문을 듣고 화가 난다.

여자는 한국의 입양기관이 미국이나 유럽으로의 입양을 성사시킬 경우, 한국 정부에서 기준으로 제시하는 금액보다 훨씬 더 큰돈을 벌 수 있다는 사실에 화가 난다.[18]

여자는 미국과 유럽의 부모들은 한국에서 아이를 입양할 경우 1천3백만 원에서 2천만 원까지 지불한다는[19] 리케의 말에 화가 난다. 입양기관에 의하면 이 돈은 직원들의 월급과 보육원 운영 등으로 사용된다고 한다. 하지만 리케는 입양기관의 말을 믿지 않는다. 리케는 입양기관의 수입과 지출을 면밀하게 조사하여 공개하지 않는다면 그들이 무슨 말을 해도 믿지 않을 것이라 말한다.

여자는 한국의 입양기관이 매우 큰 영향력을 지닌 이익단체라는 리케의 말에 화가 난다. 리케는 입양기관의 직원들은 국가 간 입양의 수가 점점 줄어든다는 사실을 반가워하지 않는다고 말한다. 국가 간 입양의 수가 줄어들면 그들의 수당도 줄어들기 때문에, 그들은 정치인들에게 국가 간 입양의 정당성을 피력하는 데 노력을 아끼지 않는다.

여자는 국가 간 입양이 한국의 사회복지 시스템과 긴밀히 연결되어 있다는 리케의 말에 화가 난다. 리케는 한국 정부가 민영 입양기관에 의존하는 이유는 미혼모 가정을 위한 복지 정책을 위해 따로 나랏돈을 쓰지 않아도 되기 때문이라고 말했다. 이것은 근본적으로 부모 없는 고아, 혼혈아를 위한 잠정적 정책에 불과했으나, 시간이 흐르면서 미혼모 가정의 자녀를 위한 영구적 정책으로 변질되었다고 한다.

여자는 한국 정부의 사회복지 정책이 민영 입양기관에 의존한다는 사실에 화가 난다.

여자는 입양을 받아들이는 나라 또한 입양을 보내는 나라와 마찬가지로 민영 입양기관에 의존한다는 사실에 화가 난다. 심지어는 덴마크의 입양기관도 민영기관이다. 여자는 지금까지만 해도 최소 덴마크의 입양기관만큼은 호주[20]와 마찬가지로 정부기관이라 믿어왔다.

여자는 국가 간 입양이 공급과 수요를 바탕으로 산업화되었다는 사실에 화가 난다. 바로 그 때문에 불법 입양 사례가 늘었다고 말하는 사람도 있다. 일반적으로 수요가 공급보다 클 경우, 수요자는 원하는 물건을 손에 넣으려 정해진 가격보다 더 높은 가격을 지불하는 것도 마다하지 않는다. 그 때문에 자녀를 입양 보내려는 가정이 점점 늘어나는 것도 이상한 일은 아니다.[21] 과테말라에서는 아동이 불법적으로 입양된 사례가 여러 건 확인되면서 정부에서 국가 간 입양을 금지하기까지 했다.

여자는 아이들이 불법으로 입양 보내진다는 사실에 화가 난다. 여자는 최근 서울에서 개최된 입양 컨퍼런스에 참가해 데이비드 M. 스몰린 법학교수의 강연[22]을 들었다. 그는 어린이 입양을 '어린이 세탁'이라고 말했다. 인도에서 자녀를 두 명이나 입양한 그는, 자신의 자녀들이 인도에서 행해진 불법 입양의 한 예라는 것을 뒤늦게야 깨달았다고 말했다.

여자는 입양가정의 부모들이 자신들의 자녀만큼은 불법 입양의 희생양이 아니라고 믿는다는 사실에 화가 난다.

여자는 입양가정의 부모들이 사실 부모가 있는 아이를 입양해 놓고 고아를 입양했다고 믿는 경우가 많다는 사실에 화가 난다. 여자는 여자가 고아가 아니라는 것을 알았더라면 과연 여자의 양부모가 입양 서류에 서명을 했을지 궁금함을 떨칠 수가 없다.

마찬가지로, 로랑의 양부모는 로랑이 고아가 아니라는 것을 알았더라면 과연 입양 서류에 서명을 했을지 궁금함을 떨칠 수가 없다. 로랑의 친모는 그를 직접 기르고 싶었으나 폭력적인 남편으로부터 그를 보호하기 위해 어쩔 수 없이 입양을 보내야 했다.

여자는 로랑의 친모가 폭력적인 남편 때문에 어쩔 수 없이 아이를 입양 보내야만 했다는 사실에 화가 난다. 덴마크였다면, 로랑의 친모는 아이를 입양 보내지 않아도 되었다. 덴마크였다면, 로랑과 그의 친모는 폭력의 희생양이 된 여자들을 위한 위기센터로 보내져 보호를 받았을 것이고, 로랑의 친부는 치료를 받을 기회를 얻었을 것이다.

여자는 아내와 아들에게 폭력을 행사했던 로랑의 친부에게 화가 난다.

여자는 돈만 생기면 술로 날려보냈던 마이크의 친부에게 화가 난다.

여자는 마이크의 친모가 홀로 아이를 키울 수 없는 여건이었기에 어쩔 수 없이 마이크를 입양시켜야만 했다는 사실에 화가 난다.

여자는 잉빌의 친모가 병든 남편과 아이를 함께 보살필 만한 경제적 여건이 갖추어지지 않았기에 어쩔 수 없이 잉빌을 입양시켜야만 했다는 사실에 화가 난다.

여자는 정준의 친모가 자식의 교육비를 감당할 수 없었기에 어쩔 수 없이 정준을 입양시켜야만 했다는 사실에 화가 난다.

여자는 정준의 친모가 자식을 입양 보낸 후에는 이를 되돌릴 수 없다는 것을 몰랐다는 사실에 화가 난다. 자식을 입양시킨다는 것은 부모로서의 권리와 의무를 포기하는 것이나 마찬가지다.

여자는 로랑의 친모가 자식을 입양시킨 후에도 세월이 흐르면 언젠가는 만날 수 있다고 믿었다는 사실에 화가 난다. 로랑의 친모는 그를 프랑스로 입양시킨 후 단 한 번도 그에게서 편지나 사진을 받아보지 못했다.

여자는 행크의 친부모가 10년 후면 다시 아이를 볼 수 있다는 말을 들었다는 사실에 화가 난다. 행크는 그것이 거짓말이었다고 말했다. 그들은 행크를 고아원에 보낸 후, 10년 이상 수도 없이 찾아갔지만 단 한 번도 행크를 만날 수 없었다. 행크의 친부모는 입양기관에도 수없이 찾아갔지만, 그들은 행크와 연락을 하게 되면 행크에게 해가 될 뿐이라고 말했다.

여자는 행크의 친부모가 아들에게 연락을 하면 해가 된다는 말을 들었다는 사실에 화가 난다. 그들은 친부모가 연락을 하게 되면 행크와 양부모의 관계가 나빠질 수도 있다고 말했다.

여자는 입양자녀가 친부모와 연락이 닿을 경우, 양부모와 돈독한 관계를 맺을 수 없다고 믿는 일반적 사고에 화가 난다.

여자는 한국에선 미혼모가 아이를 입양시킬 경우 익명으로 남기를 원한다고 믿는 일반적 사고에 화가 난다. 여자는 아이를 입양시킨 후에도 아이와 만나기를 원하는 미혼모들이 많다는 것을 잘 알고 있다. 어떤 미혼모는 아이를 해외로 보내면 훗날 다시 만날 확률이 더 크다고 믿기에 국가 간 입양을 선호하기도 한다. 만약 아이를 국내 가정으로 입양시킬 경우, 아이는 자신이 입양되었다는 것을 평생 모르고 자랄지도 모른다.

여자는 입양자녀들에게 그들이 입양되었다고 말해주지 않는 한국의 입양부모들에게 화가 난다.

여자는 입양자녀를 자신들의 호적에 올리는 한국의 입양부모들에게 화가 난다.

여자는 입양자녀를 마치 친자식인 양 자신의 호적에 올리는 한국의 입양부모들에게 화가 난다. 과거에는 입양자녀를 자신의 호적에 올리는 것이 권리적인 측면에서 더 나았을지도 모른다. 하지만 현재는 아무런 차이가 없다. 로랑은 입양자녀를 자신의 친자식인 양 호적에 올리는 것은 양부모가 자녀의 입양 사실을 숨기기 위해서라고 말했다. 그것이 가능한 이유는 대부분의 경우 친부모가 아이를 호적에 올리지 않았기 때문이다.

여자는 아이를 호적에 올리지 않는 친부모들에게 화가 난다. 로랑은 미혼모가 친자를 호적에 올리지 않은 채 입양을 보내면,

훗날 그 누구도 결혼 전에 자식을 낳았다는 사실을 알아차릴 수 없기 때문이라고 말했다. 바로 그 때문에 대부분의 미혼모들은 아이를 낳아도 호적에 올리지 않는 경우가 많다.

여자는 한국에서는 산부인과에서 아이의 출생신고를 해주지 않는다는 사실에 화가 난다. 만약 병원 측에서 의무적으로 출생신고를 해준다면, 양부모들은 입양자녀를 친자녀인 양 호적에 올리지 못할 것이다.

여자는 병원 측에서 의무적으로 출생신고를 하도록 법적 제도를 마련하지 않은 한국 정부에 화가 난다.

여자는 한국 정부에 화가 난다.

여자는 친부모에게 아스트리를 친구라고 소개했던 자기 자신에게 화가 난다.

여자는 여자의 친부모에게 자신을 단순한 친구라고 소개했다며 화를 내는 아스트리에게 화가 난다. 여자가 친부모를 처음 만난 것은 그리 오래되지 않았다. 만약 여자가 친부모에게 자신이 레즈비언이라고 말했다면 친부모는 당장 연을 끊자고 말했을지도 모른다. 우여곡절 끝에 가까스로 친부모를 찾았는데 다시 볼 수 없게 된다면 여자는 견딜 수 없을 것이다. 아스트리도 그쯤은 이해할 수 있어야 한다고 생각한다. 여자는 친부모에게 자신이 레즈비언이라 말할 수 있을 때까지 아스트리가 기다려줘야 한다고 생각한다. 솔직히 여자는 지금 친부모에게 레즈비언이라고 털어놓는 것보다 친부모와의 관계를 더욱 돈독히 하는 것이 더 중요하다고 생각한다.

여자는 친부모에게 자신이 동성애자라고 솔직하게 털어놓지 못했던 스스로에게 화가 난다. 설령 다시는 친부모를 볼 수 없다 할지라도 솔직할 수 없는 자신이 미덥지 못한 것은 사실이다. 여자는 아스트리와의 관계를 굳이 숨기고 싶지 않다. 두 사람은 교제를 한 지 거의 1년이 다 되어간다.

여자는 친부모에게 자신이 동성애자라고 솔직하게 털어놓았던 스스로에게 화가 난다. 여자는 성과 정체성에 관해 자유로운 환경 속에서 자랐다. 하지만 여자의 친부모는 동성애자는 있을 수 없다고 생각하는 문화 속에서 평생을 살아왔다. 여자는 자신의 서구적 이상과 관념을 친부모에게 억지로 주입시키기보다는 오히려 친부모를 이해할 수 있어야 한다고 생각한다. 여자는 자신의 모습이 친부모의 눈에는 교만한 외국인으로 보였으리라 짐작한다.

여자는 친부모에게 자신이 동성애자라고 솔직히 말해야 할지 확신할 수 없는 스스로에게 화가 난다. 28살이나 되었는데 그런 일로 걱정하는 것은 옳지 않다. 여자는 이제 더이상 16살 철부지 소녀가 아니다.

여자는 자신이 더이상 16살 철부지 소녀가 아니라는 사실에 화가 난다. 만약 여자가 16살이었다면 친부모에게 사실을 말하기 전에 확신을 할 수 없어 걱정하는 것이 자연스러웠을 것이다.

여자는 앤드류와 함께 있을 때도 여자에게 덴마크어로 말하는 아스트리에게 화가 난다. 물론 영어로 말해야 한다는 것을 깜박 잊을 때도 가끔 있을 것이다. 하지만 덴마크어를 모르는 제3자와 함께 있을 때면 기본적으로 언어에 신경을 써야 하는 것은 당연하다. 그렇지 않다면 무례하다고밖에 생각할 수 없다.

여자는 영어로 말할 때 덴마크 억양이 나온다는 사실에 화가 난다.

여자는 영어로 말할 때 덴마크 억양이 나온다는 것을 알았기에 화가 난다.

여자는 영어를 유창하게 하지 못한다는 사실에 화가 난다. 어쩌면 앤드류는 영어와 덴마크어를 모두 유창하게 하길 바랐을 수도 있다. 하지만 그가 잊고 있었던 것은 매일 일상적으로 사용하는 언어가 아니라면 자신의 의견을 정확하게 피력하는 데 한계가 있을 수밖에 없다는 점이다. 바로 그 때문에 원했던 일을 하지 못했던 적도 있다. 예를 들어 여자는 앞으로 출간할 책에 관해 홍보를 할 수 있는 〈하트 투 하트Heart to Heart〉라는 프로그램에 게스트로 초대받았을 때 정중히 사양해야만 했다. 여자는 프로그램에 참여하고 싶었지만, 익숙하지 않은 영어로 오랜 시간 동안 대화를 나누어야 한다는 점 때문에 거절할 수밖에 없었다.

여자는 토크쇼 프로그램에 나가는 것을 사양할 수밖에 없었다는 사실에 화가 난다. 한국에서 가장 좋은 시간에 방영되는 텔레비전 프로그램에 소개될 수 있었던 기회를 스스로 포기한 것이다.

여자는 스스로에게 화가 난다.

여자는 미정의 친구들과 만났던 자기 자신에게 화가 난다.

여자는 함께 있던 친구들과의 대화를 통역해주지 않은 미정에게 화가 난다. 평소 미정은 친구들과의 대화를 여자에게 통역해 준다. 하지만 지난번에 만났을 때는 통역을 해주지 않았기에 여자는 홀로 멀뚱멀뚱 앉아 있어야만 했다.

여자는 아무것도 이해할 수 없어 홀로 앉아 있도록 여자를 내버려두었던 미정에게 화가 난다.

여자는 친구들과의 자리에 여자를 초대했던 미정에게 화가 난다.

여자는 미정의 친구들에게 화가 난다.

여자는 미정에게 화가 난다.

여자는 한국어를 정확히 발음하지 못할 때마다 하나하나 고쳐 주는 미정에게 화가 난다.

여자는 한국어를 정확하게 발음하지 못하는 스스로에게 화가 난다.

여자는 한국인의 이름을 잘 기억하지 못하는 스스로에게 화가 난다.

여자는 자신들의 가게를 보여주지 않으려는 친부모에게 화가 난다. 통역사에 의하면 친부모는 시장에서 장사를 한다고 했다. 여자는 그들이 시장에서 야채를 파는 게 부끄러워 그렇다는 것을 알고 있지만, 그들이 하물며 길바닥에서 바나나를 판다고 해도 그들이 어디에서 일을 하는지 보고 싶을 것이다. 여자는 친부모가 삶에서 가장 많은 시간을 보내는 바로 그곳을 직접 보고 싶을 뿐이었다.

여자는 친부모의 가게를 보려면 비윤리적인 방법을 사용해야만 한다는 사실에 화가 난다. 여자는 미정에게 친부모의 가게가 시장 어디쯤에 있는지 물어보는 것도 고려해보았다. 여자는 친부모가 일하는 가게의 사진을 찍고 싶었지만, 차마 그들 몰래 그런 일을 하고 싶진 않았다. 자칫 잘못하면 들킬 수도 있는 일이다. 한 번은 친부모가 일을 하러 나갔을때 그들의 집에 가본 적도 있다. 옛날 사진이나 또다른 흥미로운 것이 있는지 보고 싶었기 때문이다.

여자는 친부모가 집을 비웠을 때 그들의 집에 갔던 자기 자신에게 화가 난다.

여자는 한국에서의 어린 시절을 하나도 기억하지 못한다는 사실에 화가 난다.

여자는 문학작품 속에서 입양인들이 자주 사회와 이상적인 가족관을 위협하는 존재로 표현된다는 사실에 화가 난다. 소포클레스의 『오이디푸스왕』, 에밀리 브론테의 『폭풍의 언덕』, 표도르 도스토옙스키의 『카라마조프가의 형제들』만 봐도 그렇지 않은가. 이들 작품 속에서 갈등의 원인이 되는 것은 모두 입양인들이다.[23]

여자는 입양인들이 주로 갈등의 원인이라는 일반적 사고에 화가 난다.

여자는 '분노하는 입양인들'이라는 일반적 사고에 화가 난다. 물론 여자 또한 분노하는 것은 사실이지만, 그렇다고 해서 '분노하는 입양인들'이라고 낙인이 찍히는 것은 원치 않는다.

여자는 자신에게 어깨가 넓다고 말했던 메테에게 화가 난다.

여자는 자신을 언니라고 부르는 메테에게 화가 난다. 여자는 자신 또한 한국에서 입양되었다는 사실만으로 그 누구의 언니가 될 수는 없다고 생각한다. 더욱이 국가 간 입양에 관한 메테의 태도를 생각한다면 메테의 언니가 되고 싶은 생각은 추호도 없다.

여자는 한국에서 함께 입양된 언니나 오빠가 없기에 입양인으로서의 삶과 경험을 나눌 수 없다는 사실에 화가 난다.

여자는 한국에서 함께 입양된 언니나 오빠가 있다면 입양인으로서의 삶과 경험을 나눌 수 있다고 생각하는 스스로에게 화가 난다. 설사 함께 입양된 친자매나 형제가 있다 하더라도 그들과 함께 입양인으로서의 삶과 경험을 나눌 수 있을지는 의문이다. 여자가 아는 입양자매나 형제들은 하나같이 입양에 관해 서로 다른 관점과 생각을 가지고 있기 때문이다.

여자는 자신이 입양인이라는 사실에 화가 난다.

여자는 로랑이 입양인이라는 사실에 화가 난다.

여자는 자신의 모든 문제를 입양인이기 때문이라는 변명으로 일관하는 로랑에게 화가 난다. 물론 로랑의 문제 중 일부는 그가 입양인이라는 점 때문에 피할 수 없는 것일 수도 있다. 하지만 그가 아직도 학교를 졸업하지 못하고, 여자친구도 사귀지 못하는 것은 그가 단지 입양인이기 때문만은 아닐 것이다. 여자 또한 문제를 회피하기 위해 입양인이라는 사실을 이용하다보면 너무나 쉽게 책임에서 벗어날 수 있다는 것을 경험을 통해 잘 알고 있다.

여자는 스스로 희생양을 자처하는 로랑에게 화가 난다.

여자는 스스로 희생양이라 생각하는 자신에게 화가 난다. 물론 여자는 가난한 가정의 어린이가 부유한 국가의 부유한 가정으로 입양되는 경제적 권력 구조가 지배하는 세상의 희생양일 수도 있다. 하지만, 이러한 이유로 스스로 희생양이기를 자처하는 것은 그다지 건설적이라 할 수 없다.

여자는 자신들이 입양인이라는 사실에 무심한 한국계 입양인들에게 화가 난다.

여자는 자신이 입양인이라는 사실에 무심한 니콜라이에게 화가 난다.

여자는 니콜라이가 한국에 관심을 보이지 않는다는 이유로 입양인이라는 사실에 무심하다고 믿는 자기 자신에게 화가 난다. 한국에 관심을 보이지 않거나 한국에 거리를 둔다는 것은 스스로 입양인이라는 사실을 인지하는 또다른 방식일 수도 있다. 그것은 일종의 자기방어적 기제인 것이다.

여자는 20대가 되어서야 '매트릭스'에서 벗어날 수 있었던 자신에게 화가 난다. '매트릭스'라는 것은 앤드류가 자주 사용하는 개념으로서, 한국계 입양인들이 거쳐야 하는 삶의 한 과정이다. 앤드류는 이 과정을 거치는 입양인들은 수적으로 그리 많지 않다고 한다. 여자는 영화 〈매트릭스〉를 한 번도 본 적이 없지만 앤드류의 설명을 통해 그가 무엇을 말하려는지 이해할 수 있었다. 한국계 입양인들은 덴마크의 카스트룹공항에 도착하는 날이 세상에 다시 태어나는 날이다. 앤드류로 치자면 로스엔젤레스국제공항에 처음 발을 들여놓은 날일 것이다. 그날은 입양인들이 양부모를 만나 그들의 자식이 되는 날이기도 하다. 그 과정을 기억에서 지우고자 하는 것은 슬픔과 불안감 때문일 수도 있다. 앤드류는 이것이 신을 향한 믿음을 잃어버린 신자나 마르크스주의에 대한 믿음을 잃어버린 공산주의자와 비슷하다고 말했다. 그는 '매트릭스'에서 벗어나면 다시는 되돌아갈 수 없기에 이를 경험한 입양인들은 존재적 위기감을 느낄 수도 있다고 덧붙였다.

여자는 '매트릭스'에서 한번 벗어나면 다시는 과거로 되돌아갈 수 없다는 사실에 화가 난다. 여자는 앤드류에게 입양인들의 삶에는 '매트릭스'의 전과 후만 존재하는 것 같다고 말했다. 가끔 여자는 '매트릭스'에서 벗어난 자신이 '매트릭스' 내부에 있던 자신과 동일한 인물인지 알 수 없어 혼란스러울 때도 있다. 앤드류는 '매트릭스'에서 벗어나야만 진정하고 온전한 삶을 살 수 있다고 말했다.

여자는 '매트릭스'에서 벗어나기 전에는 진정한 삶을 살 수 없다고 여자에게 에둘러 말하는 앤드류에게 화가 난다.

여자는 평생을 입양인으로 살아야 한다는 사실에 화가 난다. 여자는 국가 간 입양 실태를 조사하는 데 평생을 바치고 싶은 생각은 추호도 없다. 국가 간 입양 실태를 조사하는 데 지난 몇 년을 소비했던 것만으로도 충분하지 않을까. 살면서 이뤄봄직한 다른 일들이 없는 것도 아닌데 말이다. 여자는 또래의 다른 여자들처럼 아이의 어머니가 되었을 수도 있지만, 대신 국가 간 입양에 대한 책을 쓰며 시간을 보냈다. 여자는 언젠가 미켈이 여자에게 아이와 집필 작업 중 하나를 선택해야 한다고 말했던 것을 기억한다. 어린아이가 있으면 집필 작업을 하는 것이 거의 불가능하니까. 그는 여자에게 작가가 되고 싶다면 아이를 포기해야 한다고 말했다.

여자는 이성애 중심적 사회구조에 휘둘리는 자기 자신에게 화가 난다. 어떤 사람들에게는 결혼을 하고 자식을 낳는 것이 삶의 의미와 목적이 될 수도 있다. 하지만 여자는 자신이 그런 사람들 중에 속하지 않는다는 것을 잘 알고 있다.

여자는 이성애 중심적 사회구조에 화가 난다. 만약 이성애 중심적 사회가 존재하지 않았다면, 국가 간 입양도 자리를 잡지 않았을 것이다. 이성애 중심적 사회에서는 부부가 아이를 낳지 못할 경우 자녀를 입양하게 된다. 이성애 중심적 사회에서 미혼모가 자녀를 입양 보내는 이유와 마찬가지다.

여자는 이성애 중심적 사회구조에 휘둘리는 미혼모들에게 화가 난다.

여자는 이성애 중심적 사회 속에서 아이를 가지지 못하는 부부들에게 화가 난다.

여자는 이성애 중심적 사회구조에 휘둘리는 여자의 양부모에게 화가 난다.

여자는 여자를 입양했던 양부모에게 화가 난다.

여자는 곧 이혼할 부부에게 자신이 입양되었다는 사실에 화가 난다.

여자는 모국의 문화는 물론 친부모와의 이별까지 경험했던 아이를 입양해놓고 바로 이혼을 해버린 양부모에게 화가 난다.

여자는 이혼을 한 후 자신에게 자주 연락하지 않았던 양부에게 화가 난다.

여자는 이혼 후에 단 몇 번을 제외하고선 여자에게 전화를 하거나 집으로 초대하지 않았던 양부에게 화가 난다. 양부가 여자를 집으로 초대한 건 1년에 단 한 번, 로라와 요나스의 생일 파티 때뿐이었다.

여자는 자신의 생일날에도 전화를 하지 않은 양부에게 화가 난다.

여자는 이혼 후 여자와 단둘이서 만나는 것을 거부했던 양부에게 화가 난다. 양부가 여자와 단둘이 시간을 보냈던 것은 단 한 번뿐이었다. 여자는 양부와 비베케가 함께 사는 집에서 양부와 함께 햄버거를 만들었다. 무슨 이유에선지 비베케와 아이들은 그날 집에 없었다. 그때를 제외하고선, 여자는 단 한 번도 양부와 단둘이서 만난 적이 없다. 여자는 혹시 양부와 여자가 단둘이 만나면 비베케가 질투를 하기 때문이 아닐까 생각해보았다.

여자는 어렸을 때 양부를 몇 번 방문했지만, 비베케는 단 한 번도 여자를 반긴 적이 없었다.

여자는 자신을 반기지 않았던 비베케에게 화가 난다. 비베케는 아무것도 모르는 어린아이인 여자에게 대놓고 싫은 티를 냈다. 자식이 딸린 이성과 재혼을 하는 것은 그리 쉽지 않은 일일 수도 있다. 그렇다고 해서 자신의 불만을 어린아이에게 표출하는 것은 옳지 않다.

여자는 비베케에게 화가 난다.

여자는 양부에게 화가 난다.

여자는 양부 없이 자랐다는 사실에 화가 난다.

여자는 친부 없이 자랐다는 사실에 화가 난다.

여자는 아버지 없이 자랐다는 사실에 화가 난다.

여자는 양부를 아버지라 여겨왔던 자신에게 화가 난다.

여자는 양모가 이혼 후 독신이 되었을 때 여자를 입양하지 않았기에 화가 난다. 만약 양모가 독신일 때 여자를 입양했더라면, 서류상으로만 아버지에 불과했던 한 남자를 아버지라 생각지 않았을 것이다.

여자는 양부모가 여자를 입양했을 당시엔 부부가 아닌 남자나 여자가 홀로 아이를 입양하는 것이 법적으로 금지되어 있었다는 사실에 화가 난다.

여자는 남자나 여자가 홀로 아이를 입양하는 것보다 부부가 함께 입양하는 것이 훨씬 긍정적이라는 일반적 사고에 화가 난다.

여자는 자신의 아이가 홀로 사는 남녀보다 함께 사는 부부에게 입양되는 것이 훨씬 좋다고 말하는 미라에게 화가 난다.

여자는 자신의 아이가 자신과 함께 사는 것보다 가정을 이룬 부부에게 입양되어 자라는 것이 훨씬 좋다고 말하는 미라에게 화가 난다.

여자는 결혼한 자들이 가지는 그들만의 지위에 화가 난다.

여자는 세상에 결혼이라는 행위가 존재한다는 사실에 화가 난다.

여자는 부부간의 결혼이라는 형식을 거치지 않고 태어난 아이들이 주로 입양된다는 사실에 화가 난다.

여자는 이혼한 부부의 아이들이 주로 입양된다는 사실에 화가 난다. 로랑은 이혼한 부부의 남자 쪽에서 재혼을 원할 경우 아이는 보육원으로 보내지고 입양 절차를 밟게 된다고 말했다.

여자는 훗날 결혼을 하기 위해 자식을 입양시키는 아버지들에게 화가 난다.

여자는 훗날 결혼을 하기 위해 자식을 입양시키는 어머니들에게 화가 난다.

여자는 훗날 결혼을 하기 위해 자식을 입양 보내기로 결심한 은진에게 화가 난다. 여자는 입양인으로서의 경험을 나누기 위해 애란원[24]에 초대되었을 때 그곳에 모인 여자들을 둘러보았다. 그들은 언뜻 보면 몸만 다 자란 소녀에 불과했다. 여자는 그들이 앞날을 계획하는 데 조금이나마 도움을 주고 싶었다. 여자는 애란원에 도착하기 전, 그곳에는 자녀를 직접 키울지의 여부에 관해 구체적인 결심을 하지 못한 여자들이 대부분이라고 들었다. 하지만 그곳에 도착하니 그것은 오해였다는 것을 깨달았다. 여자들은 은진만 제외하고선 모두 자녀를 직접 키울 것이라 결심했던 것이다. 은진은 다른 여자들로부터 멀찍이 떨어져 홀로 앉아 수건으로 얼굴을 가린 채 시선을 피했다.

여자는 자녀를 입양 보내는 행위가 수치로 여겨진다는 사실에 화가 난다.

여자는 어떤 여자들은 어쩔 수 없이 자녀를 입양시켜야 한다는 사실에 화가 난다.

여자는 어떤 남자들은 어쩔 수 없이 자녀를 입양시켜야 한다는 사실에 화가 난다.

여자는 자녀를 입양시키는 아버지들에게 화가 난다.

여자는 자녀를 입양시키는 어머니들에게 화가 난다.

여자는 자녀를 입양시킨 나래에게 화가 난다.

여자는 나래에게 분노하는 자기 자신에게 화가 난다. 나래는 자녀를 입양 보내기로 결심하고 서류에 서명을 한 후 끊임없이 죄책감에 시달려왔다. 이미 심리적으로 나락에 떨어진 여자에게 발길질을 할 필요는 없다. 나래는 자식을 입양시킨 후 자살을 생각해본 적도 있다.

여자는 스스로 목숨을 끊을 생각을 했던 나래에게 화가 난다.

여자는 결혼을 하지 않고 아이를 낳았던 나래를 '화냥년'이라 불렀던 나래의 어머니에게 화가 난다.

여자는 나래에게 아이를 입양시키라고 압박했던 나래의 어머니에게 화가 난다.

여자는 나래에게 아이를 입양시키라고 압박했던 남자친구의 어머니에게 화가 난다.

여자는 나래에게 아이를 입양시키라고 압박했던 나래의 남자친구에게 화가 난다.

여자는 지영에게 아이를 입양시키지 않으면 결혼하지 않겠다고 말했던 지영의 남자친구에게 화가 난다. 그는 지영에게 자신의 핏줄이 아닌 아이의 어머니와는 결혼하지 않겠다고 말했다.

여자는 남자친구와 결혼하기 위해 아이를 입양 보낸 지영에게 화가 난다.

여자는 지영의 남자친구에게 화가 난다.

여자는 현아의 남자친구에게 화가 난다.

여자는 현아에게 낙태를 권했던 현아의 남자친구에게 화가 난다.

여자는 현아에게 낙태를 권했던 남자친구의 부모에게 화가 난다.

여자는 현아에게 낙태를 권했던 현아의 부모에게 화가 난다.

여자는 입양보다 낙태가 더 낫다고 주장했던 현아의 부모에게 화가 난다.

여자는 입양보다 낙태가 더 낫다고 주장하는 이들에게 화가 난다.

여자는 낙태보다 입양이 더 낫다고 주장하는 이들에게 화가 난다.

여자는 낙태에 반대하는 이들에게 화가 난다.

여자는 울리카의 삼촌에게 화가 난다. 울리카의 어머니에게 딸을 입양시키라고 권했던 사람은 바로 그였다. 그는 낙태는 살인이나 다름없다고 주장했다.

여자는 여동생에게 낙태 대신 입양을 권했던 울리카의 삼촌에게 화가 난다. 반면, 울리카는 현재 자기가 이 세상에 존재하는 것은 삼촌 덕이라고 말했다. 울리카는 삼촌이 아니었더라면 세상에 태어나지 못했을 것이라고 말했다.

여자는 울리카의 삼촌이 아니었더라면 울리카가 이 세상에 태어나지 못했을 수도 있다는 사실에 화가 난다.

여자는 친모에게 입양이라는 대안을 고려해보라고 권했던 이웃집 여자가 아니었더라면, 여자가 입양되지 못했을 것이라는 사실에 화가 난다.

여자는 친모에게 입양을 권했던 이웃집 여자에게 화가 난다.

여자는 이웃집 여자의 의향을 알 수 없기에 화가 난다. 혹시 이웃집 여자는 입양 보낼 아이를 물색하는 일로 돈을 벌었던 것은 아닐까? 혹시 이웃집 여자는 한국사회봉사회로부터 돈을 받았던 것은 아닐까? 물론 여자는 이러한 음모론에 관해 아무리 생각해봤자 전혀 도움이 되지 않는다는 것을 잘 안다.

여자는 이웃집 여자의 권유를 받아들였던 친모에게 화가 난다.

여자는 자신을 버린 친모에게 화가 난다.

여자는 자신이 버림을 받았다는 사실에 화가 난다.

여자는 로랑이 버림을 받았다는 사실에 화가 난다. 로랑은 자신이 분리불안장애에 시달리는 것이 바로 그 때문이라 확신한다. 여자는 로랑이 분리불안장애에 시달리는 이유가 단지 그것 때문이라고는 생각지 않지만, 친모에게서 버림을 받았다는 사실은 그에게 적지 않은 심리적 영향을 미쳤다고 확신한다. 여자는 어렸을 때 친부모에게 버림을 받았던 입양인들은 크게 두 가지 방식으로 반응한다고 생각한다. 그 하나는 로랑의 경우처럼 외향적으로 변하는 것이고, 다른 하나는 여자의 경우처럼 내향적으로 변하는 것이다. 여자는 과묵하고 내성적이기에 어린 시절에도 거만하게 보인다는 말을 종종 들었다. 당시에 여자는 그 말이 무엇을 뜻하는지 알지 못했지만 부정적인 의미라는 것은 잘 알고 있었다.

여자는 자신이 거만하게 보인다는 사실에 화가 난다. 여자는 자신이 결코 거만한 사람이 아니라고 생각한다. 여자가 자못 거만하게 보였던 것은 자신에게 상처를 줄 만한 외부의 것들로부터 스스로를 보호하기 위해서였을 것이다. 그러한 여자의 속내를 한눈에 꿰뚫어 보기란 쉽지 않다. 아스트리는 여자의 진심을 이해하는 몇 안 되는 사람 중 하나다. 아스트리는 여자의 내면에 이르기가 쉽지 않다고 말한다. 아스트리는 고립된 섬 같은 여자의 내면을 글로 표출하라고 권했다.

여자는 자신을 고립된 섬에 비유한 아스트리에게 화가 난다. 물론 여자의 내면에는 사람들의 손이 닿지 못하는 고립된 자리가 있을지도 모른다. 하지만 그러한 여자의 내면을 꼭 고립된 섬에 비유할 필요는 없지 않은가?

여자는 아스트리에게 화가 난다.

여자는 국제홀트아동복지회의 홈페이지 글귀에 화가 난다. 《우리는 입양을 원하는 부모에게 최고의 서비스를 제공합니다. 당신의 자녀를 위한 최선의 선택은 바로 국가 간 입양입니다.》

여자는 국제홀트아동복지회의 홈페이지에 한국이 세계에서 가장 안정되고 확실한 입양 프로그램을 운영하는 국가 중 하나라고 적혀 있다는 사실에 화가 난다. 그들은 중개인을 이용하지 않는다고 홈페이지를 찾는 이들을 확신시킨다. 여자는 얼마전 〈심층분석 60분—어린이 수출국가〉라는 텔레비전 다큐멘터리를 보았다. 프로그램은 '국가 간 입양의 양면'이라는 주제를 다루며 한 여자가 출산 직후 2시간도 채 안 되어 갓난아기를 입양시키겠다는 계약서에 서명을 하도록 종용받는 모습을 적나라하게 보여주었다. 계약서에 서명을 하도록 종용한 이는 입양기관의 직원과 산부인과 원장이었다. 프로그램의 취재진은 그러한 일이 일어나는 동안 산모는 지속적인 마취 상태에 있었다고 고발했다.

여자는 한국에는 부모가 자녀를 입양시킨 후 그 결정을 되돌릴 수 있는 법적 장치가 없다는 사실에 화가 난다. 리케는 호주에선 자녀를 입양시킨 부모가 28일 내로 결정을 철회할 수 있는 법적 권리가 있다고 말했다.[25] 반면 한국에는 이러한 법적 철회권이 존재하지 않는다.

여자는 여자의 친모가 입양 철회권을 행사할 수 없었다는 사실에 화가 난다. 물론 기회가 주어졌다 하더라도 친모가 끝내 철회권을 행사하지 않았을 수도 있다. 하지만 친모는 최소한 자신의 선택에 관해 충분히 생각해볼 수 있는 시간을 가질 수 있었을지도 모른다.

여자는 은진에게 입양 철회권이 없었다는 사실에 화가 난다. 은진이 아들을 되찾기 위해 동방사회복지회에 전화를 했을 때, 직원은 아들을 되찾으려면 2백만 원을 지불해야 한다고 말했다. 직원은 그 금액이 은진의 출산 및 은진의 아들을 돌보는 데 사용된 비용이라고 설명했다.

여자는 은진이 몇 달이나 기다린 후에야 아들을 되찾을 수 있었다는 사실에 화가 난다.

여자는 수진이 열흘이나 기다린 후에야 딸을 되찾을 수 있었다는 사실에 화가 난다.

여자는 수진에게 입양 철회권이 없었다는 사실에 화가 난다. 입양기관의 직원은 딸을 되찾으려는 수진에게 부모동의서를 받아와야 한다고 말했다.

여자는 입양기관의 직원들에게 화가 난다. 이명숙 변호사는 한국의 어떤 법에도 친자를 되찾는 데 조부모의 서명이 필요하다는 조항은 없다고 말했다. 한국여성정책연구원이 주최한 컨퍼런스[26]에 패널로 참여한 이명숙 변호사는 친부모는 법적으로 자녀가 양부모에게 입양되기 전까지 친부모로서의 권리를 행사할 수 있다고 말했다. 즉, 친부모로서의 권리는 자녀가 양부모의 손에 넘겨진 후에야 소멸된다는 것이다. 설사 친부모가 입양 서류에 서명을 했다 하더라도 말이다.

여자는 자신들의 법적 권리에 무지한 상태로 입양 서류에 서명을 하고 자녀를 입양시키는 어머니들에게 화가 난다.

여자는 입양 산업이 자급자족적 산업으로 발전했다는 사실에 화가 난다. 홀트아동복지회는 여러 개의 보육원과 미혼모를 위한 시설을 소유하는 데 그치지 않고 병원과 여행사, 심지어는 한국계 입양인들이 국내에 머무를 수 있는 숙박시설까지 운영하고 있다.

여자는 홀트아동복지회에 화가 난다.

여자는 덴마크국제입양원에 화가 난다.

여자는 홀트아동복지회와 협력관계에 있는 덴마크국제입양원에 화가 난다.

여자는 한국사회봉사회와 협력관계에 있는 AC아동구제기관에 화가 난다.

여자는 AC아동구제기관에 화가 난다.

여자는 한국사회봉사회에 화가 난다.

여자는 친부모의 말을 제대로 통역해주지 않은 통역사에게 화가 난다. 그들이 무슨 말을 하는지 경희에게서 제대로 알아내려면 친부모 중 한 명이 심각한 병에 걸린 줄 알고 겁에 질린 척을 해야 한다.

여자는 친부모의 가족이 여자를 빼돌리고 휴가 계획을 세웠다는 사실에 화가 난다. 여자가 함께 갈 수 없었던 까닭은 여자의 언니들이 그들의 남편에게 여자의 존재를 지금껏 숨기고 있었기 때문이다.

여자는 입양 보낸 동생이 있다는 사실을 지금껏 남편에게 숨겨왔던 언니들에게 화가 난다. 여자는 언니들이 여자를 수치스러워하는 것이 아니라 여자를 입양 보냈던 부모를 수치스러워한다는 것을 잘 알고 있다. 그럼에도 언니들에게 섭섭한 것은 어쩔 수가 없었다.

여자는 남편에게 여자의 존재를 *끝까지* 비밀로 간직하려는 언니들에게 화가 난다.

여자는 언니들의 결정을 존중하는 친부모의 태도에 화가 난다.

여자는 언니들을 위해 희생해야 하는 것은 바로 여자라 말하는 친모에게 화가 난다. 친모는 언니가 네 명이나 되기 때문에 언니들보다 여자 한 명이 희생하는 것이 더 낫다고 말했다.

여자는 친가족을 위해 희생하지 않는 자기 자신에게 화가 난다.

여자는 여자를 위해 희생하지 않는 친가족에게 화가 난다.

여자는 언니들에게 입장을 명확히 전하지 않았던 자기 자신에게 화가 난다. 남편에게 여자의 존재를 알릴지 언니들이 결정하도록 가만히 보고만 있는 대신, 여자가 직접 언니들에게 요구를 하지 못했기에 후회한다. 여자가 이를 강력히 요구했더라도 한국적 문화에서 그리 크게 벗어나진 않았으리라.

여자는 한국 문화에 화가 난다.

여자는 미국 문화에 화가 난다.

여자는 지구상의 대부분의 나라들이 미국식으로 변해간다는 사실에 화가 난다.

여자는 한국이 미국화되었다는 사실에 화가 난다. 여자는 이 지구상에 한국만큼 미국의 영향을 많이 받는 나라가 없다고 생각한다.

여자는 미국에 화가 난다.

여자는 친부가 미국을 우러러본다는 사실에 화가 난다. 여자는 친부가 한국전쟁에 참가했던 미군 병사들을 영웅으로 우러러보는 구세대 사람이라는 것을 잘 알고 있다. 그럼에도 친부가 미국을 찬양하는 말을 할 때마다 발가락이 오그라드는 것을 참을 수 없다. 미국으로 입양된 아이들도 마찬가지다. 여자가 자신의 친부는 'USA 넘버원'이란 말을 서슴지 않고 한다고 말하자 앤드류는 미국으로 입양된 사람들도 마찬가지라고 말했다. 이전 세대에 미국으로 입양된 나이 많은 한국인들은 자신들이 미국으로 입양되었다는 사실에 감사해하지만, 현세대에 입양된 한국인들은 자신들이 미국 제국주의의 쇠사슬에 결박되어 있다는 느낌을 지울 수 없다고 한다.

여자는 미국의 제국주의에 화가 난다.

여자는 제국주의에 화가 난다.

여자는 유럽중심주의에 화가 난다.

여자는 식민주의에 화가 난다.

여자는 국가 간 입양이 식민주의의 현대적 형태라는 사실에 화가 난다.

여자는 국가 간 입양을 식민주의의 현대적 형태라고 생각하는 자기 자신에게 화가 난다. 국가 간 입양의 사례 중 유색인종의 자녀들이 백인 중심의 서구사회로 입양되는 수가 많은 것은 사실이지만, 이를 두고 국가 간 입양을 식민주의의 현대적 형태라고 규정하는 것은 무리가 없지 않기 때문이다.

여자는 국가 간 입양을 식민주의의 현대적 형태와는 거리가 멀다고 생각하는 자기 자신에게 화가 난다. 국가 간 입양은 우리가 원하든 원하지 않든, 과거의 식민주의적 잔재에서 비롯된 것이 사실이다. 이는 유럽 국가들이 지구상의 수많은 나라를 식민지로 삼았던 1600년대에 지배적이었던 믿음과 같은 맥락상에 있다. 당시 유럽인들은 식민지 국민들을 위한 최선의 방법이 무엇인지 자신들이 잘 알고 있다고 생각했다. 오늘날에도 그들은 비유럽권 지역에서 태어난 아이들을 위한 최선의 방법이 무엇인지 잘 알고 있다고 말한다.[27]

여자는 비유럽권 지역에서 태어난 아이들을 위한 최선의 방법이 무엇인지 잘 알고 있다고 주장하는 이들에게 화가 난다.

여자는 여자를 위해 최선의 선택을 했다고 믿고 있는 양모에게 화가 난다. 이러한 양모를 식민주의의 지배자로 생각지 않을 수 있을까? 여자는 덴마크에 있을 때면 더이상 양모와 함께 길을 걷지 않는다. 양모와 함께 나란히 걷는다는 것은 여자가 식민지화되었다는 사실을 강조하는 것밖에 되지 않기 때문이다. 두 사람이 함께 길을 걸을 때면, 누구라도 여자가 입양인이라는 것을 알 수 있다. 두 사람 간 힘의 불균형은 한눈에 보인다.

여자는 양모를 식민주의적 지배자라 생각하는 자기 자신에게 화가 난다.

여자는 스스로 식민지화되었다고 생각하는 자기 자신에게 화가 난다.

여자는 식민지화되어버린 자기 자신에게 화가 난다. 여자가 덴마크로 입양되었기에 한국에 있을 때보다 더 나은 교육의 기회를 부여받았을지는 모르나, 그 때문에 여자가 식민지화되었다는 것은 거부할 수 없는 사실이다. 그렇다고 해서 여자가 한국에서 자라고 싶었다는 말은 아니다. 타국으로 입양되었다는 사실을 두고 과거에 연연해 스스로를 괴롭히는 것은 시간 낭비일 뿐이다. 하지만 한국계 입양인으로 살아야 하기에 큰 대가를 치러야 하는 것은 사실이다. 김 수 라스무센은 『덴마크식 인종차별주의란 무엇인가?』라는 저서에서 식민지화된 사람들은 심리적으로나 존재적으로 스스로를 이방인이라고 생각하는 경향이 있다고 말한다. 식민지화된 주체가 지배자의 시각으로 스스로를 보고 인식하는 이러한 이방인 효과를 파농[28]은 '문화적 소외'라고 부른다. 김 수 라스무센은 파농의 의견에 덧붙여, '피지배자는 식민지 지배 권력과 자신을 완전히 동일시하거나, 스스로를 '원주민화'하여 지배 권력을 전적으로 거부하거나 하는 두 가지 선택지를 마주하게 된다'고 말한다. 여자는 파농의 말처럼 스스로를 '원주민화'할 수 있을지 확신할 수 없다. 그리고 여자가 순전한 한국인이 될 수 있다 하더라도 그것이 무엇을 의미하는지 알 수 없다. 앤드류는 '원주민화' 개념을 문자 그대로 해석해서는 안 된다고 말했다. 그는 여자에게 한국에 옮겨가 사는 것만으로도 충분할 수 있을지 모른다고 말했다.

여자는 여자가 덴마크의 삶에 적응을 하지 못했기 때문에 한국으로 이사왔다고 믿는 사람들에게 화가 난다. 여자가 한국으로 이사를 간 것은 한국의 역사와 자기 자신의 배경을 더 잘 이해하기 위해서였다. 그러한 것들에 접근할 수만 있다면 말이다.

여자는 한국으로 되돌아가는 한국계 입양인들이 양부모의 나라에 적응하지 못한 이들이라 믿는 사람들에게 화가 난다. 입양 전문 연구자인 레네 명은 스카이프를 통한 여자와의 대화에서 한국계 입양인들이 나이가 든 후 조국으로 되돌아가는 이유에는 여러 가지가 있으며, 그것은 양부모의 나라에 적응했는지와 전혀 상관없을 수도 있다고 말했다. 레네 명은 미국으로 입양된 한국인들은 유창한 영어 실력 덕분에 한국으로 되돌아갈 경우 미국에서보다 더 좋은 직업을 얻을 수 있다고 했다. 그는 이러한 재이주 현상이 입양을 보내는 국가와 받는 국가 사이에 일방적인 흐름만이 존재한다는 통념을 깨뜨린다고 말한다. 한국계 입양인들이 한국으로 되돌아가겠다고 결심할 때, 그들은 비로소 국가 간 입양은 입양된 국가에 입양인이 정착하는 것으로 끝나지 않는다는 사실을 이해할 수 있을 것이다.

여자는 양부모의 나라에 잘 적응하지 못했던 자기 자신에게 화가 난다.

여자는 친부모의 나라에 잘 적응하지 못했던 자기 자신에게 화가 난다. 즉 여자는 어떤 면에선 한국에 적응을 더 잘할 수 있었고, 다른 면에선 덴마크에 적응을 더 잘할 수 있었던 것이다. 자연을 예로 들자면, 여자는 덴마크의 자연보다 한국의 자연과 더 큰 교감을 느낀다. 아무래도 평평한 덴마크의 자연보다는 굴곡 있는 한국의 자연이 여자의 성정에 더 잘 맞다는 느낌 때문일 것이다. 여자는 한국에 있을 때면 그린란드에서 경험했던 것과 마찬가지로 자연 속에 녹아든다는 느낌을 가진다. 그것은 자기 자신보다 훨씬 더 큰 무언가에 둘러싸여 스스로를 잊어버리는 느낌과도 비슷하다.

여자는 북한을 악의 축으로 규정했던 미국 대통령 조지 W. 부시에게 화가 난다. 미국이 북한 정부와 거리를 둘 수는 있지만 그들을 악의 축으로 규정할 이유는 없다. 우리는 북한에 가족이 있는 사람도 있다는 것을 기억해야 한다. 여자의 친부는 북한에 사촌이 있다고 했다. 친부는 한국사회봉사회 건물에서 여자와 처음 만났던 날, 북한에 있는 사촌과 여자가 많이 닮았다고 말했다. 친부는 여자를 보면 사촌이 생각난다고 말하며 사촌이 매우 똑똑한 사람이었다고 덧붙였다.

여자는 친부의 사촌이 아직도 살아 있는지, 또는 할아버지 할머니와 마찬가지로 세상을 떠났는지 알지 못하기에 화가 난다. 친부는 여자의 할아버지와 할머니가 한국전쟁 때 세상을 떠났다고 말했다.

여자는 친부가 한국전쟁 때 부모를 잃었다는 사실에 화가 난다. 여자의 아버지는 한국전쟁 당시 12살에 불과했다.

여자는 스콧의 부모가 한국전쟁 때 세상을 떠났다는 사실에 화가 난다. 스콧은 한국전쟁 때 겨우 5살에 불과했다.

여자는 한국전쟁이 베트남전쟁과 같은 방식으로 기억되지 않는다는 사실에 화가 난다. 한국전쟁으로 목숨을 잃은 이는 3백만 명 이상이나 된다.[29] 하지만 한국전쟁은 역사학자들 사이에서 '잊혀진 전쟁'으로 불린다.

여자는 자신이 화가 난다는 것을 알기에 화가 난다. 여자는 자신이 분노하고 있다는 것을 너무나 잘 알고 있다. 그것은 누가 굳이 말해주지 않아도 알 수 있는 것이다.

여자는 국가 간 입양에 관한 아스트리의 시각에 화가 난다.

여자는 아스트리에게 인내심을 보이지 못하는 스스로에게 화가 난다. 여자 또한 국가 간 입양에 관한 시각을 바꾸는 데 얼마나 오랜 세월이 걸렸던가.

여자는 국가 간 입양에 관한 아스트리의 시각을 바꾸고자 노력하는 스스로에게 화가 난다.

여자는 입양이 아닌 다른 주제로 책을 쓰라고 권유하는 아스트리에게 화가 난다. 도대체 아스트리는 무엇을 얼마나 잘 알기에 그런 말을 하는 것일까? 물론 입양에 관한 글을 쓰는 것은 여자에게 크나큰 아픔으로 다가온다. 그렇다고 해서 글을 쓰지 말아야 한다는 법도 없지 않은가. 아니, 그러면 그럴수록 더 글을 써야 한다. 말로 하기에 어려운 상처는 글을 쓰며 치유할 수도 있다.

여자는 입양이 여자가 거쳐야 하는 삶의 과정이라 말하는 아스트리에게 화가 난다. 그것은 부모가 자신들의 자녀는 동성애자가 아니지만 삶에서 거쳐야 하는 하나의 과정으로 잠시 동성에 관심을 갖고 있다고 말하는 것과 다르지 않다.

여자는 아스트리에게 화가 난다.

여자는 임신을 할 수 없기에 자녀를 입양하기를 원하는 아스트리에게 화가 난다.

여자는 임신을 *원하지 않기에* 자녀를 입양하기를 원하는 아스트리에게 화가 난다.

여자는 그린란드에서 아이를 입양하기를 원하는 여자와 연인 관계에 있다는 사실에 화가 난다. 왜 하필이면 그린란드일까. 물론 그린란드에도 불우한 가정에서 고통받는 어린이들이 적지 않을 것이다. 하지만 여자는 그러한 가정의 아이들을 덴마크로 입양한다 해서 근본적인 문제가 해결되진 않을 것이라고 생각한다. 그것은 60~70년대에 미국의 백인 가정에서 원주민 아이들을 대규모로 입양했던 상황을 연상시킨다. 당시 미국 원주민들은 그것이 문화적 말살 정책이라며 크게 반발했다. 1978년 새로운 법[30]이 제정된 후, 백인 가정에서 원주민 아이를 입양하는 것은 이전보다 훨씬 까다로워졌다. 물론 아스트리가 그린란드에서 아이를 입양하는 것을 문화적 말살 정책의 일환으로 볼 수는 없다. 하지만 그린란드는 과거 덴마크의 식민지였기에, 여자는 그린란드 아이를 덴마크로 입양하는 것에 반발할 수밖에 없는 것이다.

여자는 그린란드에서 덴마크로 아이를 입양시키는 것을 법적으로 금지했다는 사실을 아스트리가 몰랐다는 점에 화가 난다. 여자는 얼마 전 덴마크에서 헨릭 리를 만났다. 그린란드에서 몇 년간 살았던 그는 덴마크로 입양을 보내는 것이 여러 부정적인 결과들을 초래했기에 그러한 법이 제정되었다고 설명해주었다. 만약 아스트리가 진작에 이 사실을 알았더라면 여자는 아스트리와 다투지 않았을 것이다.

여자는 마침내 한국에서 만났는데도 아스트리와 다툴 수밖에 없었던 자기 자신에게 화가 난다.

여자는 마침내 한국에서 만났는데도 여자와 다툴 수밖에 없었던 아스트리에게 화가 난다.

여자는 여자의 친모에 대해 '정서적으로 무딘 사람'이라 말했던 아스트리에게 화가 난다. 물론 여자의 친모가 전화를 한다고 말했음에도 약속을 지키지 않았기에 여자가 오랫동안 무료하게 기다렸던 것은 사실이다. 하지만 그것을 이유로 아스트리가 여자의 친모에 대해 그러한 말을 한다는 것은 받아들이기 쉽지 않다. 친모는 여자를 낳아준 사람이 아니었던가.

여자는 여자의 친모에 대해 그러한 말을 했음에도 사과 한마디도 건네지 않는 아스트리에게 화가 난다.

여자는 전화를 한다고 말하고서도 약속을 지키지 않았던 친모에게 화가 난다. 친모는 추석 즈음에 만날 약속을 잡기 위해 미리 전화하겠다고 했지만 끝내 전화를 하지 않았다.

여자는 약속을 취소하자고 전화로 알려주지 않은 친모에게 화가 난다. 여자는 친모에게서 아무런 연락을 받지 못했기에 혹시

나 친모가 교통사고를 당했을까봐, 또는 심각한 병에 걸렸을까 봐 갖가지 걱정에 휩싸였다. 여자는 홀로 걱정하기보다는 차라리 경희에게 부탁해 친모에게 전화를 해보라고 할까 하는 생각도 했다.

여자는 친모의 집에 전화를 걸었을 때 우연히 전화를 받은 막내형부에게 덴마크에 입양되었던 처제가 있다고 털어놓았던 경희에게 화가 난다. 경희는 여자의 언니들이 형부에게 여자의 존재를 알리지 않았다는 사실을 너무나 잘 알고 있었음에도 모든 것을 털어놓았던 것이다.

여자는 경희에게 분노하는 스스로에게 화가 난다. 따지고 보면 경희는 막내형부에게 진실을 말했을 뿐이다.

여자는 남편에게 진실을 말했던 경희에게 야단을 쳤던 막내언니에게 화가 난다.

여자는 형부에게 잘못 걸려온 전화라고 거짓말을 했던 막내언니에게 화가 난다.

여자는 막내언니에게 화가 난다.

여자는 큰언니에게 화가 난다.

여자는 두 딸에게 덴마크에서 온 이모가 있다는 사실을 아빠에게 비밀로 하라고 입막음을 했던 큰언니에게 화가 난다.

여자는 여자에게 한국말을 배우면 형부에게 자신의 존재를 알리는 것을 고려해보겠다고 말했던 큰언니에게 화가 난다.

여자는 남편에게 여자의 존재를 비밀에 부쳤던 큰언니에게 화가 난다. 반면, 여자는 큰언니가 형부에게 진실을 말하면 어떤 결과를 감내해야 할지 알 수 없다. 어쩌면 진실의 대가로 큰언니 부부는 이혼을 할지도 모른다.

여자는 친부모의 장례식에 참석하는 것을 허락받지 못할 수도 있다는 생각에 화가 난다. 충분히 있을 수 있는 일이 아닌가. 지금도 여자의 언니들은 남편에게 여자의 존재를 비밀에 부치고 있으니 말이다.

여자는 남편에게 여자의 존재를 비밀에 부쳤던 언니들에게 화가 난다.

여자는 언니들에게 화가 난다.

여자는 형부들에게 화가 난다.

여자는 남자들에게 화가 난다.

여자는 결혼 후 남편에게 폭력을 당하는 여자들이 있다는 사실에 화가 난다.

여자는 이 세상에 폭력을 당하는 여자가 있다는 사실에 화가 난다.

여자는 모르텐의 친모가 폭력을 당했다는 사실에 화가 난다. 모르텐은 친모가 누구에게 폭력을 당했는지 정확히 알지 못한다. 모르텐의 친모가 그 일에 관해 말하고 싶지 않다고 했기 때문이다.

여자는 모르텐의 친모가 모르텐과 만난 지 얼마 지나지 않아 세상을 떠났다는 사실에 화가 난다.

여자는 앨리슨의 친부가 앨리슨과 만난 지 얼마 지나지 않아 세상을 떠났다는 사실에 화가 난다.

여자는 앨리슨의 조부모가 앨리슨의 친모와 친부의 결혼을 반대했다는 사실에 화가 난다. 앨리슨의 조부모는 앨리슨의 친모가 집안에 어울리지 않는다고 했다. 결국 앨리슨의 친모는 떠날 수밖에 없었고, 친부는 앨리슨을 홀로 키워야만 했다. 앨리슨의 친부는 앨리슨이 두 살도 채 되지 않았을 때 결핵에 걸렸고, 앨리슨의 할머니는 아들의 동의도 없이 손녀 앨리슨을 한국사회봉사회 보육원에 맡겼다.

여자는 아들의 동의도 없이 손녀를 한국사회봉사회 보육원에 맡긴 앨리슨의 할머니에게 화가 난다. 앨리슨의 할머니는 아들에게 혼외 자식이 있다는 사실이 알려지면 남편의 정치적 입지에 큰 타격이 생기기에 그리할 수밖에 없었다고 한다.

여자는 친부모의 동의도 없이 앨리슨을 해외로 입양 보낸 보육원 직원에게 화가 난다. 어쩌면 앨리슨의 할머니가 친모인 척 입양 서류에 서명했을지도 모른다. 앨리슨의 할머니는 친모인 척 호적을 위조했을지도 모른다. 이러한 경우, 앨리슨은 한국사회봉사회를 상대로 법적 조치를 취할 수도 없다.

여자는 친부나 친모의 동의도 없이 아이들이 해외로 입양된다는 사실에 화가 난다. 리케는 보육원에 아이를 맡기러 오는 이들이 자주 아이의 친부나 친모 행세를 한다고 말했다. 리케의 할머니도 보육원에 왔을 때 리케의 어머니인 척 직원을 속였다.

여자는 어머니인 척한 리케의 할머니에게 화가 난다.

여자는 아들 내외의 동의도 없이 손녀인 리케를 해외로 입양시켰던 리케의 할머니에게 화가 난다.

여자는 아내의 동의도 없이 딸을 해외로 입양시켰던 나영의 아버지에게 화가 난다.

여자는 친부가 친모의 동의도 없이 자신을 해외로 입양시켰다고 말하는 나영의 이야기에 화가 난다.

여자는 울리카의 친모가 울리카의 친부에게 임신 사실을 숨겼다는 사실에 화가 난다. 세월이 흘러 울리카가 친부를 찾았을 때, 그는 딸이 있었다는 사실에 충격을 금치 못했다.

여자는 울리카의 친부에게 임신 사실을 숨겼던 울리카의 친모에게 화가 난다.

여자는 울리카의 친모에게 화가 난다.

여자는 울리카의 친모에게 분노하는 자기 자신에게 화가 난다. 울리카의 친모가 임신 사실을 숨긴 데는 그만한 이유가 있었을 것이다.

여자는 도미니크의 고모에게 분노하는 자기 자신에게 화가 난다. 도미니크의 고모가 도미니크에게 친부의 연락처를 알려주지 않았던 것에는 그만한 이유가 있었을 것이다.

여자는 도미니크의 고모에게 화가 난다.

여자는 도미니크에게 친부의 연락처를 숨기고 알려주지 않는 여자의 고모에게 화가 난다.

여자는 고모가 친부의 연락처를 숨기고 알려주지 않는다고 말하는 도미니크의 이야기에 화가 난다. 도미니크는 고모가 분명 무언가를 숨기고 있다는 생각을 떨칠 수가 없다고 말했다.

여자는 친부가 꼭 친모의 연락처를 알아봐주겠다는 약속을 지키지 않았다고 말하는 나영의 이야기에 화가 난다. 나영의 친부가 다시 연락하겠다고 약속했던 지도 이미 수년이 흘렀다. 이제 나영은 친부가 아닌 다른 이를 통해서 친모의 연락처를 알아볼 수밖에 없다고 말한다. 홀트아동복지회에서도 나영의 친모 연락처는 찾을 수 없었다. 심지어는 KBS 〈아침마당〉에 출연한 나영을 본 후 친모라고 자처하고 나선 여자들도 모두 거짓으로 드러났다. 나영은 그 여자들이 심리적으로 정상이 아니거나 외로움에 지쳐 있었기에 그런 거짓말을 한 것 같다고 말했다.

여자는 자신의 코에 뾰루지가 있다고 알려주는 큰언니에게 화가 난다. 여자 스스로도 코에 뾰루지가 있다는 것을 잘 알고 있는 터에, 굳이 언니에게까지 그런 말을 들을 필요는 없지 않은가.

여자는 자신의 코에 뾰루지가 생겼기에 화가 난다. 여자는 더 이상 10대 소녀가 아니다. 어쩌면 여자가 유당불내증을 가지고 있기 때문인지도 모른다. 즉, 여자에겐 유당을 분해할 수 있는 효소가 부족하기에 뾰루지가 생기는 것인지도 모른다.

여자는 자신에게 유당불내증이 있다는 사실에 화가 난다.

여자는 유당불내증이 있음에도 불구하고 덴마크에서 자랐다는 사실에 화가 난다. 여자는 지금까지 매일 얼마나 많은 우유를 마시며 자라왔던가. 치즈, 버터, 생크림, 요거트, 산패유, 아이스크림, 크렘 프레슈 등은 말할 것도 없다.

여자는 양부모가 자신을 입양했을 당시, 대부분의 동양인들과 마찬가지로 여자 또한 유당불내증을 가지고 있다는 정보를 얻지 못했다는 사실에 화가 난다. 만약 여자의 양모가 그 사실을 알았더라면 여자에게 유제품을 먹이지 않았을 것이다.

여자는 청소를 하다 여자의 머리카락이 온 집안에 떨어져 있다고 불평하던 양모에게 화가 난다.

여자는 코펜하겐의 미용실에서 자신의 머리를 자를 때 가위 대신 칼을 사용했던 미용사에게 화가 난다. 미용사는 동양인의 머리카락은 매우 뻣뻣해서 가위보다 칼을 사용하는 것이 훨씬 쉽다고 말했다. 미용실에 갔을 때 미용사가 커다란 부엌칼 같은 도구로 머리를 잘라주었다는 여자의 말을 들은 미정은 웃음을 터트렸다.

여자는 코펜하겐에 코리아타운이 없다는 사실에 화가 난다. 로스앤젤레스처럼 코펜하겐에도 코리아타운이 있었다면, 여자는 그곳의 미용실에서 머리를 잘랐을 것이다.

여자는 서울의 미용실에서 머리를 어떻게 잘라달라고 정확히 설명할 수 없는 자기 자신에게 화가 난다. 여자는 말로 설명하는 대신 앨범 속의 사진 중에서 가장 마음에 드는 헤어스타일을 하나 고를 수밖에 없었다.

여자는 월세 기간을 연장해달라고 직접 집주인에게 전화해서 부탁하지 못하는 자기 자신에게 화가 난다. 결국 여자는 집주인에게 대신 전화해달라고 미정에게 부탁할 수밖에 없었다.

여자는 월세 계약 기간이 최소 1년이라는 사실에 화가 난다. 여자는 계약 기간이 끝나기 전에 덴마크에 돌아가고 싶으면 어떡하나 싶어 걱정에 젖어든다.

여자는 양모를 위해서라도 다시 덴마크로 돌아가라고 권하는 친부모에게 화가 난다. 친부모와 가까이 지내보려 한국으로 이사온 지 얼마 되지도 않았는데, 친부모에게 그런 말을 들으니 큰 상처가 되었던 것이다.

여자는 덴마크로 되돌아갈지 한국에 남아 있을지 결정할 수 없는 자신에게 화가 난다. 한국에서 사는 것과 덴마크에서 사는 것에는 각각의 장단점이 있다. 여자는 이미 이 장단점을 수없이 따져보았다. 아스트리의 전대 계약이 만료될 때마다 여자는 확신을 할 수 없어 걱정에 빠져든다. 앤드류는 그런 여자를 보며, 여자가 해마다 이민 위기를 맞는 것 같다고 말했다.

여자는 덴마크로 돌아갈지의 여부를 두고 결정을 서두르는 자기 자신에게 화가 난다. 두 곳의 장점과 단점을 확실히 가려내기까지는 시간이 걸릴 것이다. 하지만 장단점을 따지면 따질수록 여자는 더욱 혼란스러워질 뿐이다.

여자는 꼭 한 나라에서 살아야 한다고 생각해왔던 자기 자신에게 화가 난다. 덴마크와 한국을 왔다갔다하며 살 수도 있지 않을까? 물론 그렇게 하기 위해서는 충분한 경제적 여유가 있어야 한다. 여자가 양국에서 예술 프로젝트 후원을 받으면 가능할지도 모른다. 앤드류도 서울에 정착하기로 마음을 먹기 전까지 그런 방법으로 서울과 로스앤젤레스를 수도 없이 왔다갔다 했다. 그가 두 도시를 왔다갔다 할 수 있었다면 여자에게도 불가능한 일은 아닐 것이다.

여자는 덴마크와 한국이 아닌 제3국을 거주지로 고려하는 자기 자신에게 화가 난다. 서울에 눌러살지 코펜하겐으로 되돌아 갈지를 결정하는 것만으로도 혼란스럽기 짝이 없는데 또다른 대안이라니.

여자는 그린란드를 또하나의 대안으로 고려하는 자기 자신에게 화가 난다. 헨릭 리는 덴마크로 되돌아가기 전 그린란드에서 산 적이 있다. 그는 한국에서 수년간 살면서 겪었던 일들을 소화하기 위해 그린란드의 누크에서 2년 정도 살며 마음의 안정을 찾았다고 한다.

여자는 미국을 또하나의 대안으로 고려하는 자기 자신에게 화가 난다.

여자는 만약 미국을 선택할 경우, 뉴욕과 로스엔젤레스를 놓고 고민하는 자기 자신에게 화가 난다.

여자는 덴마크보다 미국에서 사는 것이 훨씬 쉽다고 생각하는 자신에게 화가 난다. 미국과 덴마크는 서로 다른 인종을 바라보는 시각에 큰 차이가 있다. 미국에서는 인종간의 다름을 자연스럽게 받아들인다. 하지만 그렇다고 해서 덴마크보다 미국에서 사는 것이 더 쉽다고 단순하게 말할 수 있을까.

여자는 인종에 관한 말을 입 밖에만 내면 인종차별주의자로 내몰리는 덴마크의 사회적 상황에 화가 난다.

여자는 인종차별주의자로 오해받는 상황에 화가 난다.

여자는 백인들과는 굳이 엮이고 싶지 않다고 말하는 여자에게 인종차별주의자라 몰아붙였던 아스트리에게 화가 난다.

여자는 백인들과는 굳이 엮이고 싶어하지 않는 자기 자신에게 화가 난다. 정작 문제는 그들이 백인이기 때문이 아닌데도 말이다. 여자는 자신이나 앤드류가 굳이 백인들과 엮이고 싶지 않다고 말하는 것 자체가 인종차별에 해당하는지 곰곰이 생각해보았다. 여자는 앤드류가 유색인종은 인종차별주의자가 될 수 없다는 사고방식의 소유자라는 것을 잘 알고 있다. 그러나 앤드류가 백인들과 엮이고 싶지 않다고 말하는 것은 어떻게 받아들여야 할까?

여자는 백인들에게 화가 난다.

여자는 인종차별적인 백인들에게 화가 난다.

여자는 인종차별적인 유색인종들에게 화가 난다. 만약 유색인종 또한 인종차별주의자가 될 수 있다면 말이다.

여자는 모든 인종차별주의자에게 화가 난다.

여자는 덴마크의 오르후스 중심가에서 한 무리의 '화이트 프라이드' 멤버들에게 이유 없이 구타당한 적이 있다는 헨릭 리의 이야기에 화가 난다.

여자는 헤르닝의 디스코텍에서 출입을 거부당했다는 모르텐의 이야기에 화가 난다. 디스코텍의 문 앞을 지키던 이들은 이유를 묻는 모르텐에게 그날 저녁은 백인들만 출입이 허락된다고 말했다.

여자는 모르텐이 백인이 아니라는 사실에 화가 난다.

여자는 마이크가 백인이 아니라는 사실에 화가 난다. 서울의 영어학원 강사직에 지원했던 마이크는 모든 지원 요건을 충족했음에도 불구하고 일자리를 얻지 못했다. 그 이유는 학부모들이 백인 강사를 원했기 때문이다.

여자는 학부모들에게 화가 난다. 그들은 자녀들이 백인 강사에게 영어를 배우기를 원한다.

여자는 학부모들의 뜻에 따라 학원을 운영하는 사람들에게 화가 난다.

여자는 마이크 외에도 백인이 아니라는 이유로 영어학원 강사직에 지원했다가 퇴짜를 맞은 사람들이 너무나 많다는 사실에 화가 난다. 여자는 자격 조건을 충분히 구비했음에도 영어 강사직을 얻지 못했던 한국계 입양인들을 여러 명 알고 있다. 심지어 어떤 구인 광고에는 교포나 F4 비자[31] 소유자에겐 관심이 없다고 적혀 있다.

여자는 F4 비자 소유자에겐 관심이 없다고 적혀 있는 인터넷 구인 광고에 화가 난다.

여자는 최근 미군 기지 내 사람들에게 서류상으로 자녀를 입양시키는 한국 부모들의 수가 늘고 있다는 인터넷 기사[32] 때문에 화가 난다. 입양된 자녀들은 한국의 미군 기지 내에 자리한 미국식 학교에서 공부할 수 있기에 영어를 쉽게 배울 수 있다. 어쩌면 그들은 그곳에서 더 나은 교육을 받을 수 있을지도 모른다. 하지만 단지 영어를 배우고 더 나은 교육의 기회를 얻고자 누가 미국인에게 서류상으로 입양되기를 원하겠는가?

여자는 미군 기지 내 사람들에게 서류상으로 자녀를 입양시키는 한국인 부모들에게 화가 난다.

여자는 한국인 아이들을 보호한다는 명목으로 돈을 받는 미군 기지 내 사람들에게 화가 난다.

여자는 한국인 부모와 미군 기지 내 사람들을 연결해주는 중개업자들에게 화가 난다. 기사에 의하면, 이러한 중개업자들의 대부분은 주한미군사령부가 자리한 용산 이태원에 몰려 있다고 한다.

여자는 이태원이 존재한다는 사실에 화가 난다.

여자는 한국에 미군 기지가 존재한다는 사실에 화가 난다.

여자는 미군이 한국 땅에 주둔한다는 사실에 화가 난다. 서울의 미군 기지에서 일하는 메리에 의하면 이젠 미군이 한국에 주둔할 이유가 없다고 한다. 남한은커녕 북한도 전쟁을 원하지 않는다. 메리는 미국도 한반도의 전쟁을 원하지 않는다고 했다. 메리는 현재 주한미군이 존재하는 이유는 오직 경제적인 이유 때문이라고 덧붙였다.

여자는 오직 경제적인 이유로 한국에 군대를 주둔시키는 미국에게 화가 난다.

여자는 한국에 주둔하는 미군들에게 화가 난다.

여자는 한국 여자들을 임신시킨 후 책임을 지지 않는 주한미군들에게 화가 난다.

여자는 주한미군에 의해 임신한 한국 여자들은 한국 사회에 적응하기 쉽지 않다는 사실에 화가 난다.

여자는 혼혈아는 한국에서 사는 것이 쉽지 않다는 사실에 화가 난다. 한국전쟁 이후, 한국인 여자와 미군 또는 연합군 남성에게서 태어난 혼혈아의 수는 수천 명에 이른다.[33]

여자는 자녀가 혼혈이면 주변에 내보이지 못하고 숨어서 생활했던 여자들이 많다는 사실에 화가 난다.

여자는 혼혈아라는 이유로 자식을 버렸던 여자들에게 화가 난다. 이 여자들은 대부분 주한미군 기지 주변에 셀 수 없이 많이 형성되어 있는, 소위 캠프타운에서 일하는 사람들이다. 『동맹 속의 섹스』[34]라는 책에는 한국전쟁 이후 캠프타운에서 매춘부로 일했던 여자들의 수가 약 1백만 명을 상회했다고 기록되어 있다.

여자는 캠프타운이 존재했다는 사실에 화가 난다.

여자는 지금도 캠프타운이 존재한다는 사실에 화가 난다. 미정은 현재 캠프타운에서 일하는 여자들은 대부분 외국인 여성이라고 말한다. 여자는 비무장지대 근처에 자리한 한 캠프타운에서 일하는 여자들과 인터뷰를 한 적이 있다. 그곳에서 일하는 여자들의 대부분은 필리핀 국적의 여자들이었다.

여자는 한국 여자들이 흔히 하듯 자신의 머리를 느슨하게 묶어올릴 수 없기에 화가 난다. 머리카락을 쓸어올려 고무줄로 어떻게 하면 된다는 것까지는 알고 있지만, 여자는 아무리 애를 써도 한국 여자들이 하듯이 보기 좋게 머리를 묶어올릴 수 없다.

여자는 한국 사회에 동화될 수 없는 자기 자신에게 화가 난다.

여자는 한국 사회에 화가 난다.

여자는 스스로 한국 사회의 한 일원이라는 생각을 가질 수 없기에 화가 난다.

여자는 장을 볼 때 점원이 하는 말을 알아듣지 못하는 자기 자신에게 화가 난다.

여자는 마주칠 때마다 한국말은 언제 배울 거냐고 묻는 집주인에게 화가 난다. 만약 여자가 유럽의 백인이라면 그는 그런 질문을 하지 않았을 것이다.

여자는 한국말로 길을 물을 수 없는 자기 자신에게 화가 난다.

여자는 집이 어딘지 택시 기사에게 설명할 수 없는 자기 자신에게 화가 난다. 여자는 항상 상수역에 내려서 집까지 걸어가야만 한다. 단 한 번이라도 집 앞까지 택시를 타고 갈 수 있다면 얼마나 좋을까.

여자는 상수역에 내려달라고 했음에도, 상도역에 내려준 택시 기사에게 화가 난다.

여자는 상도역이라고 잘못 들은 택시 기사에게 화가 난다. 어쩌면 여자의 발음이 정확하지 않았을지도 모른다. 여자가 홍대라고 한마디만 덧붙였어도 택시 기사는 한강 남쪽의 상도역이 아니라 상수역이라 짐작할 수 있었을 것이다.

여자는 상도역까지 택시를 타고 가야 했기에 화가 난다.

여자는 택시 기사가 신천역에 내려주었기에 화가 난다. 여자가 로터리라고 한마디만 덧붙였어도 택시 기사는 여자의 목적지가 강남의 신천역이 아니라 신촌역이라는 것을 알아챘을 것이다.

여자는 강남의 한 바에서 비키니와 미니스커트를 입고 나이 지긋한 남성 사업가들을 접대하는 어린 소녀들을 보고 화가 난다.

여자는 강남의 바가 체인점이라는 사실에 화가 난다.

여자는 체인점의 소유주에게 화가 난다. 분명 그는 남성일 것이다.

여자는 남성들에게 화가 난다.

여자는 안마시술소를 방문하는 남성들에게 화가 난다.

여자는 안마시술소를 찾는 로랑에게 화가 난다. 여자는 그가 한국에서 여권신장운동의 일부이기도 한 미혼모들의 권리를 위해 활동하는 동시에 안마시술소를 찾는다는 것은 이중적인 도덕성을 의미한다고 생각한다.

여자는 안마시술소를 찾는 로랑에게 화를 내는 자기 자신에게 화가 난다. 만약 여자가 이성애자 남성이었다면 그와 똑같은 일을 했을지도 모르는 일이다.

여자는 자신이 이성애자 남성이 아니라는 사실에 화가 난다.

여자는 자신이 남성이 아니라는 사실에 화가 난다.

여자는 자신이 성별로 구분되는 존재라는 사실에 화가 난다.

여자는 소라가 뱃속에 있는 아이가 딸이라는 것을 알고 낙태 수술을 했다는 사실에 화가 난다. 만약 태아가 딸이라는 이유만으로 낙태 수술을 한다면 궁극적으로는 남녀 성비의 불균형을 초래하기에 나라 전체에도 도움이 되지 않을 것이다. 한국에서는 이미 여성이 부족해 아시아의 다른 나라 여성들과 결혼하는 남성들의 수가 점점 늘고 있다.[35]

여자는 자신이 딸이기 때문에 입양을 보냈던 친부모에게 화가 난다.

여자는 부부 사이의 자녀가 딸뿐이면 항상 여자의 책임으로 돌리는 한국의 전통적 사고방식에 화가 난다.

여자는 남자로 태어나지 않았다는 사실에 화가 난다.

여자는 오직 남자만이 대를 이을 수 있다고 생각하는 한국의 전통적 사고방식에 화가 난다.

여자는 가부장적 친족 제도가 주를 이루는 한국 사회에 화가 난다.

여자는 유교문화에 화가 난다. 만약 유교문화의 영향이 없었더라면 한국 사회는 가부장적 친족 제도를 중심으로 발전하지 않았을 것이다. 적어도 여자는 그렇게 생각한다. 로랑은 가부장적 한국 사회를 비판하는 여자에게 현대 한국 사회에서는 아들보다 딸을 선호하는 부부가 더 많다고 말했다. 그는 딸이 아들보다 효심과 책임감이 더 강하다고 말하며 미소를 지었다.

여자는 구식 목재 미닫이창이 달린 집으로 이사했던 자기 자신에게 화가 난다. 여름에는 아무 문제가 없겠지만, 겨울이 되면 나무 창살 사이로 한기가 들어올 것이다.

여자는 계약서에 서명하기 전에 바닥에 열선이 있는 방은 단 하나뿐이라고 미리 말해주지 않았던 집주인에게 화가 난다.

여자는 집이 너무나 추워 다시 이사가는 것을 고려해야 한다는 상황에 화가 난다.

여자는 홍대 근처의 부동산을 직접 돌아보며 집을 고를 수 없어 화가 난다. 여자는 미정의 도움을 받을 수밖에 없었다.

여자는 이삿짐센터의 직원과 직접 통화할 수 없는 자신에게 화가 난다. 여자는 미정에게 이삿짐센터에 전화해달라고 부탁해야만 했다.

여자는 새로 이사한 집에 가구는 물론 음식물 찌꺼기까지 그대로 남아 있다는 사실에 화가 난다. 여자의 탁자와 의자 등 이삿짐을 옮겨주기 위해 온 로랑은 자신도 같은 경험을 한 적이 있다고 말했다. 그는 이사한 집에 들어가기 전, 돈을 주고 사람을 고용해 집을 비우고 청소를 해야만 했다고 덧붙였다. 그는 한국에선 새로 이사를 들어오는 사람이 이전의 낡은 가구를 없애고 청소를 해야 한다고 알려주었다.

여자는 새로 이사를 하는 사람이 전주인이 남기고 간 낡은 가구를 없애고 청소를 해야 한다는 사실에 화가 난다.

여자는 낡은 가구를 정리하고 청소를 하는 것이 이전에 세들어 살던 사람의 책임인 줄 알고 있었던 자기 자신에게 화가 난다. 덴마크에서 적용되는 규칙이 한국에서도 적용되는 줄로만 알고 있었던 것이다.

여자는 집을 확인하려 시도 때도 없이 방문하는 새 집주인에게 화가 난다.

여자는 새 집주인에게 분노하는 자기 자신에게 화가 난다. 집주인은 단지 여자에게 새해 인사를 건네러 왔을 뿐이고, 심지어는 여자에게 도너츠를 주기도 했는데도 말이다.

여자는 홍대 근처에 또다른 던킨도너츠 가게가 문을 열었다는 사실에 화가 난다.

여자는 홍대 근처 두리원손두부가 있던 자리에 새로운 카페가 문을 열었다는 사실에 화가 난다. 여자는 미정에게 만약 이런 일이 계속된다면 조만간 홍대 근처에서 한국 음식을 맛볼 수 없을 것이라고 말했다.

여자는 두리원손두부가 문을 닫았다는 사실에 화가 난다. 그곳은 여자가 가장 좋아하는 음식점이었다.

여자는 수진이 집주인에게 쫓겨날까봐 결혼을 했다고 거짓말을 해야 했다는 사실에 화가 난다.[36]

여자는 아이가 학교에서 왕따를 당할까봐 결혼을 했다고 진경이 거짓말을 해야만 했던 사실에 화가 난다. 진경은 그 때문에 남편이 교통사고로 세상을 떠났다는 또다른 거짓말을 할 수밖에 없었다.

여자는 소민의 아들이 아버지가 없다는 이유로 학교에서 왕따를 당한다는 사실에 화가 난다.

여자는 학교에서 도현을 왕따시키는 아이들에게 화가 난다.

여자는 도현이 혼외자식이라는 이유로, 자녀들에게 도현과 함께 놀지 말라고 하는 학부모들에게 화가 난다.

여자는 미혼모와 기혼모를 구별하고 차별하는 한국의 사회 풍토에 화가 난다.

여자는 한국에 화가 난다.

여자는 한국 정부에 화가 난다.

여자는 미혼모를 차별하고 낙인을 찍는 사회 인식에 대응하기 위해 더 많은 예산 및 인적, 물적 자원을 활용하지 않는 한국 정부에 화가 난다.

여자는 나라 예산의 오직 6.9퍼센트만 사회복지에 사용하는 한국 정부에 화가 난다.[37] 리케는 여자와 함께 한국의 입양관련

법 개정과 관련한 심의회에 참가했을 때, 한국이 OECD 회원국 중 복지에 가장 적은 돈을 투자한다고 설명해주었다.

여자는 한국의 입양법 개정에 반대하는 사람들에게 화가 난다. 입양기관의 대표자들은 자신들의 이익을 지키기 위해 법 개정에 반대한다. 그들은 심의회에서 법이 개정되면 자신들이 설 자리가 사라진다는 점에 큰 우려를 표했다. 하긴 자신들의 이익을 지키지 못한다면 그 누가 법 개정에 선뜻 찬성할까?

여자는 한국의 입양법 개정과 관련한 심의회에 참석했던 자기 자신에게 화가 난다. 여자는 한국말을 이해하지 못했기에 심의회에서 무슨 말이 오고가는지 알 수 없었다. 여자는 심의회에 참석해야 할 이유를 찾지 못했다.

여자는 한국말을 모르기에 심의회에 참석할 필요가 없다고 생각하는 자신에게 화가 난다. 설사 여자가 한국말을 모른다 해도 여자가 심의회에 모습을 드러낸다는 사실은 큰 의미를 지니고 있는데도 말이다.

여자는 심의회에서 무슨 말이 오고가는지 전혀 이해하지 못했기에 화가 난다.

여자는 심의회에서 무슨 말이 오고가는지 리케도 이해하지 못한다는 사실에 화가 난다. 그들 일행 중 심의회에서 오고가는 법조어를 이해하는 사람은 로랑뿐이었다.

여자는 심의회에 참석한 한국계 입양인들을 위해 동시통역사가 자리하지 않았다는 사실에 화가 난다. 리케는 심의회 측에 동시통역사가 필요하다고 말했으나 그들은 리케의 요청을 거부했다.

여자는 심의회 측에 화가 난다. 리케는 주최 측에 수차례나 동시통역사를 요구한 후에야 비로소 심의회 측에서 그 요청을 받아들였다고 말했다.

여자는 한국의 입양법 개정안과 관련된 차기 심의회에 한국계 입양인들이 초대되지 않았다는 리케의 말에 화가 난다. 리케는 차기 심의회에선 입양기관 대표자들의 발언이 예정되어 있지만, 정작 법 개정안의 당사자라고도 할 수 있는 입양인들은 초대되지 않았다고 설명해주었다. 그럼에도 리케를 비롯한 한 무리의 한국계 입양인 활동가들은 심의회에 참석하기로 결정했다. 리케는 심의회는 공식적으로 모든 이에게 열려 있는 자리이기에 정부도 그들의 참석을 막지 못할 것이라 말했다. 여자는 리케처럼 입양인 출신 활동가들 중 핵심 위치에 있다고는 할 수 없었지만 차기 심의회에는 꼭 참석하리라 결심했다. 비록 모든 회의는 지루하기 짝이 없지만, 리케를 비롯한 이들의 활동은 매우 중요하기 때문이다. 여자는 회의중 졸음을 참는 것이 매우 힘들다고 생각한다. 심의회는 다른 여느 회의와 그리 다르지 않다.

여자는 한국에 입양기관의 활동이 법에 저촉되는지 감시하는 공공기관이 없다는 사실에 화가 난다. 물론 입양기관들을 감시하고 통제하는 독립적 기관 KCARE[38]이 있긴 하지만, 이곳에서 일하는 사람들은 대부분 입양기관 직원이다. 바로 그 때문에, 입양기관을 감시하고 통제하는 KCARE를 전적으로 신뢰하는 것은 쉽지 않다.

여자는 한국에 개개의 입양 서류 사본을 따로 보관하는 공적기관이 없다는 사실에 화가 난다. 입양기관 외에 이를 감독하는 기관도 서류를 보관해야 한다. 로랑은 KCARE에서 이러한 서류를 따로 보관하기로 결정되었지만, 실제로 그 일이 언제 시행될지는 확신할 수 없다고 말했다.[39]

여자는 한국계 입양인들을 희생양으로 간주하는 자기 자신에게 화가 난다.

여자는 '우편주문 아내'라고 불리는 태국 여성들을 희생양으로 간주하는 자기 자신에게 화가 난다.

여자는 국제결혼한 태국 여성들과 한국계 입양인들을 동일선상에 놓고 바라보는 자기 자신에게 화가 난다. 여자는 한 라디오 다큐멘터리[40]의 도입부에서 한국계 입양인들을 '우편주문 베이비'라고 폄하하는 말을 들은 적이 있다. 그렇다고 해서 한국계 입양인들과 태국 여성들을 비교하는 것은 옳지 않다. 한국계 입양인들은 적어도 덴마크에선 가장 두각을 나타내는 특권층 이민자로 고려되기에, 국제결혼한 태국 여성들의 지위와는 뚜렷이 구별된다.

여자는 덴마크의 백인 남성과 결혼한 태국 여성들이 남편의 정서적 욕구를 채워주는 것과 마찬가지로, 한국계 입양인들이 양부모들의 정서적 욕구를 채워주는 역할을 한다는 사실에 화가 난다. 여자는 레네 명이 국제결혼한 태국 여성들과 한국계 입양인들은 정서적 노동의 대가로 경제적 안정과 물질적 풍요를 제공받는다는 것을 일종의 개념으로 사용하는 것을 들은 적이 있다. 여자와 레네 명은 덴마크의 국가 간 입양과 태국 여성과의 국제결혼 사례를 중심으로 둘 사이의 구조적인 유사성에 관해 함께 글을 쓰기로 약속했다.

여자는 덴마크의 국가 간 입양과 태국 국제결혼 사이의 구조적 유사성을 보지 못하는 아스트리에게 화가 난다. 아스트리는 덴마크의 백인 부모에게 입양되는 아이들과, 덴마크의 백인 남성과 결혼하는 태국 여성들 사이에 구조적인 유사성이 있다고 생각하는 *여자*에게 더 큰 문제가 있다고 말했다.

여자는 태국 여성들과 결혼하는 덴마크의 백인 남성들에게 화가 난다.

여자는 덴마크의 백인 남성과 결혼하는 태국 여성들에게 화가 난다.

여자는 입양인의 양부모들에게 화가 난다.

여자는 이들 두 사례는 적어도 구조적 관점으로 볼 때 크게 다르지 않음에도 불구하고 입양부모들은 사회에서 이상적으로 받아들여지는 반면, 태국 여성들과 결혼하는 덴마크 남성들은 비난을 받는다는 사실에 화가 난다. 여자가 코펜하겐에서 레네 명과 만났을 때, 레네 명은 이들 두 사례가 사회계급과 밀접한 관련이 있다고 말했다. 즉 국가 간 입양은 진정한 사랑을 표현하는 방식으로 고려되는 반면, 태국 여성과의 결혼은 진정한 사랑과는 거리가 먼 경제적 거래로 고려되는 것이 일반적이라는 것이다. 대부분의 입양부모들이 속해 있는 중산계급 사람들은 자신의 긍정적인 이미지를 위해 태국 여성과 결혼하는 덴마크의 백인 남성과 거리를 둔다. 이것이 가능한 이유는 덴마크의 중산계급이 사회 권력의 주류를 이루고 있기 때문이다.

여자는 덴마크 사회의 주류를 이루고 권력을 행사하는 중산층 사람들에게 화가 난다.

여자는 자신이 덴마크 중산계급에 속한다는 사실에 화가 난다.

여자는 자신이 한국의 노동자계급에 속한다는 사실에 화가 난다. 더 정확히 말하자면, 여자는 한국의 노동자계급에 속하는 가정 출신이다. 여자가 덴마크의 중산계급, 심지어 중산계급 중에서도 지식층에 속한다는 사실은, 한국의 노동자계급에 속하는 친부모와 여자와의 관계를 더욱 복잡하게 만들 뿐이다. 한국처럼 사회계급이 큰 의미를 지니는 나라에서는, 여자의 친부모가 쉽게 수치심을 느끼기 마련이다. 월세를 낼 때도 그렇다. 여자는 친부모에게 직접 월세를 내는 일에 익숙하다고 말했지만, 그들은 딸을 위해 월세를 내주지 못한다며 미안해했다.

여자는 친부모가 여자의 월세를 내주지 못해 미안해하고 수치스러워한다는 사실에 화가 난다.

여자는 친부모가 여자의 월세를 지불해줄 수 있을 만큼 경제적 여유가 없다는 사실에 화가 난다. 만약 그들이 여자의 월세를 내줄 수 있다면, 그들이 수치스러워하는 일 중 적어도 하나는 줄어들 것이다.

여자는 친부모가 자신을 입양 보낸 것을 수치스러워한다는 사실에 화가 난다. 여자의 친부는 그 때문에 죽을 때까지 스스로를 용서하지 못할 것 같다고 말했다. 여자는 친부의 말에 마음이 누그러졌지만, 친부가 평생 스스로를 용서하지 못한다면 솔직히 그 또한 쉽지 않을 것이라 생각했다. 어쨌든 지금은 되돌리기엔 너무나 늦은 일이다.

여자는 지금 되돌리기엔 너무나 늦었다는 사실에 화가 난다.

여자는 자신이 동양인의 체형을 지녔다는 사실에 화가 난다.

여자는 자신이 여성의 체형을 지녔다는 사실에 화가 난다.

여자는 신체를 소유하고 있다는 사실에도 화가 난다.

여자는 양모의 친구 마리안네에게 화가 난다. 마리안네는 만날 때마다 여자와 양모의 말투와 움직임이 너무나 비슷하다고 강조한다. 물론 그것은 사실일지도 모른다. 하지만 마리안네는 왜 만날 때마다 특히 그 점을 강조하는 것일까?

여자는 자신의 친모가 '진정한 어머니'라고 말하는 사람들에게 화가 난다.

여자는 자신의 양모가 '진정한 어머니'라고 말하는 사람들에게 화가 난다.

여자는 '진정한 어머니'라는 개념이 존재한다는 사실에 화가 난다. 그것은 진정하지 않은 어머니도 존재한다는 뜻으로 해석할 수 있다.

여자는 마이크에게 진정한 어머니는 바로 자기 자신이라고 말하는 마이크의 양모에게 화가 난다.

여자는 마이크의 친모에게서 온 편지를 쓰레기통에 버린 마이크의 양모에게 화가 난다. 마이크는 양모가 집에 없는 날 우연히 쓰레기통에 버려진 편지를 발견했다. 그 편지들은 마이크의 친모가 보낸 것이었다. 그의 친모는 한국사회봉사회 직원에게서 연락처를 받아, 마이크가 답장을 보내지 않았음에도 불구하고 포기하지 않고 계속 편지를 보냈던 것이다.

여자는 마이크의 친모가 마이크에게서 답장을 받지 못했다는 사실에 화가 난다.

여자는 친부모가 여자의 입양처에 관해 그 어떤 정보도 얻지 못했다는 사실에 화가 난다.

여자는 양부모가 자신을 입양할 당시, 친부모의 이름은 물론 그 어떤 정보도 얻지 못했다는 사실에 화가 난다.

여자는 어떤 입양은 비공식적 경로로 진행된다는 사실에 화가 난다.[41]

여자는 비공식적 경로로 진행되는 입양을 용인하는 한국 정부에 화가 난다.[42]

여자는 비공식적 경로로 진행되는 입양을 용인하는 덴마크 정부에 화가 난다. 물론 공식적 경로[43]로 이루어지는 입양에 문제점이 없는 것은 아니지만, 여자는 비공식적 경로보다는 공식적 경로로 이루어지는 입양이 우선되어야 한다고 생각한다. 여자는 입양 관련 정보와 연락처는 직접적인 관련자뿐 아니라 접근권이 있는 타인에게도 공개되어야 한다고 생각한다.

여자는 한국 정부가 헤이그협약을 비준하지 않았음[44]에도 불구하고 덴마크에서 한국 입양아동을 받아들인다는 사실[45]에 화가 난다. 덴마크는 1997년 헤이그협약을 비준했지만,[46] 여전히 동일 협약을 비준하지 않은 나라와 입양 계약을 체결하는 등 협력관계에 있다.

여자는 입양기관을 사정하고 감시하는 독립적 공식 기관을 설립해야 한다는 헤이그협약을 아직도 비준하지 않은 한국 정부에게 화가 난다. 그러한 독립적 공식 기관의 임무는 국가 간 입양이 도덕적 잣대에 벗어나지 않는지 감시하는 것이다.

여자는 입양 서류에 서명하는 부모들에게 관련 정보와 결과적 상황 등을 상세히 알려주어야 한다는 헤이그협약을 비준하지 않은 한국 정부에 화가 난다.[47]

여자는 입양은 친밀감과 애정을 바탕으로 이루어져야 한다는 헤이그협약을 비준하지 않은 한국 정부에 화가 난다. 헤이그협약에서는 아이들이 친부모 밑에서 자라는 것이 이상적이라고 명백히 밝혔다. 또한 각각의 회원국 정부에서는 아이들이 친부모 밑에서 자랄 수 있도록 적절한 기준을 마련해야 한다고도 덧붙였다. 만약 아이들이 친부모 밑에서 자랄 수 있는 여건이 마련되어 있지 않다면, 정부는 우선적으로 국내입양부터 고려해야 한다. 만약 국내입양조차 쉽지 않다면, 그때 국가 간 입양을 고려해야 할 것이다.

여자는 헤이그협약에서 아이들이 친부모 밑에서 자랄 수 있는 여건을 충족시키기 위해 각국 정부에 구체적 요구를 하지 않는 현실에 화가 난다. 헤이그협약에서는 부모가 아이를 입양 보내지 않을 수 있는 확실한 대안을 제시하지 않는다. 데이비드 M. 스몰린은 국가 간 입양만이 아이들에게 최선의 방법이라고 하려면, 당연히 그 이전에 다른 방안들이 먼저 시행되었어야 한다고 그의 저서[48]에서 밝혔다. 그는 일례로 정부가 부모들에게 경제적 지원을 하는 것도 한 방법이 될 수 있다고 덧붙였다.

여자는 미혼모들에게 충분한 경제적 지원을 하지 않는 한국 정부에 화가 난다.

여자는 아이들을 키울 수 있도록 미혼모들에게 임시 거처를 마련해주지 않는 한국 정부에 화가 난다.

여자는 미혼모에게서 태어난 아이들 중 대다수가 입양된다는 사실에 화가 난다.[49]

여자는 로랑이 입양되었다는 사실에 화가 난다.

여자는 그레이스가 입양되었다는 사실에 화가 난다.

여자는 그레이스의 친부가 다시는 딸을 볼 수 없다는 것을 알고 절망했다는 사실에 화가 난다. 그레이스는 친부모가 너무나 열악한 경제적 여건 때문에 어쩔 수 없이 자신을 보육원에 맡길 수밖에 없었다고 말했다. 그로부터 반년 후, 경제력을 회복한 그레이스의 아버지는 딸을 집으로 데려오려 보육원을 찾았을 때 다시는 딸을 만날 수 없다는 청천벽력 같은 말을 들었다. 그 사이에 그레이스는 이미 미국으로 입양되었기 때문이다.

여자는 그레이스가 미국으로 입양되었다는 사실에 화가 난다.

여자는 자신이 미국으로 입양되지 않았다는 사실에 화가 난다. 이왕 입양될 운명이었다면 차라리 미국으로 입양되는 것이 훨씬 낫지 않았을까.

여자는 그런 생각을 하는 자신에게 화가 난다. 만약 여자가 미국으로 입양되었다면 여자는 양모의 사랑을 경험할 수 없었을 것이다. 양모는 여자에게 자기 자신과 타인을 사랑하는 방법을 가르쳐주었다.

여자는 아이들에게 가장 중요한 것은 사랑을 받으며 자라는 것이기에 아이들을 입양했다고 말하는 양부모들에게 화가 난다.

여자는 아이들에게 사랑을 주기 위해 입양했다고 말하는 양부모들에게 화가 난다.

여자는 입양자녀가 친부모에게 사랑을 받지 못하고 자랐기 때문에 입양했다고 말하는 양부모들에게 화가 난다.

여자는 입양자녀의 친부모를 비난하고 깎아내리는 양부모들에게 화가 난다.

여자는 입양자녀의 친부모를 이상화하는 양부모들에게 화가 난다.

여자는 자신들의 친부모를 이상화하는 입양자녀들에게 화가 난다.

여자는 자신들의 양부모를 이상화하는 입양자녀들에게 화가 난다.

여자는 입양자녀들에게 만약 자신들이 입양하지 않았더라면 보육원 신세를 면치 못했을 것이라고 거짓말을 하는 양부모들에게 화가 난다.

여자는 입양자녀들에게 만약 자신들이 입양하지 않았더라면 배고픔에 허덕이는 삶을 면치 못했을 것이라고 거짓말을 하는 양부모들에게 화가 난다.

여자는 입양자녀들에게 만약 자신들이 입양하지 않았더라면 커서 범죄자가 되었을지도 모른다고 거짓말을 하는 양부모들에게 화가 난다.

여자는 입양자녀들에게 친부모가 교통사고로 세상을 떠났다고 거짓말을 하는 양부모들에게 화가 난다.

여자는 입양자녀들에게 친부모가 전쟁터에서 목숨을 잃었다고 거짓말을 하는 양부모들에게 화가 난다.

여자는 입양자녀들에게 친모가 매춘부였다고 거짓말을 하는 양부모들에게 화가 난다.

여자는 친모가 매춘부인 줄 알았던 자기 자신에게 화가 난다.

여자는 만약 양부모에게 입양되지 않았더라면 자신도 매춘부가 되었을 것이라 믿었던 스스로에게 화가 난다.

여자는 스스로 백인 혼혈이라 믿어왔던 자기 자신에게 화가 난다. 양모는 여자가 어렸을 때 여자의 친부가 백인 미군이라 거짓말을 했다. 여자는 자신의 피부가 니콜라이나 페르닐레보다 훨씬 희었기에 양모의 거짓말을 조금도 의심하지 않았다.

여자는 한국에서 아이를 입양했다고 자랑하는 양모에게 화가 난다.

여자는 현대자동차를 렌트했다고 자랑하는 양모에게 화가 난다. 만약 양모가 소위 한국의 재벌 중 하나인 현대그룹에 관해 좀더 알았더라면 현대자동차를 대하는 양모의 시각은 달라졌을 것이다. 적어도 현대자동차를 렌트했다고 자랑하지는 않았을 것이다. 또한 한국에서 딸을 입양했다고 자랑하지도 않았을 것이다.

여자는 자신과 현대자동차를 동일시하는 양모의 태도에 화가 난다. 자신이 자동차와 동일시되는데 그 어떤 이가 불쾌하지 않을 수 있단 말인가? 비록 양모가 여자를 입양하기 위해 돈을 지불하긴 했지만, 여자는 상품이 아니다. 물론 양모는 선한 의도에서 딸과 자동차를 모두 한국에서 데려왔다며 의기양양하게 자랑하듯 말했을 것이다. 하지만 여자의 입장에선 입양아를 상품화한다는 것으로밖에 보이지 않았다. 만약, 양모가 진정으로 한국과 연계감을 갖고 싶었다면, 차라리 한국인 친구를 사귀는 것이 더 좋지 않았을까. 현대자동차를 렌트하는 것은 한국과의 연계감을 가지기 위한 피상적인 행위에 불과하다. 그것은 한국계 입양인들이 게더링 행사에[50] 한복을 입고 나가는 것과도 같다. 물론 여자는 어떤 입양인들은 한복을 입음으로써 한국인이라는 자신의 정체성을 더욱 굳건히 다지기도 한다는 것을 잘 알고 있다. 하지만 여자의 눈에는 그 또한 피상적으로 보일 뿐이다. 많은 한국인들은 결혼식이나 환갑잔치 등 집안에 경사가 있을 때 한복을 입는다. 하지만 한국계 입양인들이 한복을 입고 모임에 나간다는 것은 진정한 한국을 표현하는 것이 아니라 단지 현대 서구인의 눈으로 보는 한국을 보여주는 것일 뿐이다.

여자는 한국을 바라보는 서구적 시각에 화가 난다.

여자는 아시아 여성들을 바라보는 서구적 시각에 화가 난다.

여자는 아시아 여성들은 난잡하다는 일반적 사고에 화가 난다.

여자는 아시아 여성들은 신비롭다는 일반적 사고에 화가 난다.

여자는 아시아 여성들은 복종적이라는 일반적 사고에 화가 난다.

여자는 아시아 여성들은 복종적이라고 생각하는 미켈에게 화가 난다.

여자는 자신을 복종적이라고 생각하는 미켈에게 화가 난다.

여자는 미켈에게 화가 난다.

여자는 이바나에게 화가 난다.

여자는 니콜라이가 가부장적이라고 생각하는 이바나에게 화가 난다.

여자는 아시아 남성들은 가부장적이라고 생각하는 이바나에게 화가 난다.

여자는 아시아 남성들은 가부장적이라고 규정하는 일반적 사고에 화가 난다.

여자는 아시아 남성들은 너드nerd라고 규정하는 일반적 사고에 화가 난다.

여자는 아시아 남성들은 무예에 능하다고 규정하는 일반적 사고에 화가 난다.

여자는 아시아 남성들은 성기가 작다고 규정하는 일반적 사고에 화가 난다.

여자는 아시아 여성들은 타이트한 성기를 가지고 있다고 규정하는 일반적 사고에 화가 난다.

여자는 자신에게 다가와 아시아 여성들은 타이트한 성기를 가지고 있다고 말하는 사람들에게 화가 난다.

여자는 자신에게 다가와 *여자의* 성기가 타이트하다고 말하는 사람들에게 화가 난다.

여자는 니콜라이에게 *그의* 성기가 작다고 말하는 사람들에게 화가 난다.

여자는 아시아 남성들은 성기가 작다고 말하는 이바나에게 화가 난다. 도대체 이바나는 무슨 근거로 그런 말을 하는 것일까? 여자가 아는 한, 이바나는 단 한 번도 아시아 남성과 연애를 해 본 적이 없다.

여자는 아시아 여성들의 성기는 타이트하다고 말하는 미켈에게 화가 난다. 도대체 미켈은 무슨 근거로 그런 말을 하는 것일까? 여자가 아는 한, 미켈은 단 한 번도 아시아 여성과 연애를 해 본 적이 없다.

여자는 아시아 여성들과 섹스를 하면 어떨지 궁금해하는 백인 남성들에게 화가 난다.

여자는 아시아 남성들과 섹스를 하면 어떨지 궁금해하는 백인 남성들에게 화가 난다.

여자는 단지 정준이 아시아인이라는 이유만으로 *바텀*이라고 생각하는 백인 남성들에게 화가 난다.

여자는 아시아인 게이들은 *바텀*이라고 규정하는 일반적 사고에 화가 난다.

여자는 아시아인 레즈비언들은 *펨*이라고 규정하는 일반적 사고에 화가 난다.

여자는 여자가 아시아인이라는 이유로 *펨*이라고 생각하는 백인 여성들에게 화가 난다.

여자는 백인 여성들에게 화가 난다.

여자는 백인 남성들에게 화가 난다.

여자는 아시아 여성들에게 성적 욕구를 느끼는 백인 남성들에게 화가 난다.

여자는 아시아 여성들에게 성적 욕구를 느끼는 백인 여성들에게 화가 난다.

여자는 단지 아스트리가 과거 기요미와 데이트를 한 적이 있다는 이유로 아스트리가 아시아 여성을 향한 성적 욕구를 가지고 있다고 생각하는 자기 자신에게 화가 난다. 물론 그것은 우연일 뿐이며, 여자가 아스트리에게 필요 이상으로 집착하기 때문일 수도 있다.

여자는 아스트리가 아시아 여성을 향한 성적 욕구를 가지고 있을지도 모른다고 걱정하는 자기 자신에게 화가 난다. 어쩌면 아스트리는 아시아 여성이 아니라 일반적으로 여성스러운 여자들에게 성적 욕구를 느낄지도 모른다.

여자는 여성스러운 여자들에게 성적 욕구를 느끼는 자기 자신에게 화가 난다.

여자는 아시아 여성들에게 성적 욕구를 느끼는 스스로에게 화가 난다. 아시아 여성임에도 불구하고 아시아 여성에게 성적 욕구를 느끼는 것이 가능하다면 말이다. 그 점은 여자도 확신할 수가 없다. 어쩌면 아시아 여성과 데이트를 하고 싶어하는 여자의 욕구는 성적인 것과는 전혀 다른 이유 때문일지도 모른다. 레네 명의 표현을 빌자면 그것은 '인종적 보상' 차원의 문제일 수도 있다. 레네 명은 인종적 보상이 주변인들과 다른 외모 때문에 갖게 되는 상실감을 극복하기 위해 노력하는 일종의 과정이라고 이해하면 된다고 했다. 한국계 입양인들은 주로 백인 집단 속에서 살고 있다. 그들은 자신이 백인이 아니라는 것을 깨닫게 되었을 때 상실감을 접하게 된다. 그들이 또다른 아시아인의 신체에 친밀감을 느끼는 것은 이러한 상실감을 극복하기 위한 하나의 방법, 적어도 하나의 시도라고 레네 명은 덧붙였다.

여자는 아스트리의 코를 가리키며 웃음을 터뜨린 조카에게 화가 난다.

여자는 백인들은 일반적으로 동양인보다 더 크고 높은 코를 가지고 있다고 조카에게 직접적으로 설명해줄 수 없는 자기 자신에게 화가 난다.

여자는 멋쩍은 상황을 무마하기 위해 아스트리의 코를 가리키며 '뷰티풀'이라 말했던 언니에게 화가 난다.

여자는 멋쩍은 상황을 무마하기 위해 아스트리의 코를 가리키며 역시 '뷰티풀'이라 말할 수밖에 없었던 자기 자신에게 화가 난다.

여자는 메테가 시간당 얼마를 원하는지 질문을 받은 적이 있다는 사실에 화가 난다. 길에서 메테와 우연히 마주쳤던 낯선 남자는 메테에게 집으로 함께 가자고 말하며 시간당 얼마를 원하는지 물었다. 메테는 그날부터 옷차림에 유난히 신경을 쓰기 시작했다. 메테는 길에서 태국 여성과 똑같은 대접을 받고 싶지 않다고 말했다.

여자는 덴마크에 사는 태국 여성들을 향한 일반적 시각에 화가 난다.

여자는 덴마크에 사는 태국 여성으로 오해받을까봐 걱정하는 메테에게 화가 난다.

여자는 덴마크에 사는 태국 여성으로 오해받을까봐 걱정하는 자기 자신에게 화가 난다.

여자는 덴마크에 이민 온 중국인으로 오해받을까봐 걱정하는 자기 자신에게 화가 난다. 특히 신문을 들고 아마게르섬의 밤길을 걸었을 때의 두려움은 아직도 잊을 수가 없다.

여자는 중국인 이민자들이 밤낮으로 일하느라 일하는 것 외에는 제대로 된 삶을 살 줄도 모른다고 믿는 일반적 사고에 화가 난다.

여자는 중국인보다 한국인이 더 낫다고 생각하는 자기 자신에게 화가 난다.

여자는 한국인보다 일본인이 더 낫다고 생각하는 자기 자신에게 화가 난다.

여자는 자신이 일본인이 아니라는 사실에 화가 난다.

여자는 자신이 한국인이라는 사실에 화가 난다.

여자는 자신을 한국인으로 생각하지 않는 미정에게 화가 난다.

여자는 자신을 한국인으로 생각하는지 미정의 눈치를 보는 자기 자신에게 화가 난다.

여자는 자신에게 한국인처럼 보이지 않는다고 말하는 미정에게 화가 난다. 미정은 여자를 찬찬히 뜯어보면 한국인처럼 보이지만, 전반적인 태도를 보면 여자가 한국에서 자라지 않았다는 것을 대번에 알 수 있다고 말했다.

여자는 한국에서 자라지 못했다는 사실에 화가 난다.

여자는 덴마크에서 자랐다는 사실에 화가 난다.

여자는 이중 또는 삼중국적이 허용되지 않는 나라에서 자랐다는 사실에 화가 난다.

여자는 덴마크에서 자란 한국계 입양인들이 보통 자신을 소개할 때 한국계 덴마크인이라 말하지 않는다는 사실에 화가 난다. 미국에서 자란 한국계 입양인들은 한국계 미국인이라 소개하지만, 덴마크에서 자란 한국계 입양인들은 한국계 덴마크인이라는 표현을 사용하지 않는다. 그런 표현을 써서 얻게 되는 단점이 장점보다 더 많기 때문이다. 그 때문에 그저 입양인이라고 말하는 것이 훨씬 쉬울 때가 많다.

여자는 가끔 틀린 것을 바로잡으려 하지 않는 자기 자신에게 화가 난다. 만약 덴마크에서 자신을 한국계 덴마크인이라 소개하는 것이 일반화되어 있다면 입양인이라는 표현을 쓰지 않아도 될 것이다.

여자는 자신이 입양인이라는 사실에 화가 난다.

여자는 자신이 한국계 덴마크인이라는 사실에 화가 난다.

여자는 자신이 한국계 덴마크인이라는 사실을 인지하지 못하는 헬레네에게 화가 난다.

여자는 자신이 덴마크인이라고 고집하는 헬레네에게 화가 난다.

여자는 여자에게 진정한 덴마크인이라 말하는 헬레네에게 화가 난다. 여자는 그것이 무슨 의미인지도 모르면서 진정한 덴마크인으로 보이고 싶은 생각은 없다.

여자는 자신이 덴마크인일 뿐 아니라 한국인이기도 하다는 사실에 헬레네가 적응할 기회조차 주지 않았던 자기 자신에게 화가 난다. 헬레네는 여자가 한국계 덴마크인이라는 사실을 받아들이기까지 꽤 긴 시간을 소비했다. 여자는 헬레네를 판단하기 전에 헬레네 또한 사고를 바꾸는 데 시간이 필요하다는 것을 이해했어야만 했다.

여자는 자신이 덴마크인이라 소개된다는 사실에 화가 난다.

여자는 자신이 덴마크인으로 보여진다는 사실에 화가 난다.

여자는 자신의 이름이 덴마크식 이름이라는 사실에 화가 난다.

여자는 자신이 한국식 이름을 유지할 수 있도록 허락하지 않은 양부모에게 화가 난다. 여자가 현재까지 유지하는 한국식 이름은 미들네임으로 사용하는 '리Lee'뿐이다. 이는 입양인들의 이름에서 볼 수 있는 흔한 형태이다. 리케, 앤드류, 헨릭 리 또한 여자와 마찬가지로 한국식 성을 미들네임으로 가지고 있다.

여자는 덴마크에서 양부모가 입양아의 이름을 바꾸는 것을 허용하고 있다는 사실에 화가 난다. 아이가 지구 반대편에 정착한다 하더라도, 그는 비행기를 타기 전이나 그로부터 몇 시간 후 덴마크의 카스트룹공항에 내린 후에나 똑같은 신체를 가지고 있는 똑같은 아이임에 틀림없다. 덴마크에 왔다 하더라도 그의 피부색이나 눈동자 색이 달라지는 것은 아니다. 만약 여자에게 결정권이 있다면 호주처럼 양부모가 입양아의 이름을 바꾸는 것을 금지시킬 것이다.[51]

여자는 정준의 이름을 바꾼 그의 양부모에게 화가 난다. 정준은 5살 때 스톡홀름의 알란다공항에 내렸다. 그전에 그는 항상 정준이라는 이름으로 불렸다.

여자는 정준이 페르라는 이름을 얻기 전까지 무려 5년 동안이나 정준이라는 이름으로 불렸다는 사실을 받아들이지 못했던 그의 양부모에게 화가 난다. 그는 성인이 되어 한국에 재정착한 후에야 정준이라는 이름을 되찾았다.

여자는 춘복이라는 본명보다 마야라는 이름으로 불리길 원하는 자신의 바람을 받아들이지 않는 친부모에게 화가 난다.

여자는 남자가 아닌데도 여자에게 남자 이름을 지어준 친부모에게 화가 난다. 적어도 미정은 춘복이 남자 이름 같다고 말했다. 미정은 주변 지인들 중에 춘복이라는 이름을 지닌 사람을 지금껏 단 한 명도 보지 못했다고 말했다. 심지어 미정은 터져나오는 웃음을 가리려 손으로 입을 막고선 아주 옛날 이름 같다고 말하기도 했다.

여자는 한국인 친구들이 비웃는 구식 이름을 지어준 친부모에게 화가 난다. 한국에서 여자가 춘복이라 불리는 것은 덴마크에서 여자가 발데마르 세이르Valdemar Sejr라고 불리는 것과 비슷하다.

여자는 노후를 돌봐줄 아들을 낳지 못했던 친부모에게 화가 난다.

여자는 여자의 생일날에도 전화를 해주지 않았던 친부모에게 화가 난다.

여자는 생일날 전화로나마 친부모로부터 축하를 받을 것이라 기대했던 자기 자신에게 화가 난다. 솔직히 여자는 친부모가 자신의 생일을 기억하리라고 확신할 수 없었다. 작년에도 생일을 기억하지 못했으니까. 작년에 여자는 친부모에게 전화해서 오늘이 생일이라고 상기시켜주어야만 했다.

여자는 친부모에게 자신의 생일을 상기시켜줘야만 했다는 사실에 화가 난다. 어쩌면 한국에선 덴마크와는 달리 생일을 그다지 중요하게 여기지 않을지도 모른다. 덴마크에서는 가족이나 지인의 생일날 전화를 하거나 카드를 보내 축하하는 것이 일반적이다. 그들도 이 정도는 이해해줄 수 있어야 하지 않을까. 1년에 한 번밖에 없는 생일을 기억해준다는 건 여자에게 큰 의미가 있다. 그날은 여자가 세상에 태어난 날이니까.

여자는 친부모에게 짜증을 내는 자기 자신에게 화가 난다. 친부모가 여자를 약올리기 위해 일부러 생일날 전화를 하지 않았을 리는 없다.

여자는 자신의 생일이 존재한다는 사실에 화가 난다.

여자는 덴마크의 정치계에 화가 난다.

여자는 덴마크의 정치에 관심을 가지지 않았던 자기 자신에게 화가 난다.

여자는 덴마크의 정치에 관심이 없었기에 양심의 가책을 느끼는 자기 자신에게 화가 난다.

여자는 덴마크의 투표일에 선거권을 행사하지 않았기에 양심의 가책을 느끼는 자기 자신에게 화가 난다.

여자는 덴마크의 투표일에 선거권을 행사하지 않았던 자기 자신에게 화가 난다. 투표 행위는 국민의 의무이다. 투표 행위는 국민의 권리일 뿐 아니라 의무이기도 하다. 민주주의는 그냥 얻어지는 것이 아니다. 민주주의는 싸워서 얻어내고 지키기 위해 노력해야 하는 것이다. 미정과 여자의 친구들이 한국의 전두환 군부독재에 대항하여 민주주의를 이룩했던 것처럼. 여자는 미정을 통해 80년대 한국의 군부독재에 맞서 교수들과 학생들이 길에 나와 데모를 했던 이야기를 듣고, 주한덴마크대사관에 재외 국민의 투표권에 관해 물어볼 생각도 하지 않았던 자신을 떠올리며 죄책감과 수치심을 느꼈다. 반면 나라 밖에 살고 있을 경우 굳이 나라 안에서 행해지는 투표에 참여할 이유는 없다. 한국에 사는 여자에겐 이제 덴마크라는 나라가 멀게만 느껴질 뿐이다. 덴마크의 정치 상황은 더더욱 그러하다. 여자에게 덴마크의 정치 상황이 무의미하다고는 결코 말할 수 없지만, 적어도 관심이 가지 않는 것은 사실이다. 여자가 현재 한국에 살고 있는 이상, 오히려 한국의 대통령 선거에 투표를 하는 것이 더 의미 있는 일이 아닐까.

여자는 한국에서 투표권을 행사하지 못한다는 사실에 화가 난다. 만약 여자에게 투표권이 있다면 분명 행사했을 것이다. 그것만큼은 확실히 장담할 수 있다. 여자는 심지어 어느 정당에 투표할지 이미 생각해두었다. 그것은 고 김대중 전 대통령이 몸을 담았던 정당이다.

여자는 한국의 어린이들을 입양자녀로 받아들인 세계 각국의 양부모들에게 공식적으로 감사의 뜻을 전한 고 김대중 전 대통령에게 화가 난다.[52] 여자는 단지 한국계 입양인들을 자녀로 받아들였다는 이유로 양부모들에게 감사를 표할 이유는 없다고 생각한다. 양부모들은 그들 스스로의 만족을 위해 자녀를 입양했다. 평생 보육원이나 길에서 노숙을 해야 할 운명에 있었던 한국인 아이들을 입양한 양부모들의 수는 그다지 많지 않다.

여자는 고 김대중 전 대통령에게 분노하는 자기 자신에게 화가 난다. 고 김대중 전 대통령은 한국계 입양인들을 위해 많은 일을 했다. 설사 그것이 그의 정치적 전략이라 할지라도 말이다. 그는 1998년의 한 연설에서, 서구로 입양된 수천 명의 한국계

입양인들을 향해 공식적으로 사과를 표했다.[53]

여자는 서구 사회에 화가 난다.

여자는 서구인들에게 화가 난다.

여자는 서구 사회의 백인들에게 화가 난다.

여자는 한국에 거주하는 서구 백인들에게 화가 난다.

여자는 한국에 거주하는 서구 백인들과 좋은 관계를 유지하지 못하는 자기 자신에게 화가 난다.

여자는 한국에 거주하는 서구 백인들과 좋은 관계를 유지하지 못하는 리케에게 화가 난다.

여자는 한국에 거주하는 서구 백인들에 관해 부정적인 말만 늘어놓는 리케에게 화가 난다.

여자는 덴마크에 관해 부정적인 말만 늘어놓는 리케에게 화가 난다. 덴마크는 어떤 면에서 보자면 외국인 혐오증이 만연한 보잘것없는 나라일 수도 있다. 하지만 덴마크에는 한국 미혼모들을 지원하는 ASK[54] 와 TRACK[55]과 같은 공식적인 단체들이 있다. 덴마크는 이미 자국 미혼모들에게 충분한 지원을 해주고 있기에 이러한 단체들을 필요로 하지 않는다. 덴마크는 미혼모들을 위한 공식적인 지원과 관련해 한국의 롤모델 국가라 해도 과언이 아니다.

여자는 한국에 관해 부정적인 말만 늘어놓는 그레이스에게 화가 난다. 그레이스가 한국에 정착한 지는 불과 3개월밖에 되지 않았다. 한국인과 한국에 관해 부정적인 말만 늘어놓기엔 이른 감이 없지 않다. 만약 그레이스가 한국에서 만나는 사람들에게 좀더 열린 마음으로 관심을 기울이고 매번 미국과 한국을 비교하는 일에만 매달리지 않는다면 그레이스 또한 한국에 관해 긍정적인 말을 할 수도 있을 것이다.

여자는 시도 때도 없이 한국과 미국을 비교하는 그레이스에게 화가 난다.

여자는 한국 사회가 매우 가부장적이고 권위주의적이라며 비판하는 그레이스의 말을 들을 때마다 한국을 위해 변명하고 옹호해야 할 것 같은 생각에 사로잡히는 자기 자신에게 화가 난다.

여자는 그레이스가 한국 사회는 매우 가부장적이고 권위주의적이라고 말할 때마다 한국을 위해 변명하고 옹호하는 자기 자신에게 화가 난다.

여자는 한국 사회가 가부장적이고 권위주의적이라는 사실에 화가 난다. 물론 이것은 단순히 여자의 의견일 뿐이다. 여자가 자랐던 덴마크는 한국과는 사정이 달랐다.

여자는 자신이 덴마크에서 자랐다는 사실에 화가 난다.

여자는 자신이 덴마크로 입양되었다는 사실에 화가 난다.

여자는 덴마크로 입양된 것을 고맙게 생각하라는 기영의 말에 화가 난다. 기영은 덴마크로 이주할 수 있었기에 기쁜 마음에 그런 말을 했을 수도 있다. 하지만 모두가 그와 같은 상황에서 기뻐하고 고마워하는 것은 아니다. 게다가 여자와 기영의 상황은 차원이 다르다. 기영은 성인이 된 후 자발적으로 덴마크로 이주했고, 여자는 어렸을 때 자신의 의사와는 상관없이 부모의 뜻에 의해 덴마크로 갔다.

여자는 덴마크로 가게 된 것이 자신의 결정이 아니었다는 사실에 화가 난다. 그것은 소위 강제이민이라고도 할 수 있다.

여자는 강제적으로 덴마크에서 살게 되었다는 사실에 화가 난다.

여자는 덴마크에 화가 난다. 덴마크는 세계에서 국민 1인당 한국계 입양인의 수가 가장 많은 국가다. 덴마크는 1960년대 이후, 무려 9천여 명의 한국계 입양인에게 가정을 제공했다.[56]

여자는 덴마크가 1960년대 이후, 무려 9천여 명의 한국계 입양인들에게 가정을 제공했다는 사실에 화가 난다.

여자는 '가정을 제공했다'라는 말에 화가 난다.

여자는 '가정을 제공했다'라는 말을 사용하는 자기 자신에게 화가 난다.

여자는 '가정을 제공했다'라는 말을 사용하는 입양 감독기관에 화가 난다.

여자는 '가정을 제공했다'라는 말을 사용하는 AC아동구제기관에 화가 난다.

여자는 국가 간 입양시 입양인의 모국을 '기부국'이라 칭하는 AC아동구제기관에 화가 난다. 여자는 국가 간에 입양이 이루어질 때 얼마나 많은 돈이 연루되는지 안다면 아이를 기부한다거나 제공한다는 등의 말을 사용할 수 없다고 생각한다. 여자는 스스로도 자주 '국제입양international adoption'이라는 말을 사용하지만, 앞으로 쓰고자 하는 책에서는 '국가 간 입양trasnational adoption'이라는 말을 사용할 것이라고 리케와 앤드류 등에게 말했다. 여자는 정치인들과 입양기관들이 사용하는 '국제입양'이라는 말에 비해 '국가 간 입양'이라는 말은 더 비판적으로 들린다고 생각한다. 여자는 이 표현이 정치인들과 입양기관들에게 생각할 기회를 주길 바란다.

여자는 AC아동구제기관에 화가 난다.

여자는 AC아동구제기관의 대표인 안더스 크리스텐센과 부대표인 기테 코르데스가 『인포메이션』지에 기고한 글[57]에 화가 난다.

여자는 안더스 크리스텐센과 기테 코르데스가 입양이라는 제도가 없다면 아이들이 미래에 노숙자나 범죄자의 길을 걷게 될 것처럼 글을 썼다는 사실에 화가 난다.

여자는 '국제입양은 불우한 가정의 아동에 대한 관심과 지식을 증대시키며, 동시에 국가 간 이해와 책임의식을 증대시킨다'라는 표현에 화가 난다. 여자는 국가 간 이해와 책임의식을 증대시키거나, 중국이나 베트남 또는 에티오피아 아이들의 취약한 상황을 덴마크인들에게 알리기 위한 수단으로 입양아들을 이용하는 것은 옳지 않다고 생각한다.

여자는 국가 간 입양을 '효율적 구제 방법'이라 말하는 안더스 크리스텐센과 기테 코르데스에게 화가 난다.

여자는 국가 간 입양을 '긍정적 역사'라 말하는 안더스 크리스텐센과 기테 코르데스에게 화가 난다.

여자는 입양이 전반적으로 아이들에게 긍정적인 영향을 미친다는 사실을 수많은 증거와 예로 확인할 수 있다고 주장하는 안더스 크리스텐센과 기테 코르데스에게 화가 난다. 여자는 국가 간 입양인들에게서 매우 큰 위험 변수를 찾아볼 수 있다는 조사 결과를 접한 적이 있다. 스웨덴에서 실시한 광범위한 조사에 의하면 입양인들은 비입양인들에 비해 자살 확률이 무려 서너 배나 더 높다.[58] 한국학자 토비아스 휘비네테의 홈페이지에는 국가 간 입양인들의 자살률은 국내입양인이나 재외국민2세에 비해서도 훨씬 더 높다고 명시되어 있다.

여자는 안더스 크리스텐센과 기테 코르데스에게 화가 난다.

여자는 자신에게 불면증을 초래한 안더스 크레스텐센과 기테 코르데스에게 화가 난다.

여자는 일개 기고문 때문에 밤잠을 이루지 못하는 자기 자신에게 화가 난다.

여자는 불쾌해질 것을 알면서도 그들의 기고문에 의견을 남겼던 자기 자신에게 화가 난다.

여자는 『인포메이션』지에 기고했던 자신의 글[59]에 대부분의 입양아들은 입양 후 더 나은 삶을 산다는 논평으로 답한[60] 안더스 크리스텐센과 기테 코르데스에게 화가 난다. 그들은 무슨 근거로 그처럼 확신하는가? 또 '더 나은 삶'은 어떻게 정의할 수 있는가?

여자는 국가 간 입양을 '오랜 시간 지속적으로 존재해왔던 개념'이라며 입양을 옹호했던 안더스 크리스텐센과 기테 코르데스에게 화가 난다. 여자는 입양을 비롯한 그 어떤 방식도 가정을 정립하는 데 있어 단지 오랜 시간 지속적으로 존재해왔던 개념이라는 이유만으로 정당화되어서는 안 된다고 생각한다. 또한 여자는 제2차세계대전을 계기로 시작된 국가 간 입양과 그 이전에 존재했던 입양 방식을 단순 비교할 수는 없다고 생각한다.

여자는 과거 제2차세계대전이 발발했다는 사실에 화가 난다.

여자는 과거 한국전쟁이 발발했다는 사실에 화가 난다. 만약 한국전쟁이 발발하지 않았더라면 여자는 입양인으로 살지 않았을지도 모른다. 한국에서 국가 간 입양의 예를 아예 찾아볼 수 없었을지도 모른다. 한국전쟁이 일어나지 않았더라면 국제홀트아동복지회의 설립자였던 해리 홀트가 과연 한국을 방문할 생각을 했을까. 그가 한국을 방문하지 않았더라면 한국에서 입양 프로그램이 자리를 잡을 수 있었을까. 적어도 한국의 국가 간 입양은 거대한 산업으로 발전하진 않았을 것이다.

여자는 한국의 국가 간 입양이 거대한 산업으로 발전했다는 사실에 화가 난다.

여자는 국제홀트아동복지회가 기독교 단체에서 글로벌 기업으로 변했다는 사실에 화가 난다. 국제홀트아동복지회가 일찍이 수많은 사람의 삶을 구제했던 것은 사실일 수도 있다. 하지만 그 기관은 식민주의적 개념에서 출발한 거대 기업으로 변했으며, 현재는 글로벌 입양 산업체의 일부로 자리매김을 했다. 국제홀트아동복지회가 한국에서 시행하는 입양 사례의 수는 전 세계 국가 간 입양 사례의 반 이상을 차지한다.[61]

여자는 국제홀트아동복지회에 화가 난다.

여자는 해리 홀트에게 화가 난다.

여자는 사람들의 삶을 실질적으로 구제해준 적이 있는 해리 홀트에게 분노하는 자기 자신에게 화가 난다. 스콧은 해리 홀트

덕분에 더 나은 삶을 부여받았다고 고백하며, 그것은 결코 쇼의 일환이 아니라고 덧붙였다. 스콧은 자신이 입양되지 않았더라면 길에서 굶어죽었거나 병에 걸려 죽었을 것이라고 말했다. 그는 한국전쟁 직후 입양되었다. 당시 한국에는 부모를 잃은 고아가 수도 없이 많았다. 단지 미혼모에게서 태어났다는 이유만으로 입양이 되는 오늘날의 현실과는 차원이 달랐던 것이다. 그는 한국전쟁 직후에는 부모 없는 고아나 혼혈아가 주로 해외로 입양되었다고 말했다.[62]

여자는 과거에는 주로 부모를 잃은 아이들이 해외로 입양되었다는 사실에 화가 난다. 한국전쟁 이후에는 북한에도 부모를 잃은 아이들이 많았다. 그들은 국가의 영웅으로 칭송되었으며, 북한 주민들은 앞다투어 이들을 입양했다. 이들 중 일부는 당시 공산국가였던 루마니아, 폴란드, 헝가리 등으로 입양되기도 했지만, 공식적으로 부모 잃은 아이들을 입양하고 보살폈던 사람들은 바로 북한 주민들이었다. 북한은 이들을 위해 보육원과 학교를 설립했다.[63] 여자는, 이들 중 일부는 타 공산국가로 보내지기도 했지만 몇 년 후에는 교육을 받기 위해 북한으로 되돌아왔다는 글을 읽은 적도 있다.[64] 물론 이것이 입양보다 전적으로 더 나은 해결책이라고는 할 수 없지만, 여자의 입장에선 국가 간 입양의 한 대안으로 여겨지는 것이 사실이다.

여자는 혼혈아가 입양의 대상이라는 사실에 화가 난다. 한국 사회에서는 혼혈아로 살아가기가 쉽지 않을 수도 있다. 그렇다고 해서 국가 간 입양이 이들을 위한 최선의 방법이라 장담할 수 있을까.

여자는 『동쪽에서 온 씨앗』[65]이라는 책에서 한국의 혼혈아를 구제하기 위해 신의 부름을 받았다고 적었던 해리 홀트에게 화가 난다.

여자는 『동쪽에서 온 씨앗』에 수록된 해리 홀트의 글에 화가 난다: '하늘에 계신 아버지…… 저 아이들의 부모인, 한국인 어머니와 미국인 아버지를 기억하소서. 오, 주여, 그리스도가 그들의 죄 때문에 희생했다는 것을 그들에게 가르쳐주소서. 그리스도를 통해 상실된 내세로부터 그들을 구하소서. 오, 아버지시여, 그리스도가 흘린 피가 그들의 죄를 영원히 씻겨내리라는 것을 그들에게 보여주소서…… 저 아이들을 버리는 죄마저도. 저 아이들을 위해 기도합니다. 당신에게 저들을 바치나이다…… 저 아이들이 모두 구세주 그리스도를 만날 수 있도록 비나이다. 주의 이름으로. 아멘.'[66] 해리 홀트와 그의 아내 버사 홀트는 직업적 선교사는 아니지만, 여자는 그들이 선교사들과 마찬가지로 기독교적 믿음을 바탕으로 한국 아이들의 입양을 주선했다는 생각을 떨칠 수가 없다.

여자는 기독교 선교사들에게 화가 난다. 그들은 사람들에게 기독교적 믿음을 심어주는 것만이 문명인으로 만드는 유일한 길이라 믿는다. 김 수 라스무센은 『덴마크식 인종차별주의는 무엇인가?』에서 '한 나라를 문명화한다는 것은 그곳을 식민지화한다는 것'이라 말했다.

여자는 아이티에 있는 기독교 선교사들에게 화가 난다. 여자는 최근 인터넷에서 2명의 기독교 선교사들이 33명의 아이티 아이들과 함께 국경을 넘으려 시도한 적이 있다는 글을 읽었다.[67] 선교사들은 그 아이들이 모두 부모 잃은 고아라고 주장했다. 그들은 아이티 정부로부터 허가를 받지 못했음에도 아이들을 미국의 기독교 가정에 입양시키려는 계획을 가지고 있었다. 여자는 한국에서 일어났던 일이 아이티에서 반복되고 있다는 생각을 지울 수가 없다. 또한 여자는 아이들 중 몇몇은 부모를 잃은 고아였을 수도 있지만, 그들이 사라진 후 그들을 찾아헤매는 부모나 형제 또는 다른 가족 구성원이 분명 있을 것이라는 생각을 지울 수가 없다. 아이티의 상황이 한국과 다르리라고 어찌 확신할 수 있단 말인가?

여자는 한국의 기독교 선교사들에게 화가 난다. 한국에 기독교가 전파되기 시작했던 시기에 한국의 국가 간 입양 사례가 급격히 늘어났던 것은 결코 우연이 아니다.[68]

여자는 한국에 기독교가 전파되었다는 사실에 화가 난다.

여자는 기독교에 화가 난다.

여자는 G.O.A.'L.[69]을 통해 소개받았던 한국어 강사가 기독교인이라는 사실에 화가 난다.

여자는 한국을 방문하는 입양인들이 자주 묵는 서울의 호스텔을 기독교인이 운영한다는 사실에 화가 난다. 그러나 그들을 개종하려 하지만 않는다면 목사가 Koroot[70]을 운영한다 해도 반대하지 않는다. 그가 기독교인이기에 새로운 신자를 받아들이려 노력한다는 것은 어쩔 수 없는 일이다. 하지만 국가 간 입양이라는 문제를 두고 보았을 때 김 목사는 전형적인 기독교인이라 할 수 없다. 그가 국가 간 입양에 관해 비판적인 견지를 갖고 있다는 사실만으로도 그는 다른 기독교인들과 다르다고 할 수 있다.

여자는 한국의 국가 간 입양 건 중 대다수에 기독교기관이 연루되어 있다는 사실에 화가 난다. 입양기관, 산부인과, 보육원, 미혼모를 위한 임시 거처 또한 마찬가지다. 근본주의적 기독교 집안에 입양되어 자란 앤드류에게 여자는 이러한 형세가 기독교의 음모일지도 모른다고 말한다.

여자는 앤드류가 근본주의적 기독교 집안에 입양되어 성장했다는 사실에 화가 난다. 목사였던 그의 양부는 그에게 퇴마 의식을 행하기도 했다. 앤드류의 양부는 앤드류가 신을 믿지 않는다는 이유만으로 악마가 씌었다고 주장했다. 앤드류는 13살 때 휴스턴의 다른 가정으로 재입양되었으나, 그 가정 또한 알고 보니 오순절교회에 속한 기독교 가정이었다. 결국 앤드류는 이전의 양부에게 자신을 다시 받아달라고 부탁했고, 16살이 되던 해 이전 가정으로 되돌아갔다고 말했다.

여자는 근본주의적 기독교 집안으로 입양된 아이가 자신이었을 수도 있었다는 사실에 화가 난다. 앤드류의 양부모가 여자의 양부모가 되었을 수도 있다는 말이다. 그렇다면 여자가 이성이 아닌 동성과 사랑에 빠졌던 16살에 여자 또한 집을 나올 수밖에 없었을 것이다.

여자는 자신이 덴마크로 입양된 것이 우연이라는 점에 화가 난다.

여자는 자신이 자신의 양모 밑에서 자란 것이 우연이라는 점에 화가 난다.

여자는 앤드류가 그의 양부모 밑에서 자란 것이 우연이라는 점에 화가 난다.

여자는 앤드류의 양부모가 입양부모로서의 자격을 공식적으로 인가받았다는 사실에 화가 난다.

여자는 자신의 양부모가 입양부모로서의 자격을 공식적으로 인가받았다는 사실에 화가 난다.

여자는 스콧의 양부모가 미국의 정부기관으로부터 공식적인 인가를 받지 않고 그를 입양했다는 사실에 화가 난다.

여자는 『내부의 이방인—타인종 간 입양에 관한 에세이』[71]에서 해리 홀트와 버사 홀트가 미국 정부 입양기관의 허가를 받지 못했던 부부에게 단지 신을 믿는다는 이유만으로 입양을 허락해 주었다는 사실을 접하고 화가 난다.

여자는 신에게 화가 난다.

여자는 신을 믿는 자들에게 화가 난다.

여자는 경희에게 화가 난다.

여자는 함께 교회에 가자고 권하는 경희에게 화가 난다.

여자는 화장을 하라고 권하는 경희에게 화가 난다.

여자는 화장을 하라고 권하는 큰언니에게 화가 난다. 어쩌면 큰언니는 여자가 말괄량이 톰보이라는 사실을 이해하지 못했을 수도 있다.

여자는 주근깨 제거 수술을 하라고 권하는 큰언니에게 화가 난다.

여자는 주근깨 제거 수술을 하라고 권하는 경희에게 화가 난다.

여자는 주근깨 제거 수술을 해야 한다는 사실에 화가 난다.

여자는 살을 빼야 한다는 말을 듣고 화가 난다. 여자는 한국인이 상대방의 외모에 관해 자주 이러쿵저러쿵 말을 한다는 것을 잘 알고 있다. 하지만 여자는 한국에서 자라지 않았기에 살을 빼야 한다는 말을 들었을 때 기분이 나빠지는 것은 어쩔 수가 없다.

여자는 결혼을 해야 한다는 사실에 화가 난다.

여자는 언젠가는 꼭 결혼을 해야 한다는 큰언니의 말에 화가 난다.

여자는 언젠가는 꼭 결혼을 해야 한다는 둘째언니의 말에 화가 난다.

여자는 하이힐을 신으라고 권하는 둘째언니의 말에 화가 난다.

여자는 하이힐을 사주겠다고 고집하는 둘째언니에게 화가 난다. 로랑은 친모와의 관계를 '한국인화'라고 표현했다. 여자는 로랑의 말처럼 둘째언니가 여자에게 '한국인화'를 강요하지 않았으면 좋겠다고 생각한다.

여자는 '정상적인' 여성이라면 하이힐을 신어야 한다는 일반적 사고에 화가 난다.

여자는 하이힐을 신은 여성을 선호하는 자기 자신에게 화가 난다.

여자는 로랑이 한국의 전통과 예절을 배우기를 기대하는 로랑의 친모에게 화가 난다.

그는 리케가 한국인 남성과 결혼하기를 기대하는 리케의 친부에게 화가 난다.

여자는 동양 남성을 제대로 된 남자로 취급하지 않는 이들에게 화가 난다.

여자는 살아가는 데 피부색이 아무 상관도 없다고 믿는 이들에게 화가 난다.

여자는 살아가는 데 피부색이 중요하다는 사실에 화가 난다.

여자는 살아가는 데 돈이 중요하다는 사실에 화가 난다.

여자는 한국어 번역을 담당했던 번역가에게 대가를 지급하지 않았던 한국문학번역원에 화가 난다. 여자는 문학페스티벌과[72] 관련하여 출간했던 자신의 문학선집 번역문이 오역으로 가득하기를 원치 않는다. 번역이 잘못된다면 독자들은 여자의 글이 형편없다고 믿을 것이기 때문이다.

여자는 영어 번역문과 한국어 번역문을 직접 비교할 수 없기에 화가 난다. 여자는 단지 한국어 번역가가 영어 번역문과 다름없이 자연스러운 흐름을 유지하며 번역해주었기를 신뢰할 수밖에 없다. 여자가 할 수 있는 일이라곤 단지 오역이나 부자연스러운 글을 확인하는 것뿐이다.

여자는 번역가가 두 문장을 번역하지 않았다는 사실에 화가 난다. 그것은 여자가 영어 번역문과 한국어 번역문을 비교하여 문장의 수를 확인하고 나서야 안 사실이다.

여자는 번역가에게 화가 난다.

여자는 한국어 번역문에 두 문장이 누락되었다는 사실을 확인한 후에도 한국어 번역문을 확인했던 이에게 추가 비용 지급을 거부했던 한국문학번역원에 화가 난다. 번역원 측은 한국어에서 영어로 번역이 이루어질 경우에만 편집자를 배치할 수 있다고 대답했다.

여자는 문학페스티벌에 참가한 한국인 작가와 외국인 작가를 차별 대우했던 한국문학번역원에게 화가 난다. 여자가 경험한 바에 의하면 그것은 차별 대우라는 말 외에는 다른 말로 설명할 길이 없다.

여자는 자신이 외국인 작가로 규정된다는 사실에 화가 난다.

여자는 자신이 한국인 작가로 대우받지 못한다는 사실에 화가 난다.

여자는 자신이 한국어로 글을 쓸 수 없다는 사실에 화가 난다.

여자는 자신이 덴마크어로 글을 쓴다는 사실에 화가 난다.

여자는 한국외국어대학교의 스칸디나비아 학부에서 덴마크어를 주언어로 배울 수 없다는 사실에 화가 난다. 스칸디나비아 학부에서는 주당 몇 시간 덴마크어를 배울 수 있지만, 여전히 학생들은 스웨덴어를 주언어로 배워야 한다.

여자는 한국의 그 어떤 대학교에서도 덴마크어를 제대로 배울 수 없다는 사실에 화가 난다. 덴마크어를 주언어로 배우지 않는다면 덴마크의 문학 소설을 전문적으로 번역하는 것은 거의 불가능하다. 덴마크문학을 제대로 번역하기 위해서는 덴마크의 언어와 문화를 깊이 이해할 수 있어야 한다.

여자는 자신의 책을 한국어로 번역해달라고 기영에게 부탁했던 자기 자신에게 화가 난다. 물론 기영은 번역에 관심이 있었을지도 모른다. 또한 그가 덴마크어를 매우 빠른 시간 내에 습득했던 것으로 미루어보아 그가 언어에 재능이 있다는 점은 의심의 여지가 없다. 하지만 그는 덴마크문학을 한국어로 번역했던 경험이 전혀 없다.

여자는 기영이 덴마크문학을 한국어로 번역했던 경험이 없다는 사실에 화가 난다.

여자는 덴마크문학을 한국어로 번역하는 전문 번역가가 없다는 사실에 화가 난다. 적어도 여자가 알기로는 그렇다. 한국문학번역원에서도 적절한 번역가를 알지 못한다고 말했다. 그들은 지금껏 덴마크의 문학작품이 제3국가의 언어를 거치지 않고 바로 번역된 경우는 없는 것으로 안다고 덧붙였다.

여자는 자신의 책을 제3국가의 언어를 거쳐 번역 출간해야 한다는 사실에 화가 난다. 여자는 그럴 바에야 차라리 번역을 하지 않는 것이 더 낫다고 생각했다. 덴마크어만이 가지고 있는 미묘한 뉘앙스는 영어를 거쳐 번역될 경우 전혀 표현되지 않는다는 사실에 여자는 결코 만족할 수가 없다.

여자는 책을 쓰는 것만큼 번역에도 신경을 쓰는 자기 자신에게 화가 난다. 번역은 번역일 뿐. 그것은 책을 쓰는 것과는 다른 일이다.

여자는 책을 쓰는 자기 자신에게 화가 난다.

여자는 작가가 되기로 결심했던 자신에게 화가 난다. 만약 여자가 화가나 작곡가가 되었더라면 세상에 작품을 소개하는 일이 더 쉬웠을지도 모른다. 작가로서의 여자가 한국의 독자들과 만나기 위해서는 번역이 이루어져야 한다는 전제가 있어야 한다.

여자는 한국 독자들이 자신의 책을 읽을 수 없다는 사실에 화가 난다.

여자는 한국에서 함께 의견을 교환할 수 있는 동료가 없다는 사실에 화가 난다. 물론 여자는 배수아 작가를 한두 번 만나본 적이 있다. 하지만 그것만으로 배수아 작가를 동료라 칭할 수는 없다. 당시 배수아 작가의 책은 영어로 번역되지 않았기에, 여자가 읽은 배수아 작가의 글은 단지 책의 일부를 발췌한 문장에 지나지 않았다.

여자는 당시 배수아 작가의 책이 영어로 번역되지 않았다는 사실에 화가 난다. 여자는 배수아 작가의 글에 관심을 가지고 있었다. 특히 배수아 작가가 여자와 마찬가지로 토마스 베른하르트[73]의 작품에서 영감을 받았다는 것을 안 후에는 관심이 더욱 깊어졌다.

여자는 토마스 베른하르트에게도 화가 난다.

여자는 앤드류에게도 화가 난다.

여자는 리케에게도 화가 난다.

여자는 여자가 근본주의자까지는 아니더라도 법적인 테두리 내에서 허용되는 급진주의자처럼 변했다고 믿는 아스트리에게 화가 난다. 아스트리는 이러한 말을 입 밖에 명확히 낸 적이 없지만, 여자는 그러한 아스트리의 생각을 충분히 짐작할 수 있었다. 여자가 한국으로 이주한 직후 급진주의자가 되었다고 믿는 아스트리의 생각은 엄밀히 따졌을 때 거짓이라 할 수는 없다. 국가 간 입양에 관한 여자의 시각은 한국으로 이주한 후 급격히 변했다. 하지만 그것은 여자가 국가 간 입양에 비판적인 견지를 가지기 시작했다는 것이지, 급진주의자가 되었다는 의미는 아니다. 여자는 아스트리가 국가 간 입양이 인도주의적 차원의 행위라고 옹호할 때마다 현실을 직시하지 못하는 건 *아스트리*라고 생각한다.

여자는 인도주의적 차원의 행위라며 국가 간 입양을 옹호하는 아스트리에게 화가 난다.

여자는 국가 간 입양이 인도주의적 차원의 행위라고 믿기 시작하는 자기 자신에게 화가 난다.

여자는 입양인들이 입양을 통해 가난과 기아에서 구제되었다고 믿기 시작하는 자기 자신에게 화가 난다.

여자는 입양인들이 입양을 통해 노숙자의 삶이나 교화기관에서의 삶에서 구제되었다고 믿기 시작하는 자기 자신에게 화가 난다.

여자는 전 세계의 수백만 어린이들이 입양을 통해 구제받지 못한다면 노숙자의 삶이나 교화기관에서의 삶에서 벗어나지 못한다고 믿는 사람들에게 화가 난다. 여자는 얼마 전 저널리스트 E. J. 그라프의 글[74]을 읽고 장애나 만성질병을 이유로 입양을 거부당한 청소년들이 교화기관에서의 삶을 경험할 확률이 높다는 것을 알았다. 그는 건강한 갓난아기들만이 국가 간 입양의 주인공이 되는 것이 현실이라고 덧붙였다.

여자는 장애나 만성질병을 가진 청소년들을 입양하는 사례가 거의 전무하다는 사실에 화가 난다. 여자는 미세스 박과 함께 한국사회봉사회를 둘러보았을 때 입양을 거부당한 청소년들은 주로 중소공장에서 일을 하며 생계를 연명하게 된다는 말을 들었다.

여자는 장애나 만성질병을 가진 청소년들을 입양하는 한국인 부부가 거의 없다는 사실에 화가 난다. 장애나 만성질병을 가진 한국 아이들은 주로 해외로 입양되기 마련이다.[75]

여자는 장애나 만성질병을 가진 한국인 아이들은 주로 해외로 입양된다는 사실에 화가 난다.

여자는 장애아들의 부모에게 더 큰 경제적 지원을 하지 않는 한국 정부[76]에 화가 난다.

여자는 한국 사회에서 장애를 가진 사람들이 낙오자로 취급받는다는 사실에 화가 난다.

여자는 한국 사회에서 미혼모들이 낙오자로 취급받는다는 사실에 화가 난다.

여자는 미혼모들이 무책임하다고 규정하는 일반적 사고에 화가 난다.

여자는 미혼모들이 비도덕적이라고 규정하는 일반적 사고에 화가 난다.

여자는 미혼모들이 정신적으로 불안정한 상태에 있다고 규정하는 일반적 사고에 화가 난다.

여자는 자녀를 직접 키우고 싶어하는 미혼모들을 이기적이라고 규정하는 일반적 사고에 화가 난다.

여자는 아이를 직접 키우겠다고 고집했던 나래를 이기적이라고 간접적으로 비난했던 한국사회봉사회 직원에게 화가 난다.

여자는 아이를 직접 키우겠다고 고집했던 나래를 이기적이라고 비난했던 나래의 어머니에게 화가 난다.

여자는 나래에게 어머니가 될 자격이 없다고 말했던 나래의 어머니에게 화가 난다.

여자는 미혼모들은 어머니가 될 자격이 없다는 말을 들어야 하는 현실에 화가 난다.

여자는 수진이 어머니가 될 자격이 없다는 말을 들었다는 사실에 화가 난다.

여자는 수진이 아이를 입양시키는 것이 자신은 물론 아이에게도 최선이라는 말을 들었다는 사실에 화가 난다.

여자는 자녀를 입양시키는 부모는 부모로서의 책임을 다하지 못하는 사람이라고 주장하는 사람들에게 화가 난다.

여자는 미라가 부모로서의 책임을 다하지 못하는 사람이라 비난했던 사람들에게 화가 난다.

여자는 미라에게 아이를 해외로 입양시키면 적어도 아이가 영어는 잘 배울 수 있을 것이라 말했던 입양기관의 직원에게 화가 난다.

여자는 지영에게 아이를 국내보다 해외로 입양 보낼 경우 훗날 다시 만날 수 있는 가능성이 더 크다고 말했던 입양기관의 직원에게 화가 난다.

여자는 미숙에게 아이를 입양시키면 출산 비용을 무료로 제공하겠다고 제안했던 입양기관의 직원에게 화가 난다.

여자는 미숙에게 아이를 입양시키면 병원비를 지불하지 않아도 된다고 말했던 산부인과 직원에게 화가 난다.

여자는 미숙이 병원비 때문에 아이를 입양시켜야만 했다는 사실에 화가 난다.

여자는 병원비 때문에 아이를 입양시켰던 미숙에게 화가 난다. 아이를 입양시키지 않으면 미숙이 병원비를 지불할 수 없다는 현실은 무언가 잘못된 것이 틀림없다.

여자는 병원비 때문에 아이를 입양 보내는 미혼모들에게 화가 난다.

여자는 미혼모들이 아이를 입양시키면 병원비를 무료로 해주겠다는 제안을 공공연하게 받는다는 사실에 화가 난다.

여자는 입양 서류에 서명을 하는 미혼모들에게 아동수당을 받을 수 있다는 정보를 아무도 알려주지 않는다는 사실에 화가 난다.

여자는 미혼모들을 위한 정부 지원 프로그램에 관해 아무것도 모른 채 입양 서류에 서명을 하는 미혼모들에게 화가 난다.

여자는 아이가 태어나기도 전에 입양 서류에 서명하는 미혼모들에게 화가 난다.

여자는 아이가 태어나기도 전에 입양 서류에 서명하기를 권하는 한국의 입양기관 직원들에게 화가 난다.

여자는 한국에는 아이가 태어나기 전에 입양 계약이 이루어지는 것을 법적으로 금지하는 조항이 없다는 사실에 화가 난다. 덴마크에서는 출산 후 최소 3개월이 지나야 입양 계약이 성립될 수 있다.[77]

여자는 한국의 법령이 덴마크와 같았더라면 자신이 입양인으로 살지 않아도 되었으리라는 점에 화가 난다. 만약 여자의 친모가 아들을 낳지 못했다는 절망감에 그토록 성급하게 입양을 결심하지 않았더라면, 여자는 법적 보호 아래서 지금까지 친부모와 함께 살았을지도 모른다. 리케는 여자가 태어났을 당시만 하더라도 한국에는 덴마크와 비슷한 법적 조항이 없었기에 매우 유감이라고 말하며, 지금이라도 개선될 수 있으면 좋겠다고 말했다. 리케는 만약 한국의 입양법이 개정된다면 미혼모들은 아이를 입양 보내는, 인생에서 매우 중요한 결정을 내릴 때까지 충분히 생각할 여유를 가질 수 있을 것이라고 말했다. 리케는 입양법 개정을 위한 관련 단체[78]의 대변인으로 선출되었다. 개정안의 주요 골자 중 정부 측의 대안은 출산 후 72시간 후 입양이 가능하다는 것이며, 리케가 속한 단체에서 제안한 대안은 출산 후 30일이 지난 후 입양이 가능하다는 것이다.[79] 리케는 출산 후 3개월이 지난 후 입양이 가능하다면 더없이 좋겠지만, 현실적으로 보았을 때 그 대안은 통과되기 어렵다고 보았다. 제안 즉시 거부당할 것이 분명하기 때문이다.

여자는 입양과 관련한 헤이그협약을 비준하지 않는 나라들에 화가 난다. 데이비드 M. 스몰린이 그의 에세이[80]에서도 밝혔듯, 헤이그협약 또한 부족한 점이 없지 않으나 적어도 국가 간 입양을 인도적 차원에서 실행할 수 있는 잣대가 될 수 있을 것이다. 그는 이 협약을 실행하는 것은 각국의 의지에 달렸다고 덧붙였다.

여자는 헤이그협약을 실행하지 않는 나라들에 화가 난다. 헤이그협약의 실행을 회피하는 것은 데이비드 M. 스몰린의 말처럼 '아동 세탁'을 허용하는 것과 마찬가지일 것이다. 그는 헤이그협약을 비준하는 것만으로는 충분하지 않다고 주장했다.

여자는 헤이그협약[81]을 실행하지 않는 미국 정부에 화가 난다. 미국은 전 세계에서 가장 많이 입양을 받아들이는 나라이기 때문에 아무리 서둘러도 늦다.

여자는 미국 정부에 화가 난다. 여자는 『내부의 이방인—타인종 간 입양에 대한 에세이』[82]의 요약을 앤드류에게 건네며 미국은 국가 간 입양을 외교적 차원의 정치적 사안으로 바라본다고 말했다. 또한 여자는 토비아스 휘비네테의 글에서 미국에 입양 아동을 제공하는 수많은 나라는 과거 미국의 군사적 영향 아래 있었던 국가라는 사실도 알게 되었다. 이들 나라는 한국, 베트남, 태국, 캄보디아, 필리핀, 대만, 인도네시아, 인도, 스리랑카, 콜롬비아, 칠레, 브라질, 페루, 온두라스, 아이티, 멕시코, 엘살바

도르, 과테말라 등이다.

여자는 미국에 입양아동을 보내는 나라들이 과거 미국의 군사적 영향 아래 있었다는 사실에 화가 난다.

여자는 한국이 미국의 군사적 영향 아래 있다는 사실에 화가 난다.

여자는 홀트아동복지회의 '홈커밍 프로그램'[83]에 화가 난다. 이 프로그램은 한국계 입양인들이 원할 경우 한국에서 거주하며 일을 할 수 있도록 지원해주는 역할을 한다. 여자는 한국계 입양인들이 성인이 되어 한국으로 이주하는 것을 홈커밍으로 간주하는 건 적절치 않다고 생각한다.

여자는 입양인들의 삶이 성공적이라 간주하는 일반적 사고에 화가 난다.

여자는 입양인들을 동정 어린 눈으로 보는 일반적 시각에 화가 난다.

여자는 입양인이라는 이유 때문에 여자에게 동정과 연민을 보내는 사람들이 있다는 사실에 화가 난다.

여자는 여자가 입양되었기 때문에 부족함 없는 삶을 산다고 믿는 사람들에게 화가 난다.

여자는 여자가 입양되었기 때문에 감사해야 한다고 말하는 사람들에게 화가 난다.

여자는 여자가 입양되었기 때문에 기뻐해야 한다고 말하는 사람들에게 화가 난다.

여자는 여자가 갓 태어났을 때 입양되었기에 기뻐해야 한다고 말하는 사람들에게 화가 난다. 과거에는 입양 시기가 이르면 이를수록 좋다고 알려져 있었다. 하지만 최근의 조사 결과를 살펴보면 그것은 사실과 다르다는 것을 알 수 있다. 여자는 생후 첫 3개월이 성장의 밑거름이 되는 가장 중요하고 필수적인 시기라는 말을 들은 적이 있다. 아이들은 바로 이 시기에 인간적 신뢰와 유대감을 형성하는 방법을 배우게 된다.

여자는 생후 첫 3개월이 아이들의 성장에 있어 가장 중요한 시기라는 사실에 화가 난다. 이를 기준으로 본다면, 여자는 생후 첫 3개월을 보육원에서 지냈기에 타인을 향한 여자의 인간적 신뢰와 유대감은 이미 무너졌다고 볼 수 있지 않은가? 반면 여자가 타인을 쉽게 신뢰하지 못하는 것은 사실이지만, 솔직히 그렇지 않은 사람이 누가 있을까? 타인에게 거부당하는 것을 그 누가 두려워하지 않을 수 있단 말인가?

여자는 자신이 타인에게 거부당할까봐 두려워하고 이를 쉽게 이겨내지 못한다는 사실에 화가 난다.

여자는 타인에게 거부당할까봐 두려워하고 쉽게 이겨내지 못하는 사람은 여자뿐만이 아니라고 말하는 미켈에게 화가 난다. 미켈은 그러한 느낌은 모든 사람이 가지고 있는 일반적인 두려움이라 말했다. 우리는 모두 타인에게 거부당할까봐 두려워한다는 것이다. 물론 그의 말은 거짓이 아닐 수도 있다. 하지만 여자의 두려움은 일반적인 것과는 차원이 다르다. 여자는 어렸을 때 방과 후 친구들에게 함께 놀자고 먼저 말하는 것이 너무나 두려워 전화기 앞에서 몇 시간이나 마음을 다잡아야만 했다고 미켈에게 설명해주었다. 수화기를 집어든 후에도 마지막 번호를 누르기까지 여자가 어떤 마음이었는지 미켈이 이해할 수 있을까.

여자는 자신이 타인에게 거부당할까봐 두려워하는 유일한 입양인이 아니라는 사실에 화가 난다. 여자가 찾았던 입양 심리학자는 상담을 의뢰해오는 입양인들이 백이면 백 모두 타인에게 거부당할까봐 두려워했다고 말했다. 심리학자는 그것이 상담했던 모든 입양인의 공통점이라고 덧붙였다. 타인에게 거부당할까봐 두려워하는 이들은 친구와 지인들을 스스로 선택하기보다 그들의 선택을 받는 편이 더 안전하다고 믿는다. 그 때문에 여자의 친구들은 함께 놀자고 손을 내밀 때까지 홀로 구석에 앉아 기다리는 여자의 모습에 익숙해졌던 것이다. 입양인들이 공통적으로 겪는 이 심리적 문제점은 그들이 양부모를 스스로 선택했던 것이 아니라, 양부모에게 선택을 받았던 과거의 경험에서 기인한 것이라고도 볼 수 있다. 어쩌면 그들은 친구와 지인을 스스로 선택할 권리가 없다고 생각했을지도 모른다.

여자는 자신이 소화불량에 시달리는 유일한 한국계 입양인이 아니라는 사실에 화가 난다. 문득 여자는 지금껏 만나보았던 수많은 한국계 입양인이 하나같이 소화장애, 설사, 복통, 더부룩함 또는 그 외의 소화불량에 시달렸던 것을 기억해냈다. 여자는 한국계 입양인들의 식단에 문제가 있는 것은 아닌가 생각해보았다. 우선 여자를 비롯한 입양인들은 우유를 비롯한 각종 유제품을 먹고 자랐다. 여자는 로랑에게 입양인들은 입양 직후부터 친모의 임신 기간에 접했던 음식이나 영양분과는 전혀 다른 식단을 위주로 자라게 된다고 말하며, 바로 그 때문에 수많은 입양인이 소화불량에 시달리는 것 같다고 말했다. 로랑은 여자의 말에 동의하면서도 대부분의 입양인들이 모유가 아닌 분유를 먹고 자랐기 때문일 수도 있다고 말했다.

여자는 자신이 분유를 먹고 자랐다는 사실에 화가 난다. 만약 분유 대신 면역력을 키울 수 있는 모유를 먹고 자랐다면 이처럼 쉽게 병에 걸리거나 아프지 않았을지도 모른다.

여자는 분유 대신 모유를 먹고 자랐더라면 면역력이 훨씬 더 강해졌을 것이라 믿는 자기 자신에게 화가 난다.

여자는 우유나 유제품을 그처럼 많이 먹지 않았더라면 면역력이 훨씬 더 강해졌을 것이라 믿는 자기 자신에게 화가 난다.

여자는 자신이 성장기에 유제품 위주의 음식을 먹고 자랐다는 사실에 화가 난다.

여자는 자신이 성장기에 이사를 많이 다녔다는 사실에 화가 난다. 여자는 생후 3개월도 채 되지 않아 비행기를 타고 지구 반대편의 나라로 왔으며, 그 이후에도 양모와 수없이 이사를 다녔다. 11살 때 여자는 이미 5개의 서로 다른 동네에서 살아보았다.

여자는 자신의 성장기에 그토록 이사를 많이 다녔던 양모에게 화가 난다. 이미 비행기를 타고 지구 반대편으로 옮겨갔던 여자는 새로운 장소에서 접하는 새로운 소리, 냄새, 맛은 물론 새로운 사람들에게도 적응할 시간적 여유가 필요했다. 하지만 여자의 양모는 이런 것들을 고려하지 않았던 것 같다.

여자는 한동네에서 지속해서 살았더라면 분명 무언가 달라졌을 것이라 믿는 자기 자신에게 화가 난다. 아이들이 안전하고 규칙적인 환경 속에서 성장기를 보내는 것은 매우 중요하다. 입양아들이 안전하고 규칙적인 환경 속에서 성장기를 보내는 것은 더욱 중요하다. 하지만 여자의 상처가 성장기의 잦은 이사 때문이라고 단언할 수는 없다. 그렇다고 성장기의 잦은 이사가 심리적 상처와 전혀 상관이 없다고 말할 수도 없다. 사람들은 그들이 속한 장소와 주변 사람들에게 애정을 갖기 마련이다. 예를 들어 격년제로 부모가 바뀌는 상황이라면 아이들은 심리적 상처를 받지 않을 수 없을 것이다. 주변 사람들과 장소에 적응하고 애정을 가지기까지는 시간이 필요하다. 겨우 새로운 장소와 사람들에게 적응했는데 또다시 새로운 곳으로 이사를 가야 한다면 어떨까. 어쩌면 바로 그 때문에 여자가 낯선 장소에서 잠을 이루지 못하는 것인지도 모른다. 여자가 성장기에 얼마나 자주 이사를 다녔는지 생각해본다면 그리 이상한 일도 아니다.

여자는 낯선 장소에서 잠을 쉽게 이룰 수 없어 화가 난다.

여자는 서울의 새집에서 잠을 이룰 수 없기에 화가 난다. 여자가 새집으로 이사온 지도 어언 반년이 흘렀다. 그럼에도 잠을 푹 잘 수 있는 날은 평균 사흘에 한 번뿐이다. 이젠 이것도 일종의 생활 패턴으로 굳어버리지 않을까 걱정된다. 여자는 잠을 이루지 못하는 날이면 어둠 속에서 눈만 멀뚱거린다. 여자의 머릿속에는 온갖 생각들이 돌고 돈다. 보통은 여자가 아는 사람들에 관한 생각을 하지만, 가끔은 이유 없는 불안한 느낌 때문에 잠을 이루지 못할 때도 많다. 이 느낌은 어렸을 때 학급 친구들의 집에서 잘 때나, 양부의 집에서 주말을 보낼 때 들었던 느낌과 다르지 않다. 여자는 몇 시간이나 뜬눈으로 누워 의붓자매들의 숨소리를 듣곤 했다. 입맛을 쩝쩝 다시는 소리, 우는 듯 징징거리는 소리, 앞뒤가 맞지 않는 잠꼬대 소리. 여자는 종종 환하게 동이 틀 무렵에야 겨우 잠이 들곤 했다.

여자는 창밖에 동이 훤히 트기 시작했다는 사실에 화가 난다. 가끔은 근처에 사는 미정이 누워 자고 있다고 생각하면 도움이 될 때도 있다. 하지만 오늘밤은 아무것도 도움이 되지 않는다.

여자는 오늘밤엔 그 무엇을 해도 도움이 되지 않기에 화가 난다.

여자는 지금 밤이기에 화가 난다.

여자는 지금 낮이기에 화가 난다.

여자는 지금 코펜하겐은 낮이기에 화가 난다.

여자는 지금 서울은 밤이기에 화가 난다.

여자는 서울과 코펜하겐 사이에 시차가 존재한다는 사실에 화가 난다. 덴마크의 서머타임* 적용 여부에 따라 두 도시 간에는 7시간 또는 8시간의 시차가 존재한다.

여자는 서울과 코펜하겐 사이의 거리가 너무나 멀다는 사실에 화가 난다. 서울에서 코펜하겐까지는 항공 노선에 따라 11~13시간이 걸린다.

여자는 서울에서 코펜하겐까지의 직항 노선이 없다는 사실에 화가 난다. 직항 노선이 있다면 경유지에서 몇 시간이나 기다리지 않아도 될 것이다.

여자는 서울과 코펜하겐 간의 편도 요금이 최소 6천 크로네**는 나온다는 사실에 분노한다. 이보다 저렴한 가격으로 표를 사려면 경유지를 두 번 거치는 노선을 택할 수밖에 없다.

여자는 경유지를 두 곳이나 거쳐야 하는 항공 노선을 구입했던 자기 자신에게 화가 난다. 모스크바와 프랑크푸르트를 경유하면 비행기표 값이 쌀지는 모르나, 경유지에서 거의 만 하루를 보내야만 한다. 심지어 그 항공 노선은 에어로플롯이다. 일전에 상트페테르부르크에서 에어로플롯항공을 이용했던 헬레네는 비행중 앞에 있던 간이 테이블이 덜컹거려 두려웠다고 말했다.

여자는 원래 예정대로 덴마크로 출발했던 자기 자신에게 화

---

* 여름에 긴 낮 시간을 효과적으로 이용하기 위해 시계를 표준 시간보다 1시간 앞당겨놓는 제도. 유럽의 서머타임은 매년 3월 마지막 일요일에 시작되어 10월 마지막 일요일에 끝난다.

** 한화로 약 110만원.

가 난다. 물론 여행을 취소하면 비행기표를 환불 받을 수 없을지도 모른다. 하지만 그렇다고 해서 세상의 종말이 오는 것도 아니다. 여자는 자신의 몸 상태를 생각한다면 덴마크 여행을 취소해야 한다고 생각했다. 떠나기 하루 전날, 여자는 호흡장애를 겪었다. 그때 몸이 보내는 신호를 고려해 여행을 취소했으면 좋았을 것을, 여자는 이를 무시하고 짐을 싸는 일을 멈추지 않았다.

여자는 몸이 보내는 신호를 무시했던 자기 자신에게 화가 난다. 덴마크에 가지 않는다면 양모가 실망할 것이 틀림없다. 하지만 여자가 사정을 이야기한다면 양모는 충분히 이해해주었을 것이다. 여자의 건강은 덴마크에 도착한 후 더욱 악화되었다. 여자와 함께 코펜하겐 거리를 걷던 아스트리는 여자가 공황장애에 시달리는 것 같다고 말했다. 여자는 그 원인이 무엇인지는 정확히 알 수 없었으나, 장기간의 스트레스 때문이라 짐작했다. 그도 그럴 것이 여자는 서울에 살기 시작하면서부터 매우 바쁜 나날을 보냈으며 이로 인한 정신적 스트레스도 끊임없이 경험했기 때문이다.

여자는 서울에서 살기 시작했던 자기 자신에게 화가 난다.

여자는 서울에 살기 시작했던 직후, 유두에서 진물이 나기 시작했다는 사실에 화가 난다. 아침에 눈을 뜨면 침대보에 조그맣게 젖은 자국이 남아 있곤 했다. 여자가 조심스레 유두를 짜보면 누런 진물이 나왔다. 여자는 그것이 스트레스 때문이라 짐작했지만, 삼성의료원의 의사를 만났을 때 직접적으로 물어볼 수가 없었다. 의사가 영어를 하지 못했기 때문이다.

여자는 삼성의료원의 의사가 영어를 못한다는 사실에 화가 난다. 의사가 이해할 수 있었던 것은 혹시 암이 아니냐고 묻는 여자의 질문 하나뿐이었다. 의사는 두 팔을 들어 X를 그리며 '암 아니에요'라고 말했다. 여자는 통역사에게 부탁해 큰언니에게 전화를 걸어 혹시 가족 중에 유방암에 걸린 사람이 있었냐고 물어보았다. 여자의 큰언니는 가족 중에 유방암에 걸린 사람은 없었다고 대답해주었다.

여자는 대다수의 한국계 여성 입양인들이 유전적 유방암에 노출되어 있다는 것을 인지하지 못한다는 사실에 화가 난다.

여자는 대다수 한국계 입양인들이 유전적 병에 노출되어 있다는 것을 인지하지 못한다는 사실에 화가 난다.

여자는 이 세상에 유전적 병이 존재한다는 사실에 화가 난다.

여자는 이 세상에 병이 존재한다는 사실에 화가 난다.

여자는 자신이 아프다는 사실에 화가 난다. 여자가 소화불량으로 더부룩함과 현기증을 느꼈던 것은 불과 보름 전이었다. 여자는 작년에 심부조직 마사지를 받은 직후에도 어지럼증과 더부룩함, 설사, 식욕부진 등의 증상을 경험했다.

여자는 이태원의 한 클리닉에서 심부조직 마사지를 받았던 자기 자신에게 화가 난다. 여자는 이태원이 심부조직 마사지를 받기에 적합한 장소가 아니라는 것을 스스로도 잘 알고 있었다. 이태원에서는 치과나 병원, 심지어는 미용실을 다녀온 후에도 만족한 적이 없었기 때문이다. 이태원에서는 대다수가 영어를 할 수 있었지만, 맡은 일을 잘해낼 수 없다면 그것이 무슨 소용일까.

여자는 이태원의 한 병원에서 치료를 받았던 자기 자신에게 화가 난다. 여자는 종합검진을 받지 않아도 된다고 확신했지만, 한박사는 돈을 더 많이 벌기 위해 여자에게 종합검진을 받을 것을 권유했다. 여자는 한국의 의사들이 환자들에게 필요 없는 처방전과 비싼 치료법을 권하는 것이 매우 일반적이라는 말을 들은 적이 있다. 그 때문에 여자는 검사 결과 신체 네 군데에서 감염 및 염증이 발생했다는 말을 듣고도 놀라지 않았다. 한박사는 여자가 요로감염, 질염, 세균성 질염 때문에 종합적 염증 2단계에 이르렀다고 말했다. 심리적 스트레스 때문이라고 생각했던 여자는 충분한 휴식을 취하라는 한박사의 권유를 무시할 생각은 없었다. 그럼에도 왠지 마음이 개운치 않은 것은 어쩔 수 없었다.

여자는 자신이 심리적 스트레스에 시달렸기에 화가 난다.

여자는 자신이 심리적 스트레스에 시달리기에 화가 난다. 여자는 한국에 살기 시작한 후로 심리적 스트레스 또는 외상 후 스트레스 장애를 겪기 시작했다. 인터넷에서 외상 후 스트레스 장애에 시달리는 사람들의 증상을 읽다보니 여자의 증상과 거의 다르지 않았다. 여자의 양모 또한 스카이프 대화중 여자와 같은 생각이라고 말했다. 양모는 전쟁이나 성폭행 등 생명을 위협할 정도로 심각한 일이 아니더라도 외상 후 스트레스 장애를 겪을 수 있다고 말했다. 물론 여자가 경험했던 일들은 생명을 위협받을 정도의 심각한 일로 해석될 수도 있다고 덧붙였다.

여자는 멜리사가 심리적 스트레스에 시달린다는 사실에 화가 난다. 멜리사는 최근 주인공이 호주로 보내져 노예와 같은 환경에서 살아야 했던 이야기를 그린 〈추방된 아이들〉이라는 영화[84]를 보았다. 영화에선 한 여성 사회복지사가 여러 단체의 반대에도 불구하고, 어린 시절 영국에서 강제 추방되어 호주에서 자란 사람들을 직접 만나 그들의 비밀스러운 역사를 들추어내는 이야기를 조명했다. 멜리사는 그 영화를 본 후 외상 후 스트레스 장애를 겪었다고 말하며, 타인의 고통을 간접적으로 경험하는 것도 스트레스 요인이 될 수 있다고 덧붙였다.

여자는 타인의 고통을 간접적으로 경험하는 것도 스트레스의 원인이 된다는 사실에 화가 난다.

여자는 멜리사가 서울에 사는 동안 많이 아팠다는 사실에 화가 난다.

여자는 자신이 서울에 사는 동안 대부분의 시간을 병치레로 보냈기에 화가 난다. 여자는 스트레스에 대처하는 방법을 하루빨리 배우지 못한다면 만성 스트레스에 시달리게 될 것 같아 두려워진다.

여자는 스트레스에 대처하는 방법을 모르는 자기 자신에게 화가 난다.

여자는 전화를 하다 미정에게 투덜거렸던 자기 자신에게 화가 난다. 여자의 컴퓨터가 고장난 것은 미정의 잘못이 아닌데도 말이다.

여자는 컴퓨터가 고장났기에 화가 난다.

여자는 추석 연휴 때문에 컴퓨터 수리가 늦어진다는 사실에 화가 난다. 컴퓨터를 수리하려면 최소 사흘을 기다려야 한다.

여자는 컴퓨터를 수리하기 위해 사흘이나 기다려야 한다는 사실에 화가 난다.

여자는 컴퓨터를 수리하기 전에는 글을 쓰지 못하기에 화가 난다.

여자는 컴퓨터를 수리해야 한다는 사실에 화가 난다.

여자는 컴퓨터를 수리하는 데 인내심을 발휘하지 못하는 자기 자신에게 화가 난다. 여자는 고장난 컴퓨터를 앞에 두고 우왕좌왕하는 대신 다른 일을 하고 싶었다. 하지만 할일을 찾기는 쉽지 않았다. 컴퓨터 수리에 시간이 걸리는 것은 어쩔 수 없는 일이다. 덴마크에서는 적어도 보름은 걸릴 테니 그보다는 훨씬 낫지 않은가. 여자와 함께 맥 컴퓨터를 들고 수리소를 찾은 미정은 직원에게 최대 일주일 정도 걸린다는 말을 들었다.

여자는 컴퓨터 수리 전문가와 직접 대화를 나눌 수 없기에 미정을 데려가야만 했다는 사실에 화가 난다.

여자는 홍대의 맥 컴퓨터 대리점에 영어를 할 수 있는 직원이 단 한 명뿐이라는 사실에 화가 난다.

여자는 서울의 모든 맥 컴퓨터 대리점 직원들은 영어를 할 줄 안다고 믿었던 자기 자신에게 화가 난다. 단지 미국 회사의 대리점에서 일을 한다고 해서 모두가 영어를 할 수 있는 것은 아니다. 그렇게 따진다면, 덴마크의 현대자동차 대리점에 근무하는 덴마크 사람들도 모두 한국어를 할 수 있어야 한다.

여자는 그처럼 생각했던 자기 자신에게 화가 난다. 영어는 한국어와는 달리 세계어라 할 수 있다. 바로 그 때문에 맥 컴퓨터 대리점뿐 아니라, 세계 곳곳에 자리한 글로벌 기업의 대리점 직원은 모두 영어를 할 수 있어야 한다. 덴마크의 현대자동차 대리점 직원들도 마찬가지다.

여자는 한국계 입양인들이 출간한 책의 수준에 화가 난다. 여자는 솔직히 한국계 입양인들이 쓴 책 중에서 문학성을 엿볼 수 있는 작품이 별로 없다고 생각한다. 적어도 여자는 문학성을 엿볼 수 있었던 작품을 거의 기억하지 못한다. 물론 여자가 관심을 가졌던 책은 적지 않다. 여자 자신도 한국계 입양인이기 때문이다. 하지만 여자가 입양인이 아니라 문학 전반에 일반적인 관심을 가진 사람이었다면 그러한 책들을 특별히 시간을 들여 읽고 싶진 않을 것이다. 달리 말하자면, 한국계 입양인들이 출간한 작품의 수준은 천차만별이다. 앤드류도 이 점에는 동의했다. 그는 한국계 입양인들이 쓴 문학작품에 일반적 문학의 잣대 외에 다른 기준을 적용할 수는 없는지 궁금해했다. 그는 한국계 입양인들이 쓴 작품을 문학서가 아닌 고백서 또는 자서전으로 분류하면 어떨지 제안했다. 그렇게 한다면 달라질 수 있을까? 앤드류는 이를 더 자세히 설명하기 위해, 한국계 입양인들이 쓴 책을 홀로코스트의 희생자들이 쓴 책과 비교할 수 있다고 말했다.

여자는 한국계 입양인들이 쓴 책을 홀로코스트의 희생자들이 쓴 책에 비교한 앤드류에게 화가 난다. 여자는 한국계 입양인들을 존중하는 마음이 있다면, 그들의 문학작품을 홀로코스트 문학과 비교해서는 안 된다고 생각한다. 설사 입양 그 자체를 비극으로 분류한다 하더라도 두 문학의 특징과 범위는 매우 다르다.

즉, 둘 다 고통스러운 경험을 바탕으로 한 문학이긴 하지만 공통점을 찾기는 쉽지 않다는 것이다. 여자는 앤드류에게 두 문학의 공통점은 피와 살로 이루어진 사람들의 이야기라는 점뿐이라고 말했다. 앤드류는 한국계 입양인들의 삶은 홀로코스트의 비극과는 많이 다르다고 서둘러 얼버무리며, 입양문학을 고백의 문학으로 분류할 수 있는지 알아보고 싶다고 덧붙였다.

여자는 한국계 입양인이라는 1인칭 시점으로 글을 쓴 작가 마리 명옥 리[85]에게 화가 난다. 여자는 앤드류에게 마리 명옥 리가 입양인도 아니면서 입양인인 양 1인칭 시점으로 글을 썼다는 것은 매우 비윤리적이라고 말했다.

여자는 마리 명옥 리에게 분노했던 자기 자신에게 화가 난다. 마리 명옥 리가 입양인이 아니더라도, 작품 속에선 얼마든지 한국계 입양인으로서의 1인칭 시점으로 글을 쓸 수 있다. 그 작품이 소설이라면, 그 어느 누구도 작가를 비윤리적이라 비난할 수는 없다. 반면 돈을 벌기 위해 입양을 주제로 한 책을 출간했다면, 그 책이 국가 간 입양의 상업화를 위한 한 수단으로 이용되었을 가능성도 배제할 수 없다.

여자는 『덴마크인 홀게르씨를 찾아라』[86]를 출간한 후 배달되어 온 편지에 화가 난다. 그 편지에는 다음과 같은 말이 적혀 있었다: '우리는 당신의 책을 사서 읽는 사람이 얼마 없기를 바랍니다. 당신은 전혀 자격이 없는 사람입니다. 당신이 이 나라에서 살아야 한다고 강요한 사람은 아무도 없습니다. 오히려 덴마크 국민들은 세금을 내며 당신이 이 나라에서 잘 성장할 수 있도록 지원해주었습니다. 당신이 한국에서 자랐더라면 그 정도의 경제적 지원은 받지 못했을 것입니다. 당신은 덴마크 인민당을 매우 유치하고 위선적인 정당으로 표현했더군요. 당신의 전반적인 태도로 미루어보아, 당신은 스스로 덴마크인이라기보다는 한국인이라고 여기는 것 같습니다. 그렇다면 당신의 조국인 한국으로 당장 돌아가길 바랍니다. 좋은 여행 하시길.'

여자는 편지를 보냈던 사람에게 화가 난다.

여자는 실명을 밝히지 않고 편지를 써서 보냈던 사람에게 화가 난다. 여자는 이런 편지를 보내면서 자신의 실명을 밝히지 않는 것은 매우 비도덕적이라 생각한다. 그것은 부활절에 주고받는 기분 좋은 편지*와는 차원이 다르다. 협박 편지라 할 정도로

* Gækkebrev. 덴마크에서 부활절마다 아이들이 보내는 편지로, 보내는 이의 이름 대신 자신의 이름에 들어가는 글자 수만큼 점을 찍어 보낸다. 받는 사람이 점의 수만으로 편지를 보낸 사람이 누구인지 알아맞히면 보낸 사람이 그에게 초콜릿 달걀을 주고, 맞히지 못하면 받는 사람이 보낸 사람에게 초콜릿 달걀을 준다.

위협적이진 않았지만, 그럼에도 여자는 편지를 받은 직후 한참이나 코펜하겐 거리를 마음놓고 걷지 못했다.

여자는 『덴마크인 홀게르씨를 찾아라』를 출간한 후 받았던 문자메시지에 화가 난다. 메시지는 다음과 같았다: '당신이 쓴 덴마크인의 법칙은 혐오스럽습니다. 나는 당신이 덴마크인이라는 것이 부끄럽습니다.'

여자는 그 문자메시지를 보냈던 사람에게 화가 난다.

여자는 문자메시지를 보냈던 사람이 프레벤 홀스트라는 사실에 화가 난다. 여자는 프레벤 홀스트라는 사람을 한 번도 직접 만나본 적이 없지만, 여자의 양모는 그가 직장동료의 형제라며 몇 번 그의 이름을 언급한 적이 있다.

여자는 프레벤 홀스트에게 화가 난다.

여자는 자신의 양부에게 화가 난다.

여자는 로라가 외국인 이민자와 데이트하는 것을 반대했던 양부에게 화가 난다. 여자는 로라와 요나스의 생일날 남자친구랍시고 외국인을 집으로 데려오는 날은 각오하라고 로라를 윽박지르던 양부의 말을 기억한다.

여자는 덴마크에 거주하는 외국인 이민자에 관해 부정적으로 말하는 양부에게 화가 난다. 굳이 따지자면 여자의 양부도 외국인 이민자의 가정에서 태어났다. 양부의 아버지는 독일 혼혈이고, 양부의 어머니는 아르메니아인이다. 그럼에도 양부는 덴마크에 거주하는 외국인 이민자에 관해 부정적으로 말한다.

여자는 양부가 덴마크에 거주하는 외국인 이민자에 관해 부정적으로 말하면서도 한국에서 자신을 입양했다는 사실에 화가 난다.

여자는 외국인 이민자에 관해 부정적으로 말하는 외국인 이민자들에게 화가 난다.

여자는 외국인 이민자에 관해 부정적으로 말하는 한국계 입양인들에게 화가 난다.

여자는 한국계 입양인들이 덴마크에 거주하는 외국인 이민자로 간주되지 않는다는 사실에 화가 난다.

여자는 자신이 덴마크에 거주하는 외국인 이민자로 간주되지 않는다는 사실에 화가 난다.

여자는 자신이 덴마크에 거주하는 외국인 이민자로 간주된다는 사실에 화가 난다.

여자는 덴마크에서 자신에게 영어로 말을 걸어오는 사람들이 많다는 사실에 화가 난다.

여자는 자신에게 덴마크어를 유창하게 한다고 말하는 사람들이 있다는 사실에 화가 난다.

여자는 자신이 너무도 덴마크인 같다는 사실에 화가 난다.

여자는 자신이 다른 덴마크인과 같지 않다는 사실에 화가 난다.

여자는 자신이 다른 덴마크인과 같지 않다고 생각하는 자기 자신에게 화가 난다.

여자는 자신이 다른 한국인과 같지 않다고 생각하는 자기 자신에게 화가 난다.

여자는 자신이 다른 한국인과 같지 않다는 사실에 화가 난다.

여자는 자신이 바나나로 통한다는 사실에 화가 난다. 여자는 한국계 입양인들이 타인에게 자신을 소개할 때 종종 바나나라는 표현을 사용한다고 들었다. 겉은 노랗지만 속은 희다는 뜻이다.

여자는 덴마크의 한국계 입양인들이 성공적인 통합의 모범 사례로 간주된다는 사실에 화가 난다. 여자는 한국계 입양인들이 덴마크 사회에 적응하는 데 드는 막대한 비용을 생각한다면 결코 모범 사례라 할 수 없다고 생각한다. 그 대가로 한국계 입양인이 스스로를 백인이라고 생각한다는 것도 간과할 수 없다. 출신국은 물론, 친부모와의 관계마저도 단절당하는 것 또한 마찬가지다.

여자는 한국의 친가족에게 너무나 큰 기대를 하는 자기 자신에게 화가 난다.

여자는 자신에게 너무나 큰 기대를 하는 한국의 친가족에게 화가 난다.

여자는 만나고자 하는 당일날 전화를 하는 한국의 친가족에게 화가 난다. 적어도 며칠 전에 전화를 한다면 얼마나 좋을까.

여자는 한국 가족과의 관계가 전적으로 그들의 상황과 조건에 따라 좌지우지된다는 사실에 화가 난다. 적어도 그들이 미리 물어보거나 양해를 구한다면 여자는 얼마든지 받아들일 수 있는데도 말이다.

여자는 큰언니를 통하지 않고서는 친부모와 그 어떤 약속도 잡을 수 없다는 사실에 화가 난다.

여자는 큰언니가 자매들 중에서 가장 나이가 많다는 사실만으로 이를 정당화한다는 사실에 화가 난다.

여자는 큰언니에게 화가 난다.

여자는 둘째언니에게 화가 난다.

여자는 조카의 미국 유학 비용을 분담하라는 둘째언니에게 화가 난다. 한국에서는 가족끼리 경제적 부담을 서로 덜어주는 것이 일반적일지 모른다. 하지만 여자는 덴마크에서 성장했다. 덴마크에서는 조카의 교육비를 분담해달라고 가족에게 부탁하지 않는다. 또한 여자가 단지 덴마크에서 자랐다고 해서 여자에게 돈이 엄청 많은 것도 아니다. 여자가 집필 목적으로 3년 치 문학 장학금을 받은 것은 사실이나, 그 돈은 책을 쓰는 데 사용해야 한다. 그 돈으로 가족의 유학 비용을 부담하는 것은 이치에 맞지 않다. 반면 여자가 친가족과의 관계를 더욱 돈독하게 하기 위해서는 여자도 이제 가족으로서의 의무를 다해야 한다. 가족에게 요구만 하는 것은 정당하지 않다. 여자도 이제 가족이 요구하는 의무를 수행해야 한다. 이제는 여자도 그들에게 무언가를 주어야 한다.

여자는 친가족과의 관계를 더욱 돈독하게 하기 위해서는 가족의 일원으로서 그 의무를 이행해야 한다는 사실에 화가 난다. 여자는 둘째언니가 자신을 이용한다는 느낌을 지울 수가 없다. 여기에 더해 큰언니가 조카 두 명에게 영어를 가르치라고 부탁하는 말을 들으니 그 느낌은 더욱 강해졌다.

여자는 큰언니에게 이용당한다고 생각했던 자기 자신에게 화가 난다. 따지고 보면, 조카들에게 영어를 가르치는 것은 여자에게도 도움이 될 수 있을지 모른다. 여자의 조카가 영어를 배운다면, 여자와 친가족 간의 대화를 조카가 통역해줄 수도 있지 않은가. 그렇다면 경희에게 매번 통역을 부탁하지 않아도 된다.

여자는 친가족이 경희에게 의존한다는 사실에 화가 난다.

여자는 친부의 말을 제대로 통역해주지 않는 경희에게 화가 난다.

여자는 친모의 말을 제대로 통역해주지 않는 경희에게 화가 난다.

여자는 자신의 말을 제대로 통역해주지 않는 경희에게 화가 난다.

여자는 가끔 여자의 말을 곧이곧대로 통역하지 않는 것이 여자와 가족에게 더 좋을 것이라 말하는 경희에게 화가 난다.

여자는 오직 경희에게만 통역을 부탁하는 큰언니에게 화가 난다. 최근 친가족에게 자신이 레즈비언이라는 사실을 밝히려던 여자는 경희 대신 미정에게 통역을 부탁했다. 경희는 그 어떤 상황에서도 여자가 레즈비언이라는 것을 여자의 친가족에게 통역해줄 것 같지 않았기 때문이다. 경희는 언젠가 로랑에게 여자가 어린 시절을 불행하게 보냈기 때문에 레즈비언이 된 것 같다고 말한 적이 있다.

여자는 여자가 레즈비언이 된 것은 불행한 어린 시절을 보냈기 때문이라고 믿는 경희에게 화가 난다. 경희는 신실한 기독교인이지만, 기독교인이라 해서 타인의 삶과 정체성에 그러한 결론을 내릴 권리는 없다.

여자는 친가족에게 자신이 레즈비언이라고 고백하려 마음먹었던 자기 자신에게 화가 난다. 그들이 이해하지 못하는 것을 굳이 설명할 필요는 없다.

여자는 자신이 레즈비언이라 말하면 친가족들이 이해하지 못할 것이라 생각했던 자기 자신에게 화가 난다.

여자는 자신이 레즈비언이라는 사실에 화가 난다.

여자는 자신이 한국계 입양인인 *동시에* 레즈비언이라는 사실에 화가 난다. 한국계 입양인이나 레즈비언 둘 *중의 하나*만으로는 충분치 않았던 것일까.

여자는 자신이 한국계 입양인이나 레즈비언 둘 *중의 하나*였다면 삶이 더 쉬웠을 것이라 믿는 자기 자신에게 화가 난다. 정말 그럴까. 그것은 상황에 따라 얼마든지 달라질 수 있는 일이다.

여자는 자신이 레즈비언이기에 덴마크로 입양된 것이 행운이라는 말을 듣는다는 사실에 화가 난다.

여자는 레즈비언이라면 머리를 염색하고 헐렁한 통바지를 입으며 옆구리에 금속 체인을 늘어뜨리고 다니는 것이 일반적으로 여겨지는 나라로 입양되었다는 사실에 화가 난다. 적어도 벨라 클럽에 오는 이들의 대부분은 그런 모양새를 하고 있다. 어쩌면 동성애자들을 대하는 덴마크인의 시각이 한국인의 시각보다 더 너그러울 수도 있다. 하지만 한국의 레즈비언들도 덴마크의 레즈비언들과 다르지 않다. 사실 여자는 서울의 바와 클럽에서 꽤 많은 레즈비언들을 보았다. 그중 마음에 드는 사람도 많았지만, 문제는 여자가 그들과 의사소통을 할 수 없다는 것이었다.

여자는 서로 관심이 있음에도 불구하고 유미와 대화를 나눌 수 없었기에 화가 난다.

여자는 유미에게 아름답다는 말을 해줄 수 없는 자기 자신에게 화가 난다.

여자는 서로 대화를 나눌 수 없음에도 불구하고 유미에게 데이트를 신청했던 자기 자신에게 화가 난다. 물론 여자도 둘의 데이트가 쉽지 않을 것이라는 것을 잘 알고 있었다.

여자는 유미와의 두번째 데이트에 미정을 데려갔던 자기 자신에게 화가 난다. 오히려 첫번째 데이트보다 훨씬 어색했기에, 그들은 핸드폰에서 단어를 검색하는 일만 되풀이했다.

여자는 유미가 영어를 하지 못한다는 사실에 화가 난다.

여자는 한국어를 하지 못하는 자기 자신에게 화가 난다. 여자가 언어의 장벽 때문에 불편하다고 말하니 미정은 섹스를 하기 위해선 말이 필요 없다고 말했다.

여자는 섹스를 할 때 유미가 여자의 귀에 대고 무슨 말을 속삭였는지 알 수 없었기에 화가 난다. 여자가 기억하는 것은 '고무니'뿐이었다. 핸드폰으로 단어를 검색해보니, '고무'를 찾을 수 있었고, 그 의미는 격려, 영감, 감화, 자극, 흥분 등이었다.

여자는 유미와 섹스를 할 때 유미가 속삭였던 '고무니'라는 말이 무슨 뜻인지 미정에게 물어볼 수밖에 없었기에 화가 난다. 미정은 '고무니'라는 말은 없다고 말했다. 여자는 생각에 잠겼다. 혹시 유미가 속삭였던 말은 '그만해!'가 아니었을까? 그게 아니라면 '끌리니?'가 아니었을까? 여자는 솔직히 유미가 했던 말을 정확히 기억할 수 없었다. 여자는 미정에게 '그만해!'나 '끌리니?'처럼 들렸다고 말했다. 미정은 '그만해'는 멈추라는 뜻이며, '끌리니'는 '내가 마음에 드니?'와 비슷한 뜻이라고 설명해주었다. 미정은 세번째로 생각해볼 수 있는 말은 '꼴리니'가 있다고 덧붙였다. 그것은 '나와 사랑을 나누고 싶니?'라는 의미로서 주로 매우 어린 사람들이 사용하는 일종의 슬랭이며, 매우 품위 없는 말이라고 했다. 여자는 유미가 정확히 몇 살인지는 알 수 없었으나, 적어도 여자보다는 어리다고 판단했다. 곰곰이 생각해보니, 처음에 짐작했던 것보다는 훨씬 더 어릴지도 모른다는 생각이 스쳤다.

여자는 유미와 데이트를 했던 자기 자신에게 화가 난다.

여자는 아스트리에게 유미와 데이트를 했다고 말했던 자기 자신에게 화가 난다. 여자는 아스트리와 스카이프로 통화를 하며 유미와의 데이트는 사랑이나 섹스와는 전혀 관계없는 것이라 말했다. 여자는 그것이 무엇인지 정확히 설명할 수 없었지만, 적어도 그것이 사랑이나 섹스와는 관계없는 것이라 확신했다.

여자는 사랑이나 섹스와는 관계없는 것이라 말하는 자신의 말을 믿지 못하는 아스트리에게 화가 난다. 아스트리는 유미와의 데이트가 사랑이나 섹스와는 관련이 없으며, 해방의 과정이라고

밖에 설명할 수 없는 것의 일부라는 여자의 말을 믿지 않으려 했다. 혹시 여자는 스스로 동양인임을 자각하고 동시에 타인의 눈에도 동양인으로 보이길 원했던 것은 아닐까. 아스트리는 어쩌면 여자의 말처럼 그것이 해방되는 과정의 일부일 수도 있다고 말했다. 하지만 아스트리는 여자가 다른 사람과 데이트하는 것을 결코 좋아할 수 없다고 덧붙였다. 상대가 황인종이건, 홍인종이건, 또는 청인종이라 해도, 자신이 아닌 다른 누군가가 여자와 데이트하는 것을 좋아할 수는 없다고 했다.

여자는 스카이프로 통화를 하며 아스트리와 말다툼을 했던 자기 자신에게 화가 난다.

여자는 스카이프로 통화를 하며 자신과 말다툼을 했던 아스트리에게 화가 난다.

여자는 아스트리와의 의사소통이 대부분 컴퓨터를 통해 이루어진다는 사실에 화가 난다.

여자는 아스트리와의 장거리 연애는 오래가지 못한다는 것을 이제야 깨달은 자기 자신에게 화가 난다.

여자는 여자에게 덴마크로 되돌아오라고 말하지 않는 아스트리에게 화가 난다.

여자는 한국에 발목이 잡혀 있다는 느낌 때문에 화가 난다. 아스트리가 여자에게 얼마나 오래 서울에 머무를 예정인지 물었을 때, 여자는 무언가 알 수 없는 이유로 한국에 발목이 잡힌 것 같은 느낌이 든다고 아스트리에게 말했다.

여자는 아스트리에게 덴마크 집을 전대해주었던 자기 자신에게 화가 난다.

여자는 여자의 집에서 *여자의* 침대에 누워 바람을 피우는 아스트리에게 화가 난다.

여자는 아스트리가 여자의 집에서 *여자의* 침대에 누워 바람을 피운다고 믿는 자기 자신에게 화가 난다.

여자는 지난번 코펜하겐에 갔을 때 집을 팔지 않았던 자기 자신에게 화가 난다. 여자가 코펜하겐에 갔던 것은 집을 팔기 위해서였다. 하지만 매입자가 나타나지 않았기에 여자는 하는 수 없이 아스트리에게 전대 기간을 1년 더 연장해주었다.

여자는 아스트리에게 전대 기간을 1년 더 연장해주었던 자기 자신에게 화가 난다. 그 덕분에 매입자와 접촉하려고 부동산 중개업자에게 비용을 지불하는 일은 피할 수 있었지만, 만약 집을 팔았더라면 두 사람에게 훨씬 더 좋았을 것이라는 생각은 지금도 지울 수가 없다. 여자는 아스트리가 여자의 침대에서 잠을 자고 여자의 접시에 음식을 담아 먹는 일을 계속한다면 앞으로 두 사람은 관계를 정리하고 각자의 삶을 살아갈 수 없을 것 같다고 생각한다. 아니, 아스트리가 여자의 집에 계속 사는 한 그것은 불가능할 것이다.

여자는 아스트리를 향한 사랑 때문에 아스트리가 자신의 집과 가구를 사용하도록 용인했던 자기 자신에게 화가 난다.

여자는 아스트리에게 가구를 포함하여 집을 전대해준 자기 자신에게 화가 난다. 아스트리는 스카이프 통화를 하며 이것이 구식 개념의 결혼생활 같다고 말했다. 아스트리는 두 사람의 가구들조차 서서히 공동 소유가 되어버린 이상, 다른 사람들의 눈에는 두 사람이 꽤 오랫동안 함께 살았던 것처럼 보일 것이라고 말했다.

여자는 여자의 소유물도 아닌 텔레비전을 집에 그대로 두고 왔던 자기 자신에게 화가 난다. 텔레비전은 양모에게서 빌린 것이었다. 아스트리는 스카이프로 전화를 걸어와 텔레비전이 고장났다고 말했다. 아스트리는 거기에서 그치지 않고 바닥에 페인트칠을 새로 해야 할 것 같다며 여자에게 페인트 비용을 지불할 것을 은근히 요구했다. 아스트리는 바닥이 너무나 낡아 여기저기 칠이 벗겨졌으며 울퉁불퉁해서 매끄럽게 대패질을 해야 한다고 말했다. 나무 바닥은 보존하고 유지하는 일을 지속적으로 해야 한다고도 덧붙였다.

여자는 자신의 집 바닥을 수리하는 일을 아스트리가 결정하는데 보고만 있어야 한다는 사실에 화가 난다. 현재 지구 반대편에 살고 있는 이상, 여자가 코펜하겐의 집에 관한 실질적인 일을 결정한다는 것이 무의미하게만 느껴졌기 때문이다. 훗날 여자가 다시 그 집에 들어가 산다는 보장도 없지 않은가? 여자는 다시 코펜하겐으로 돌아가 살 수 있을까? 만약 코펜하겐의 집으로 다시 돌아가지 않는다면 돈만 헛되이 날려버리는 일이 되지 않을까. 물론 바닥에 페인트칠을 다시 한다면 집값이 더 오를 것은 확실하다. 하지만 페인트칠을 하는 데 필요한 물품을 구입하려면 역시 적지 않은 돈이 들어갈 것이다.

여자는 서울로 오면서 코펜하겐의 집을 팔지 않았던 자기 자신에게 화가 난다. 집을 팔고 왔더라면 집과 관련된 온갖 문제들을 생각할 필요가 없었을 것이다. 하지만 당시 여자는 서울에 얼마나 오래 머무를지 확신할 수 없었다. 원래는 서울에 반년만 머물기로 결심했던 터였다. 지금 여자는 덴마크를 떠나 서울에 머무른지 2년 반이나 되었다.

여자는 덴마크에서 구입한 바지가 여자의 몸에 맞지 않는다는 사실에 화가 난다. 그 바지들은 모두 허리가 너무 조이거나 길이가 길다. 지난번 덴마크에서 구입했던 바지는 밑단을 무려 7센티미터나 올려야만 했다.

여자는 바지 밑단을 7센티미터나 올려야만 했다는 사실에 화가 난다.

여자는 입양 세미나가 코펜하겐에서 열렸을 때, 여자가 코펜하겐이 아니라 서울에 머무르고 있었다는 사실에 화가 난다.

여자는 한국 입양법 개정과 관련된 심의회가 서울에서 열렸을 때, 여자가 서울이 아니라 코펜하겐에서 머무르고 있었다는 사실에 화가 난다.

여자는 두 도시에 동시에 머무를 수 없다는 사실에 화가 난다.

여자는 서울이 스칸디나비아반도에 위치한 도시가 아니라는 사실에 화가 난다. 만약 서울과 코펜하겐의 거리가 스톡홀름과 코펜하겐과의 거리 정도만 된다면 얼마나 좋을까. 그러면 여자가 두 도시를 오갈 때마다 보름씩 시차증에 시달리는 일도 없을 것이다.

여자는 자신이 두 도시를 오갈 때마다 보름씩 시차증에 시달린다는 사실에 화가 난다. 이것은 결코 과장된 말이 아니다. 지난번여자가 코펜하겐에 갔을 때는 도착 직후부터 무려 13일 동안 시차증에 시달렸다. 리케는 여자에게 시차증을 극복할 수 있는 약을 복용해보라고 조언해주었다. 리케는 덴마크에선 멜라토닌 복용이 법적으로 금지되어 있지만, 한국에선 합법일지도 모른다고 말했다. 리케는 인터넷에서 멜라토닌을 구입하는 것은 가능하다고 말했다.

여자는 시차증을 극복하기 위해 약을 복용했을 때 장기적인 부작용을 경험할 수도 있다는 사실에 화가 난다. 덴마크에서 멜라토닌이 법적으로 금지되어 있다면 분명 그만한 이유가 있기 때문이 아닐까. 하지만 여자는 정확한 이유를 알지 못한다. 의대생인 헬레네는 걱정할 필요가 없다고 말했다. 헬레네는 스카이프로 전화를 걸어 여행을 자주 하는 의사들도 멜라토닌을 복용한다고 알려주었다.

여자는 헬레네의 말에도 불구하고 선뜻 멜라토닌을 주문하지 못하는 자기 자신에게 화가 난다.

여자는 결국 멜라토닌을 주문하고야 말았던 자기 자신에게 화가 난다. 멜라토닌 복용이 금지된 덴마크에서 의사들이 쉬쉬하며 멜라토닌을 복용하는 것은 사실일지도 모른다. 하지만 멜라토닌을 복용했을 때 장기적 부작용이 없을 것이라고 장담할 수 있는 사람은 아무도 없다. 여자는 시차증을 극복하기 위해 약을 복용했다가 혹여 있을지도 모르는 장기적인 부작용으로 생명에 위협을 받는 것보다는, 차라리 새벽 4시까지 뜬눈으로 누워 있는 것이 더 낫다고 생각한다. 물론 여자도 앤드류처럼 사고장요법Thought Field Therapy을 시도해볼 수 있을 것이다. 앤드류는 서울과 로스엔젤레스를 자주 왕복하던 무렵 이 요법을 사용했다. 그는 여행지에 가는 동안, 또는 여행지에 도착한 직후 신체의 일정 부위에 위치한 혈을 찌르는 것이 이 요법의 핵심이라고 설명해주었다.

여자는 신체의 일정 부위를 찌름으로써 시차증을 극복할 수 있다고 믿었던 자기 자신에게 화가 난다.

여자는 비행기가 발명되었다는 사실에 화가 난다. 비행기가 발명되지 않았더라면 한국의 수많은 어린이가 서구로 보내지는 일도 없었을 것이다.

여자는 50년대 중반 이후로 무려 20만 명의 한국 어린이들이 서구로 입양되었다는 사실[87]에 화가 난다. 리케는 전 세계에서 국가 간 입양을 가장 많이 보내는 나라 중 하나가 바로 한국[88]이라고 말했다.

여자는 전 세계에서 국가 간 입양을 가장 많이 보내는 나라 중 하나가 바로 한국이라는 사실에 화가 난다.

여자는 한국이 연간 국가 간 입양 횟수가 가장 많은 상위 5개국 중의 하나[89]라는 사실에 화가 난다.

여자는 국가 간 입양을 허락하는 한국 정부에 화가 난다. 최근 국가 간 입양 횟수가 점점 줄어든다고는 하나, 그것이 변명이 될 수는 없다. 소위 경제 강국이라 일컫는 한국이 여전히 자국 어린이들을 해외로 입양 보내는 것은 매우 불필요한 일이다. 한국은 더이상 후진국이라 할 수 없다. 오히려 한국은 전 세계에서 열세 번째로 부유한 나라로 알려져 있다.[90]

여자는 경제적 거래가 수반되는 국가 간 입양을 용인하는 한국 정부에 화가 난다. 한국은 후진국이 아니라 전 세계에서 열세 번째로 부유한 국가이다.

여자는 한국이 전 세계에서 가장 출산률이 낮은 나라[91]임에도 불구하고 여전히 경제적 거래가 수반되는 국가 간 입양을 용인하는 한국 정부에 화가 난다.

여자는 한국이 전 세계에서 출산률이 가장 낮은 국가라는 사실에 화가 난다.

여자는 한국의 출산률을 높이려 낙태 수술을 법으로 금지한 한국 정부[92]에 화가 난다.

여자는 성폭행 등의 특별한 이유 없이 낙태 수술을 할 경우 이를 불법으로 간주하는 한국 정부에 화가 난다.

여자는 한국에서는 개인 병원에서 값비싼 비용을 지불할 만큼 경제적 여력이 있는 사람들만 낙태 수술을 할 수 있다는 사실에 화가 난다. 미정은 한국에선 낙태 수술이 불법이지만, 돈만 내면 낙태 수술을 받을 수 있는 병원이 즐비하다고 말했다.

여자는 한국에서 낙태 수술을 받기 위해선 약 3백만 원이 필요하다는 사실[93]에 화가 난다. 한국은 전 세계에서 해마다 낙태 수술이 가장 많이 이루어지는 나라 중 하나이다. 한국에서는 연간 태어나는 아이들의 수보다 낙태 수술로 제거되는 아이들의

수가 더 많다.[94]

여자는 한국에서 불법 낙태 수술을 감소시키기 위한 해결책으로 입양을 거론하는 이들에게 화가 난다.

여자는 한국의 불임 부부들을 위한 해결책으로 입양을 거론하는 이들에게 화가 난다.

여자는 서구의 불임 부부들을 위한 해결책으로 입양을 거론하는 이들에게 화가 난다.

여자는 서구에서 국가 간 입양이 매우 일반적이라는 사실에 화가 난다. 리케는 서구 국가들 내에선 내국 입양 사례가 점점 줄어드는 추세라고 말했다. 이 사실은 서구의 여성인권이 신장되고 있다는 것을 의미한다.

여자는 한국 여자들이 서구의 여자들과 마찬가지로 동등한 권리와 기회를 누리지 못한다는 사실에 화가 난다.

여자는 한국의 미혼모들이 서구의 미혼모들과 마찬가지로 동등한 권리와 기회를 누리지 못한다는 사실에 화가 난다.

여자는 미혼모들을 위한 프로그램을 더욱 적극적으로 시행하지 않는 한국 정부에 화가 난다. 여자는 한국 정부가 국내입양을 권장하는 만큼 미혼모들을 위한 지원 프로그램도 더욱 활성화되어야 한다고 생각한다.

여자는 아이들이 친부모와 자랄 수 있는 환경에 있음에도 불구하고 국내입양을 더 권장하는 한국 정부에 화가 난다. 한국 정부는 미혼모들을 위한 지원 프로그램을 활성화하는 것보다 오히려 국내입양을 권장하는 데 더 큰 노력을 기울이는 것 같다. 리케는 독신 여성에게는 입양을 허용하면서도, 미혼모를 위한 지원 프로그램을 활성화하는 일에는 지지부진한 한국 정부를 이해할 수 없다고 말했다. 리케는 독신으로 살며 아이를 입양해 키우는 여자를 알고 있다고 덧붙였다. 여자가 만난 적이 있는 정민도 독신으로 살며 아이를 입양해 키우고 있었다.

여자는 정민이 독신으로 살며 아이를 입양해 키운다는 사실에 화가 난다. 여자가 아는 정민은 심신이 그다지 균형 잡힌 사람은 아니다. 여자는 정민이 입양을 허가받았다는 사실을 이해할 수가 없다. 리케는 한국의 입양 허가 절차는 덴마크에 비해 그다지 철저하지 않다고 말했다. 예를 들어, 한국에서는 전과 기록이 있어도 입양을 할 수 있다.[95]

여자는 한국에서는 전과가 있어도 입양을 할 수 있다는 사실에 화가 난다.

여자는 한국의 입양법에 화가 난다.

여자는 한국의 입양법의 이름[96] 그 자체에 화가 난다.

여자는 한국의 입양법에 '촉진'이라는 단어가 포함되었다는 사실에 화가 난다. 입양은 촉진되어서도 안 되고, 정부 차원에서 촉진해서는 더욱 안 된다.

여자는 국내입양을 촉진하려는 한국 정부에 화가 난다.

여자는 국내입양을 촉진하려고 엄청난 돈을 사용하는 한국 정부에 화가 난다. 만약 여자가 결정권자라면 그 돈을 미혼모를 지원하는 일에 사용할 것이다.

여자는 미혼모를 지원하는 데 더 큰 예산을 사용하지 않는 한국 정부에 화가 난다.

여자는 아이를 입양한 부부가 매달 수령하는 지원금이 미혼모가 수령하는 지원금보다 두 배나 더 많다는 사실에 화가 난다. 미혼모들은 월 소득이 최저 소득 수준 이하일 경우, 정부로부터 매달 5만 원의 지원금을 받을 수 있다. 반면 입양가족은 월소득에 관계없이 매달 10만 원을 정부로부터 지원받는다.[97]

여자는 소민이 정부지원금을 받을 수 있는 기준을 충족시키지 못한다는 사실에 화가 난다. 소민은 부모 중 한 명이 부동산 소유자거나 월소득이 매우 높으면, 당사자가 매달 최저 임금 이하의 소득을 얻는다 하더라도 정부 지원을 받을 수 없다고 말했다. 부모가 자녀를 내보내도 달라지는 것은 없다. 소민은 집에서 쫓겨났을 때 돈이 없어 찜질방에서 잠을 잤던 이야기를 해주었다.[98]

여자는 소민이 돈이 없어 머무를 곳을 마련하지 못한다는 사실에 화가 난다. 아르바이트만 해서는 집세를 낼 수가 없다. 그렇다고 해서 소민이 풀타임으로 일을 할 수 있는 형편도 아니다. 소민에게는 돌봐야 하는 아들이 있기 때문이다.

여자는 소민이 일을 하는 동안 아들을 봐줄 사람이 없기에 풀타임으로 일을 할 수 없다는 사실에 화가 난다.

여자는 지혜가 일을 하는 동안 아이를 봐줄 사람을 구할 수 없어 하는 수 없이 아이를 보육원에 맡겨야만 했다는 사실에 화가 난다.

여자는 지혜가 구직 요건을 충분히 갖추었음에도 불구하고 미혼모라는 이유로 이력서를 내는 곳마다 거부당했다는 사실에 화가 난다. 지혜는 호적에서 딸의 이름을 지운 후에야 직장을 구할 수 있었다.[99]

여자는 미숙이 임신한 것을 알아챈 직장 상사가 미숙을 해고했다는 사실에 화가 난다.

여자는 수진이 미혼모라는 것이 밝혀진 후 손님이 절반 이하로 줄었다는 사실에 화가 난다.[100]

여자는 수진의 미용실에 오는 손님들이 수진이 미혼모라는 사실을 알아냈다는 사실에 화가 난다.

여자는 결혼을 하지 않으면 아이를 낳을 권리가 없다고 생각하는 사람들에게 화가 난다.

여자는 결혼을 하지 않으면 성행위를 할 권리가 없다고 생각하는 사람들에게 화가 난다.

여자는 피임구를 사용하지 않았을 때의 결과에 관해 전혀 생각하지 않는 소년들에게 화가 난다.

여자는 피임구를 사용하지 않았을 때의 결과에 관해 전혀 생각하지 않는 소녀들에게 화가 난다.

여자는 피임구를 사용하지 않고 성행위를 했을 때의 결과에 관해 자녀들에게 아무런 교육도 하지 않는 부모들에게 화가 난다.

여자는 피임구 없이 성행위를 하는 소녀들에게 화가 난다.

여자는 피임구 없이 성행위를 하는 소년들에게 화가 난다.

여자는 성행위를 할 때 콘돔을 사용하지 않는 소년들에게 화가 난다.

여자는 성행위를 할 때 콘돔을 사용하지 않는 남성들에게 화가 난다.

여자는 학교에서 콘돔을 사용하는 방법을 가르쳐주자 학부모들이 불만을 표했다는 로랑의 이야기를 듣고 화가 난다. 학부모들은 교사가 학생들에게 성행위를 권장하는 것으로 해석했던 것이다.[101]

여자는 자녀들이 학교에서 성교육을 받지 않기를 원하는 학부모들에게 화가 난다.

여자는 학생들에게 성교육을 하지 않는 학교에 화가 난다. 로랑은 학교 측에서 성교육을 실시한다 하더라도 시대에 뒤떨어진 내용만을 다룰 뿐더러, 각 학급별로 하는 것이 아니라 전교생 수백 명을 한 자리에 모아놓고 짧은 시간 안에 실시하는 것이 일반적이라 말했다.

여자는 성교육이 행해질 때 소년들은 성적 욕구를 방출하도록 권장받지만, 소녀들은 원치 않는 임신을 피하기 위해 스스로를 보호하는 방법을 배우는 것이 일반적이라 말하는 로랑의 말에 화가 난다.

여자는 소녀가 성적 욕구를 가지고 있다는 사실을 받아들이지 못하는 이들에게 화가 난다.

여자는 여성이 성적 욕구를 가지고 있다는 사실을 받아들이지 못하는 이들에게 화가 난다.

여자는 여성을 남성의 성적 대상으로 치부하는 이들에게 화가 난다.

여자는 한국의 가부장적인 성문화에 화가 난다.

여자는 가부장적인 성문화를 전파하는 한국의 미디어에 화가 난다.

여자는 폭력적인 성문화를 전파하는 한국의 미디어에 화가 난다.

여자는 한국의 미디어에 화가 난다.

여자는 덴마크의 미디어에 화가 난다.

여자는 덴마크의 미디어가 한국계 입양인들을 그려내는 방식에 화가 난다.

여자는 한국의 미디어가 한국계 입양인들을 그려내는 방식에 화가 난다.

여자는 한국의 미디어가 입양인들의 친부모들을 감상적으로 그려낸다는 사실에 화가 난다.

여자는 덴마크의 미디어가 입양인들의 친부모들을 감상적으로 그려낸다는 사실에 화가 난다.

여자는 덴마크의 미디어가 한국계 입양인들을 감상적으로 그려낸다는 사실에 화가 난다.

여자는 〈흔적없는Sporløs〉이라는 덴마크의 TV 프로그램에 화가 난다.

여자는 〈생방송 사람을 찾습니다〉라는 한국의 TV 프로그램에 화가 난다.

여자는 스베인이 〈생방송 사람을 찾습니다〉에 출연한 후에도 친부모를 찾을 수 없었다는 사실에 화가 난다. 방송이 나간 후, 수많은 여자가 스베인의 친모라고 주장하며 전화를 걸어왔지만, 그들의 말은 모두 거짓이거나 착오에 불과했다. 스베인은 많은 여자들이 연락을 해왔던 이유는 자신이 한국에서 얼굴이 꽤 알려졌기 때문이라고 말했다.

여자는 〈생방송 사람을 찾습니다〉라는 방송에 출연했던 스베인에게 화가 난다.

여자는 〈흔적없는〉이라는 방송에 출연했던 메테에게 화가 난다.

여자는 〈흔적없는〉이라는 방송에 출연할 수밖에 없다고 생각했던 메테에게 화가 난다. 메테는 한국을 방문할 때마다 어렸을 때 머물렀던 보육원을 찾아 친부모의 정보를 문의했다. 하지만 메테는 아무것도 알아낼 수 없었다. 메테는 대안이 전혀 없어 매춘으로 생계를 유지할 수밖에 없는 여자들에 빗대어 자신 역시 대안이 없어 매춘이나 다름없는 〈흔적없는〉에 출연했다고 말했다.

여자는 메테가 방송 출연을 매춘에 비교했다는 사실에 화가 난다. 물론 매춘 행위가 〈흔적없는〉이라는 방송과 비교 대상이 될 수 있다는 가정하에서 말이다. 여자는 솔직히 이러한 가정에 동의하지 않는다. 친가족과 떨어져 살았기에 겪었던 메테의 아픔과 고통을 덴마크의 전국민에게 보여준다는 것은 매우 불쾌한 일이다. 그렇다고 해서 이것을 매춘에 비교한다는 것은 적당치 않다고 생각한다.

여자는 국가 간 입양에 관한 대부분의 TV 프로그램이 친부모를 찾는 입양인들을 소재로 한다는 사실에 화가 난다.

여자는 국가 간 입양에 관한 대부분의 영화가 친부모를 찾는 입양인들을 소재로 한다는 사실에 화가 난다. 바로 그 때문에 국가 간 입양의 다른 단면을 보여주는 영화가 신선하게 느껴질 수밖에 없다. 그 예로 국가 간 입양에 관한 경제적 관점, 또는 국가 간 입양이 발생할 수박에 없는 지역사회나 국제사회의 불평등한 구조를 다룬 영화를 들 수 있다.

여자는 국가 간 입양이 발생할 수밖에 없는 국제사회의 불평등한 구조에 화가 난다.

여자는 국가 간 입양이 입양을 보내는 국가와 받는 국가 간의 불평등한 권력 구조에 기반을 두고 발생한다는 점에 화가 난다.

여자는 국가 간 입양이 친부모와 양부모 간의 서로 다른 권력 구조에 기반을 두고 발생한다는 점에 화가 난다.

여자는 국가 간 입양이 국제적 불평등에 기반을 두고 발생한다는 점에 화가 난다. 더 정확히 말하자면, 국가 간 입양은 국제적 불평등을 해소하는 방편이 아니라, 국제적 불평등 때문에 발생한다.[102]

여자는 국제사회에 국가 간 불평등이 존재한다는 사실에 화가 난다.

여자는 국제화에 화가 난다. 여자가 국제화 그 자체에 반대하는 것은 아니다. 단지 여자는 국가 간 입양의 예처럼 국제화로 발생하는 불평등에 반대할 뿐이다.

여자는 국가 간 입양의 찬반을 두고 자주 질문을 받는다는 사실에 화가 난다. 여자는 찬성이냐 반대냐를 두고 질문을 단순화하는 것 자체가 잘못되었다고 생각한다. 이처럼 질문을 단순화시킬 경우, 정작 국가 간 입양을 둘러싼 중요한 단면, 즉 사회적, 문화적, 정치적, 경제적, 역사적 측면을 간과하기 마련이다.

여자는 국가 간 입양에 관해 끊임없이 의견을 피력하는 자기 자신에게 화가 난다. 어떤 이들은 여자가 국가 간 입양이 아닌 다른 이야기는 전혀 못한다고 생각할지도 모른다. 여자는 심지어 크리스마스이브에도 줄곧 국가 간 입양에 관한 이야기만 했다. 그날 저녁, 리케는 그들이 입양될 당시 한국과 덴마크 사이에는 아무런 연관성이 없었으니 두 사람은 한국계 미국계 덴마크인이라 해야 하지 않을까라고 말했다. 그도 그럴 것이 두 사람은 미국을 통해 덴마크로 왔으며, 입양 서류조차도 영어로 작성되었기 때문이다.

여자는 자신의 입양 서류가 영어로 작성되었다는 사실에 화가 난다. 당시 덴마크와 한국에는 두 나라의 언어를 읽을 수 있는 사람이 없었을 것이다. 리케는 당시 모든 의사소통이 영어로 이루어졌을 것이라 말했다.

여자는 모든 의사소통이 영어로 이루어진다는 사실에 화가 난다.

여자는 모든 의사소통을 영어로 해야 한다는 사실에 화가 난다. 리케는 서울에 있는 친구 중에서 영어로 소통하지 않아도 되는 유일한 친구다. 여자는 리케와 덴마크어로 대화를 나눈다.

여자는 자신의 모국어가 덴마크어라는 사실에 화가 난다. 여자는 자신의 모국어가 좀더 많은 나라에서 사용하는 언어였으면 좋겠다고 생각한다. 여자는 덴마크에 머무를 때만 덴마크어를 사용한다. 그 때문에 여자는 최근 덴마크어가 가물가물할 때도 있다. 예를 들어, 덴마크의 길가에서 자주 볼 수 있는 노란 꽃의 이름처럼. 여자는 꽃이름이 레…… 또는 리……로 시작한다고 생각하지만, 확신할 수가 없다.

여자는 모국어를 바꾸는 것이 옷장 속의 옷들을 새로 바꾸는 것처럼 쉬운 일이 아니라는 사실에 화가 난다. 여자의 옷장은 별다른 노력 없이도 서서히 한국에서 구입한 옷들로 채워지기 시작했다. 하지만 영어는 다르다. 여자는 영어를 더 잘하기 위해 많은 노력을 해야만 했다.

여자는 영어를 더 잘하기 위해 많은 노력을 기울여야 했다는 사실에 화가 난다.

여자는 영어를 더 잘할 수 없다는 사실에 화가 난다.

여자는 한국어를 더 잘할 수 없다는 사실에 화가 난다. 여자가 서울에서 산 지도 어언 3년이 흘렀지만, 여전히 여자는 한국어를 유창하게 할 수 없다.

여자는 최근 보았던 한국계 입양인을 그린 영화 〈토끼와 리저드〉[103]의 주인공에게 화가 난다. 영화의 주인공으로 등장한 입양인은 한국어를 너무나 유창하게 했다. 영화는 한국을 방문하거나 한국에 거주한 지 얼마 되지 않은 입양인들이 겪는 현실적인 언어 장벽을 간과했다. 여자는 앤드류에게 영화 DVD를 되돌려주며, 입양인들의 현실을 모른 채 영화만 본 사람이라면 모든 한국계 입양인이 태생적으로 한국어를 유창하게 하는 줄 알겠다며 불평했다.

여자는 〈토끼와 리저드〉가 유일한 예가 아니라는 사실에 화가 난다. 여자는 한국인 입양인으로 등장하는 인물들이 한국어를 너무나 유창하게 하는 영화를 이미 여러 번 보았다.

여자는 한국계 입양인들은 모두 한국어를 유창하게 할 수 있을 것이라 생각하는 사람들에게 화가 난다.

여자는 자신이 한국어를 유창하게 할 수 없다는 사실에 화가 난다.

여자는 자신이 한국어를 할 수 없다는 사실에 화가 난다. 물론 여자도 몇몇 한국어 단어와 문장을 말할 수 있다. 하지만 그것만으로는 한국어를 할 줄 안다고 말할 수 없다.

여자는 한국어로 모섬유 세제를 어떻게 말해야 될지 모른다는 사실에 화가 난다.

여자는 한국어로 배수관 세제를 어떻게 말해야 될지 모른다는 사실에 화가 난다.

여자는 한국어로 현미밥과 흰쌀밥이 둘 다 가능한 전기밥솥을 찾는 중이라고 설명할 수 없다는 사실에 화가 난다.

여자는 한국어로 푸른색 불빛을 발하는 전구를 찾는 중이라고 설명할 수 없다는 사실에 화가 난다.

여자는 한국어로 습기 찬 곳에 두는 플라스틱통을 찾는 중이라고 설명할 수 없다는 사실에 화가 난다.

여자는 집안의 습도가 너무 높다는 사실에 화가 난다. 여자는 한국의 기후에 민감하게 반응하는 편은 아니지만, 여름의 높은 습도만큼은 견딜 수가 없다.

여자는 여름에 습도가 높다는 사실에 화가 난다.

여자는 겨울에 공기가 너무나 건조하다는 사실에 화가 난다. 겨울이 되면 집안의 실내 공기는 더더욱 건조해진다. 여자의 손과 발에 조그맣고 빨간 혹이 생겨나는 것도 그 때문이 아닐까.

여자는 자신의 손과 발에 조그맣고 빨간 혹이 생겨났다는 사실에 화가 난다. 그것은 언뜻 물집처럼 보이기도 하며, 매우 간지럽다. 메마른 피부가 여기저기 벗겨지는 바람에 여자의 손은 대부분 발갛게 보인다. 미정의 조언대로 설거지용 세제를 바꾸어보았지만 도움이 되지 않았다. 여자는 이제 메마른 피부를 보호하기 위해 고무장갑을 끼고 설거지를 한다.

여자는 자신이 설거지를 할 때 고무장갑을 껴야 한다는 사실에 화가 난다.

여자는 자신이 찜질방에 갈 때 콘택트렌즈를 껴야 한다는 사실에 화가 난다.

여자는 자신이 콘택트렌즈를 사용해야만 한다는 사실에 화가 난다. 여자는 항상 자신의 시력이 좋다고 생각해왔다. 코펜하겐에서 찾았던 안과의사는 여자의 눈이 매우 건강해서 60대 초반이나 되어야 안경을 끼게 될 것이라 말하기도 했다.

여자는 유전적으로 시력이 나쁘다는 자신의 말에 코웃음을 쳤던 안과의사에게 화가 난다. 여자의 친부와 친언니들 중 세 명은 안경을 낀다. 그러니 여자의 시력이 나쁜 것도 이상한 일은 아니다.

여자는 자신의 시력이 나쁘다는 사실에 화가 난다.

여자는 자신이 콘택트렌즈를 사용하지 않으면 서울의 도로변에 보이는 표지판을 읽을 수 없다는 사실에 화가 난다.

여자는 자신이 아파트 엘리베이터 문에 붙어 있는 공지사항을 읽을 수 없다는 사실에 화가 난다. 더 정확히 말하자면, 여자는 공지문의 글자는 하나하나 읽을 수 있지만 그것이 무엇을 뜻하는지 이해할 수 없다.

여자는 자신이 글자의 의미를 이해할 수 없다는 사실에 화가 난다. 만약 그 공지가 주인을 알 수 없는 자전거를 일정 기한 내에 치우지 않을 경우 관리실에서 임의로 처리하겠다는 내용이라면 어떻게 해야 할까? 그렇다면 여자는 단지 글자의 뜻을 이해할 수 없었기에 지정된 기한 이후로는 자전거를 탈 수 없다는 말이 아닌가.

여자는 자신이 한국어를 이해할 수 없다는 사실에 화가 난다. 얼마 전에는 여자가 이사온 아파트 복도에서 경보음이 울렸지만, 여자는 무슨 일이 일어났는지 물어볼 수 없어 답답하기만 했다. 여자는 문득 아파트에 화재가 발생한 것이 아닌가 걱정했다. 하지만 아파트 주민들이 동요하지 않는 것으로 보아 화재는 아닌 것이 확실했다. 주민들은 대문을 빼꼼 열고 밖을 내다보기만 했다.

여자는 자신이 한국 음식을 만들 수 없다는 사실에 화가 난다.

여자는 한국 음식 조리법을 가르쳐주지 않은 친모에게 화가 난다. 여자는 자신이 영어 과외를 해주는 여자에게 한국 음식 만드는 법을 배우기로 약속은 했지만, 친모에게 직접 배우는 것과는 차원이 다르지 않은가.

여자는 김치 담그는 법을 가르쳐주지 않은 친모에게 화가 난다. 친모는 김치를 잘 담근다고 동네에서 소문이 자자한 사람이다. 그런 친모가 여자에게 김치 담그는 법을 가르쳐주지 않을 이유가 없다. 여자는 함께 무언가를 하면 말을 많이 할 필요가 없을 것이라 생각한다. 여자는 친모가 김장을 할 때 왜 여자에게 전화를 하지 않는지 이해할 수가 없다. 심지어는 여자가 김장을 함께하고 싶다고 여러 번 말했는데도 말이다. 다른 어머니들은 딸이 김치를 잘 담그는 모습을 보면 자랑스러워할 것이다. 딸이 어머니만큼 김치를 잘 담근다면 더 뿌듯해할 것이다. 혹시 여자의 친모는 여자와 함께 마당에서 배추 씻는 모습을 이웃들에게 보이고 싶지 않은 것은 아닐까. 혹시 어린 자식을 먼 나라로 입양시켰다는 사실을 동네 사람들이 알아챌까봐 걱정이 되어 여자에게 전화도 하지 않는 건 아닐까?

여자는 동네 이웃들에게 여자의 존재를 비밀에 부친 친부모에게 화가 난다.

여자는 동료들에게 여자의 존재를 비밀에 부친 친부모에게 화가 난다.

여자는 재혼한 남편과 의붓자녀에게 로랑의 존재를 비밀에 부친 로랑의 친모에게 화가 난다.

여자는 전처와의 사이에서 태어난 딸과 연락이 닿았다는 사실을 현재의 아내에게 비밀에 부친 울리카의 친부에게 화가 난다.

그의 현재 아내는 남편이 바람을 피우는 줄로만 알고 있다.

여자는 울리카의 친부에게 분노하는 자기 자신에게 화가 난다. 울리카의 친부는 울리카를 만나기 바로 전날에야 자신에게 딸이 있었다는 사실을 알았다. 그가 현재의 아내에게 울리카의 존재를 알리지 않은 것도 충분히 이해할 수 있는 일이다.

여자는 마이크의 친모에게 분노하는 자기 자신에게 화가 난다. 자식을 입양시켰다는 수치심을 직접 겪어보지 않은 채 타인에게 분노하는 것은 매우 쉬운 일이다.

여자는 마이크가 외국에서 공부를 마치고 돌아온 아들이라고 주변에 소개했던 그의 친모에게 화가 난다. 마이크는 친모가 이웃 여자에게 그렇게 말하는 것을 들었다고 했다. 이웃 여자는 마이크가 한국어를 잘 못하는 것을 충분히 이해할 수 있다고 했다.

여자는 마이크의 친모가 생후 5일 정도 된 마이크를 직접 보육원에 보냈음에도, 마이크의 미국 입양 서류에는 친모로부터 출생 직후 버림받았다고 기록되어 있다는 사실에 화가 난다.

여자는 마이크가 실제로는 미국으로 입양되었지만, 한국 입양 서류에는 네덜란드로 입양되었다고 기록되어 있다는 사실에 화가 난다.

여자는 도미니크가 실제로는 서울에서 태어났지만, 벨기에 입양 서류에는 부산에서 태어났다고 기록되어 있다는 사실에 화가 난다.

여자는 잉빌의 친부모가 모두 살아 있지만, 노르웨이 입양 서류에는 부모가 모두 세상을 떠났다고 기록되어 있다는 사실에 화가 난다. 잉빌은 한국에 와서 갓난아기 시절 머물렀던 보육원을 방문했을 때 처음으로 그 사실을 알았다. 보육원 측은 잉빌의 친부모 정보를 감추려 했지만, 잉빌은 보름 만에 직접 진실을 알아낼 수 있었다.

여자는 자신이 생후 일주일째 되는 날 한국사회봉사회 소속 보육원에 보내졌지만, 덴마크 입양 서류에는 생후 3일째라고 기록되어 있다는 사실에 화가 난다. 적어도 여자의 친모 말에 의하면 여자는 생후 일주일째 되는 날 보육원에 보내졌다고 한다. 물론 친모의 기억이 거짓일 수도 있다. 하지만 여자의 덴마크 입양 서류에서 잘못된 기록이 이미 여러 개 발견된 이상, 여자는 친모의 말에 더 믿음을 가질 수밖에 없다.

여자는 한국사회봉사회 서류에는 여자의 친부모의 이름과 전화번호가 정확히 기록되어 있는 반면, 덴마크 입양 서류에는 친부모의 이름이 '미상'으로 기록되어 있다는 사실에 화가 난다. 여자가 사실을 확인하기 위해 덴마크입양센터에[104] 문의했을 때, 여자는 왜 고아로 기록되어 있는지 알 수 없다는 대답만 들었다. 어쩌면 그것은 입양 보낸 딸로부터 연락을 받고 싶지 않았던 친부모의 바람 때문이었거나, 행정 처리를 더 용이하게 하고 싶었던 직원의 나태함 때문일 수도 있다. 어쨌거나 여자는 그들의 대답을 신뢰할 수 없었다. 솔직히 이름 두 개를 기재하는 것이 어려우면 얼마나 어려울까? 여자의 친부모 신원을 '미상'으로 기록하는 것보다 더 어렵지는 않을 것이다. 만약 한국사회봉사회 측에서 여자의 친부모 신원을 기록해놓지 않았다가 뒤늦게야 그 사실을 알고 부모를 찾아나서야 했던 상황이라면 여자도 충분히 이해할 수 있다. 하지만 이 경우는 그게 아니지 않은가. 한국사회봉사회는 여자의 친부모 이름을 처음부터 알고 있었다. 여자는 자신이 고아로 분류되었던 것이 실질적으로는 양부모를 위한 조치가 아니었나 하는 생각을 지울 수가 없다. 친부모의 신원이 '미상'으로 기록된 것도 양부모를 위한 일이었을까? 양부모 입장에서는 친부모가 실재하는 아이보다 고아를 입양하는 것이 더 매력적일 수도 있다.

여자는 자신의 경우처럼 입양 서류에 고아로 허위 기재된 사례가 생각보다 많다는 사실에 화가 난다. 덴마크에서 교류했던 한국계 입양인들 중에서도 서류에는 고아로 기록되어 있지만 실제로는 그렇지 않았던 경우가 적지 않았다. 여자는 확신할 수는 없지만, 서류상에 친부모의 신원을 '미상'으로 기록하는 것이 예외적인 경우라기보다는 오히려 일종의 관례처럼 통했던 것은 아닐까 하는 생각을 떨칠 수가 없다.

여자는 자신이 덴마크 입양 서류에는 고아로 기록되어 있지만, *실제로는* 그렇지 않다는 사실에 화가 난다. 여자가 고아가 아니라는 사실을 알아낸 것은 불과 9년 전이다. 여자는 자신이 생후 3개월 동안 어디서 지냈는지 알고 싶어 한국사회봉사회 직원에게 전화를 해서 만날 약속을 했다. 여자를 마중나왔던 사람은 며칠 전 전화통화를 했던 바로 그 여자였다. 미세스 박은 여자에게 자리를 권한 후 서류를 꺼냈다. 미세스 박은 서류를 앞에 놓고 두 손을 깍지 낀 채, 여자에게 친부모에 관한 정보를 알고 싶냐고 물었다. 친부모에 관한 정보? 여자는 생후 3개월 동안 어디에서 머물렀는지 알아보러 왔는데, 갑자기 친부모에 관한 정보라니? 여자는 미세스 박이 무슨 말을 하는지 이해할 수가 없었다. 여자는 여태까지 자신이 고아인 줄로만 알았다. 친부모에 관한 정보는 그간 어디에서도 찾을 수 없었다. 미세스 박은 그들 앞에 놓인 서류에 여자의 친부모에 관한 정보도 있다고 말했다. 여자는 주저하지 않고 미세스 박의 제안을 받아들였다. 미세스 박은 여자에겐 네 명의 언니가 있고, 여자의 친부는 건설업계에 종사하고 있다고 말했다. 미세스 박은 친부모의 이름과 전화번호를 지금 그 자리에서 밝힐 수는 없지만, 만약 여자가 원한다면 다시 연락을 해달라고 말했다. 여자는 시간이 흐르면 생각이 달라질지는 모르겠지만, 당장은 친부모에 관해서 전혀 알고 싶지 않다고 대답했다. 여자는 친부모에 대한 정보를 가지고 있는 부서를 알게 된 것만으로도 충분하다못해 과할 지경이었다.

여자는 친부가 건설업계에 종사한다고 말했던 미세스 박에게 화가 난다. 여자가 아는 한, 친부는 단 한 번도 건설업계에서 일한 적이 없었다. 여자는 미세스 박이 무슨 근거로 그런 말을 했는지 이해할 수 없었다. 어쩌면 미세스 박이 잘못 알고 있었는지도 모른다. 아니, 어쩌면 여자의 친모가 여자를 한국사회봉사회 보육원에 맡길 당시 남편의 직업에 관해 거짓말을 했는지도 모른다.

여자는 한국사회봉사회에 화가 난다.

여자는 동방사회복지회에 화가 난다.

여자는 입양 서류 사본을 달라고 했던 현주의 요구를 거부한 동방사회복지회에 화가 난다. 여자는 현주가 본인의 입양 기록을 담은 서류를 요구할 권리가 있다고 생각한다.

여자는 한국에는 현주를 비롯한 입양인들이 본인의 입양 기록에 접근할 수 있도록 보장해주는 법령이 없다는 사실에 화가 난다. 물론 이 문제는 논쟁의 여지가 있다. 현주의 친부모가 익명으로 남기를 원했다면, 현주도 친부모의 이름 및 연락처를 알아낼 길이 없지 않은가? 이 경우, 친부모의 바람은 존중되어야 한다고 생각한다. 앤드류는 여자의 의견에 동의하지 않았다. 앤드류는 비록 현주의 친부모가 익명으로 남길 원한다 하더라도, 현주에겐 친부모의 신원과 정보를 알 권리가 있다고 주장했다. 그는 여자의 친부모가 본인들의 행위에 책임을 져야 한다고 덧붙였다. 여자는 앤드류의 말에 전적으로 동의할 수는 없었다.

여자는 앤드류의 말에 전적으로 동의할 수 없는 자기 자신에게 화가 난다.

여자는 분노하는 자기 자신에게 화가 난다.

여자는 분노하는 자신을 탓하는 자기 자신에게 화가 난다. 여자가 분노하는 것은 잘못된 일이 아니다. 여자와 같은 상황에서 여자와 같은 생각을 하는 사람이라면 그 누가 분노하지 않겠는가?

여자는 대한사회복지회에서 한국의 유명인들을 초청해 국내 입양을 권장하는 행사[105]를 마련했다는 사실에 화가 난다. 물론 그로 인해 더 많은 한국인들이 국내입양을 생각해볼 수도 있을 것이다. 하지만 여자에겐 이 또한 국가 간 입양과 마찬가지로 미봉책에 불과할 뿐이다. 만약 미혼모 자녀들을 위한 목적이었다면, 오히려 미혼모 지원을 위한 행사를 개최하는 것이 더 바람직할 것이다. 행사를 둘러본 여자는 그곳에 미혼모 자녀들뿐만 아니라 장애아의 사진도 함께 전시되어 있는 것을 발견했다. 그들을 도와주는 것이 목적이라면, 그들의 부모에게 더 많은 경제적 지원을 하면 될 것이다. 여자는 한국의 장애아들이 처한 상황에 관해서는 자세히 알지 못하지만, 장애아의 부모들이 충분한 경제적 지원을 받지 못한다는 것쯤은 알고 있다.

여자는 국내입양을 권장하는 한국의 유명인들에게 화가 난다.

여자는 국내입양을 권장하는 행사에 참가해 본인들의 홍보에 더 큰 관심을 가지는 유명인들에게 화가 난다.

여자는 국가 간 입양을 권장하는 행사에 참가해 본인들의 홍보에 더 큰 관심을 가지는 미국인들에게 화가 난다.

여자는 마돈나에게 화가 난다.

여자는 안젤리나 졸리에게 화가 난다.

여자는 외국에서 자녀를 입양하는 것이 일종의 유행처럼 번지고 있다는 사실에 화가 난다.

여자는 유명인들의 입양자녀 이름을 붙인 아바타를 구입할 수 있는 온라인 게임 마이밍스My Minx에 화가 난다.

여자는 입양아들을 상업화하는 행위에 화가 난다.

여자는 아이들을 상업화에 이용하는 모든 행위에 화가 난다.

여자는 한국이 70년대와 80년대에 국가 간 입양으로 벌어들인 돈이 2천~4천만 달러에 이른다는 인터넷 기사[106]를 보고 화가 난다. 덴마크국제학술협회의 안더스 리엘 뮬러 박사는 한국의 경제 기적을 이루었던 주체는 한국의 농민과 노동자, 그리고 입양인들이라고 말했다.

여자는 자신이 한국의 경제 기적을 이룬 주체로 간주된다는 사실에 화가 난다.

여자는 박정희 대통령 집권 기간 동안 국가 간 입양 사례의 수가 증가했다는 사실에 화가 난다. 한국 근대 입양법의 근간으로 알려져 있는 고아입양특례법과 아동복지조항이 처음으로 시행되었던 것은 박정희 대통령 집권 기간이었던 1961~1979년 사이였다. 해당 법 제정의 목적은 아동의 입양을 용이하게 해 보육시설에 들어가는 양육비를 줄이려는 취지였다.[107]

여자는 전두환 대통령 집권 기간 동안 국가 간 입양 사례의 수가 증가했다는 사실에 화가 난다. 그가 집권했던 1980~1987년 사이에는 입양법이 개정되어, 입양기관들이 입양아동들을 경쟁적으로 받아들이는 것이 허용되었다. 여자는 최근 사회활동가이자 작가인 제인 정 트렌카의 글[108]을 통해, 당시 입양기관들은 입양아동을 확보하기 위해 산부인과와 병원 등지에 돈을 지불했다는 사실을 알아냈다.

여자는 입양기관들이 입양아동을 확보하기 위해 산부인과와 병원에 돈을 지불했다는 사실에 화가 난다. 제인 정 트렌카는 당시 홀트아동복지회가 산부인과에 지불했던 돈은 아동 1명당 20만 원[109] 이라고 밝혔다.

여자는 홀트아동복지회가 입양아동을 확보하기 위해 산부인과에 아동 1명당 20만 원을 지불했다는 사실에 화가 난다.

여자는 전두환이 한국의 대통령, 아니 독재자로 군림했다는 사실에 화가 난다.

여자는 박정희가 한국의 대통령, 아니 독재자로 군림했다는 사실에 화가 난다.

여자는 박정희 군사정권을 지원한 미국에 화가 난다.

여자는 전두환 군사정권을 지원한 미국에 화가 난다.

여자는 한국에서 자녀를 입양하면서도 한국의 정치 상황에 관해 무지했던 여자의 입양부모에게 화가 난다. 만약 그들이 당시 한국의 정치 상황에 관해 좀더 자세히 알았더라면 한국이 독재국가라는 것을 깨달았을 것이다.

여자는 박정희 정권의 입양법을 간접적으로 지원했던 입양부모들에게 화가 난다.

여자는 박정희 정권의 입양법을 간접적으로 지원했던 친부모들에게 화가 난다.

여자는 박정희 정권을 간접적으로 지원했던 친부모들에게 화가 난다.

여자는 박정희 정권을 간접적으로 지원했던 입양부모들에게 화가 난다.

여자는 군사독재 정권하에서 자신이 입양되었다는 사실에 화가 난다.

여자는 군사독재 정권하에서 자신이 태어났다는 사실에 화가 난다.

여자는 자신이 세상에 태어났다는 사실에 화가 난다.

여자는 자신이 트라우마에 시달린다는 사실에 화가 난다. 그렇지 않다면 친부모와 함께 점심식사를 한 후, 여자가 이틀 연속 잠만 잤다는 것을 어떻게 설명할 수 있을까. 여자는 식사를 한 후 바로 집으로 가서 침대에 누워 잤고, 한 차례 음식을 먹었던 것과 화장실에 갔던 것을 제외하고선 이틀 후에야 일어날 수 있었다. 통역을 맡았던 경희는 갑자기 다른 일이 생겨 그 자리에 올 수 없었다. 그 때문에 여자와 친부모는 침묵 속에서 삼계탕만 먹었다. 대화는 나누지 못했지만, 분위기는 꽤 편안했다. 그럼에도 여자는 집에 돌아온 직후 말할 수 없는 피로감을 느꼈다. 여자가 왜 그렇게 피곤했는지는 아직도 설명할 길이 없다. 그 원인 모를 피곤함은 여자도 알지 못하는 사이에 몸속에 자리를 잡았던 것이다.

여자는 입양인이기 때문에 애인이 생기지 않는다고 불평하는 행크에게 화가 난다. 그에게 애인이 없는 이유는 그가 과체중이기 때문은 아닐까. 적어도 그가 살을 몇 킬로만 뺀다면 여자를 사귀는 데 방해는 되지 않을 것이다.

여자는 행크가 과체중이라는 사실에 화가 난다. 행크는 한국에서 태어난 첫 해부터 음식을 충분히 먹지 못했다고 말했다. 그의 친부모는 너무나 가난해 하루에 한 끼밖에 먹지 못했다고 한다. 행크의 양부모는 그를 네덜란드로 입양했을 때 뼈만 앙상했던 그의 모습을 기억한다고 말했다. 당시 행크는 3살이었지만, 몸무게는 돌을 갓 넘긴 아이와 비슷했다고 한다. 행크는 극도의 기아를 경험했던 어린 시절의 트라우마 때문에 현재 과체중이 되었다고 말한다. 그는 언제부터인가 배가 부를 때까지 음식을 먹는 것이 아니라, 더는 남아 있는 음식이 없을 때까지 먹는다고 했다.

여자는 소위 '입양인을 위한 모국 여행'[110]을 위해 한국의 입양 기관들이 재정 지원을 받는다는 리케의 말에 화가 난다. 여자는 그 돈으로 차라리 한국의 미혼모들의 생활 개선을 위해 지원하는 것이 훨씬 낫다고 생각한다. 그렇다면 미혼모들이 자녀를 입양시키는 일도 줄어들 것이다.

여자는 미숙이 아이를 입양시킬 수밖에 없었다는 사실에 화가 난다.

여자는 은진이 임신한 사실을 비밀에 부칠 수밖에 없었다는 사실에 화가 난다. 은진은 애란원에 들어간 후에야 비로소 자신이 임신했다는 것을 누군가에게 털어놓을 수 있었다.

여자는 은진이 심지어 부모에게조차 임신 사실을 말할 수 없었다는 사실에 화가 난다. 은진은 부모님이 임신 사실을 알게 되면 맞아죽을까봐 겁이 났다고 고백했다.

여자는 딸이 결혼 전에 임신하면 때려죽이겠다고 말했던 은진의 부모에게 화가 난다.

여자는 딸의 연락을 피하기 위해 전화번호를 바꾸었던 은진의 부모에게 화가 난다.

여자는 은진의 부모에게 화가 난다.

여자는 현아의 부모에게 화가 난다.

여자는 임신한 딸을 매정하게 쫓아낸 현아의 부모에게 화가 난다.

여자는 현아가 임신했기 때문에 학교를 옮길 수밖에 없었다는 사실에 화가 난다.

여자는 은진이 임신했기 때문에 학교를 그만둘 수밖에 없었다는 사실에 화가 난다.

여자는 나래가 임신했기 때문에 학교에서 제적당했다는 사실에 화가 난다. 법학 공부를 하던 인호에 의하면, 임신했다는 이유로 학생을 제적시키는 것은 불법이라고 했다. 나래의 학교 측에선 나래의 예가 학생들에게 나쁜 영향을 끼칠 수 있기 때문이라고 둘러댔다.

여자는 상준이 나래를 임신시키고서도 학교에서 제적을 당하지 않았다는 사실에 화가 난다. 부모 중 1명이 제적당했다면 나머지 1명도 제적을 당하는 것이 당연하다.

여자는 나래가 임신한 것이 자신의 책임이라는 것을 인지하지 못하는 상준에게 화가 난다. 나래는 상준이 책임을 회피했다고 말했다.

여자는 소녀를 임신시켜놓고 책임을 지지 않는 소년들에게 화가 난다.

여자는 여자를 임신시켜놓고 책임을 지지 않는 남자들에게 화가 난다.

여자는 남자들에게 화가 난다.

여자는 아버지들에게 화가 난다.

여자는 이혼한 아버지들에게 화가 난다.

여자는 이혼 후 양육비를 지급하지 않는 아버지들에게 화가 난다. 로랑은 한국법에 의하면 부부가 이혼할 경우 아버지가 양육비를 지급해야 한다고 말했다. 하지만 이를 지키는 사람은 그리 많지 않다고 덧붙였다.[111]

여자는 양육비를 지급하는 책임에서 벗어나기 위해 자신이 친부라는 사실을 인정하지 않는 미혼부 아버지들에게 화가 난다.

여자는 양육권을 잃을까봐 아이의 아버지를 호적에 올리지 않는 미혼모들에게 화가 난다. 로랑은 아이의 아버지가 양육권을 주장할까봐 아버지의 이름을 호적에 올리지 않는 사례는 매우 흔하다고 말했다.

여자는 양육권을 잃을까봐 아버지로부터의 양육비를 포기하는 미혼모들이 매우 많다는 로랑의 말에 화가 난다. 그는 어머니 측에서 계속 양육비를 요구하면 고소하겠다고 위협하는 아버지들이 의외로 많다고 덧붙였다. 아버지가 어머니보다 경제적으로 더 부유하면 대부분의 경우 아버지가 재판에서 이긴다고도 말해주었다.[112]

여자는 아버지가 어머니보다 경제적으로 더 부유하면 재판에서도 쉽게 이긴다는 사실에 화가 난다.

여자는 돈으로 부모의 권리를 살 수 있다는 사실에 화가 난다.

여자는 자신의 양부모가 돈을 주고 부모의 권리를 샀다는 사실에 화가 난다.

여자는 양부모가 여자를 입양하기 위해 돈을 지불했다는 사실에 화가 난다.

여자는 자신을 입양하기 위해 돈을 지불했던 양부모에게 화가 난다.

여자는 자신의 양부모에게 화가 난다.

여자는 양부모들에게 화가 난다. 여자는 양부모들이 악한 사람이 아니라는 것을 잘 알고 있다. 그들도 다른 사람과 마찬가지로 평범한 사람들이지만, 그들이 돈을 주고 자녀를 입양했다는 사실을 간과할 수는 없다.

여자는 자녀를 입양하기 위해 뒷돈을 지불하는 양부모들에게 화가 난다.

여자는 양부모들에게 뒷돈을 받는 입양기관의 직원들에게 화가 난다.

여자는 입양기관의 직원들에게 화가 난다.

여자는 미스터 김의 아들을 입양시킬 때 협력한 미국의 입양기관과 접촉하는 것을 거부했던 홀트아동복지회의 직원들에게 화가 난다. 이미 수년 전의 일이지만, 멜리사는 아직도 홀트아동복지회의 직원들이 꽤 완고하게 이를 거부했던 것을 기억하고 있다. 담당 직원은 미스터 김의 아들이 친부를 만나기를 희망하는지 그의 의사를 물어보지도 않은 채, 아들에게 연락하려는 미스터 김의 요청을 일언지하에 거절했다. 결국 미국에 있는 아들을 만날 수 있도록 미스터 김을 도와주었던 사람은 멜리사였다.

여자는 멜리사의 도움이 없었다면 미스터 김이 미국에 있는 아들을 찾지 못했을 것이라는 사실에 화가 난다.

여자는 로랑의 도움이 없었더라면 멜리사가 친모를 찾지 못했을 것이라는 사실에 화가 난다.

여자는 멜리사의 친모에게 화가 난다.

여자는 병원에서 몇 시간 간격을 두고 태어난 멜리사와 다른 남자아이를 바꿔치기했던 멜리사의 친모에게 화가 난다. 남자아이의 어머니는 출산을 전후해 이미 아이를 입양기관에 보내기로 결정한 상태였다. 이미 딸 네 명을 낳은 멜리사의 어머니는 남자아이 대신 멜리사를 입양기관에 보냈다. 멜리사의 어머니는 실제로는 딸을 낳았음에도 불구하고, 남편과 자식에게는 이 사실을 비밀로 한 채 낯선 남자아이를 집으로 데려갔다고 한다.

여자는 멜리사의 어머니가 현수 대신 멜리사를 입양 보냈음에도 이를 방관했던 병원 직원에게 화가 난다. 솔직히 병원 직원의 도움 없이 그런 일이 벌어질 수 있다고 믿기는 쉽지 않다. 관련된 진실을 아는 사람은 멜리사의 친모뿐이다.

여자는 실제로는 딸을 낳았지만 아들을 낳은 척 남편과 자식들을 속였던 멜리사의 친모에게 화가 난다. 멜리사의 어머니는 여자의 어머니처럼 절망적으로 아들을 낳고 싶어했을 것이다. 하지만 남편과 자식들에게 거짓말을 하고 멜리사와 현수의 운명을 바꿔치기했던 친모의 행위는 결코 옳다고 할 수 없다.

여자는 현수에게 그의 친모인 양 행세했던 멜리사의 친모에게 화가 난다.

여자는 멜리사가 현수와 쌍둥이라고 거짓말을 했던 멜리사의 친모에게 화가 난다. 멜리사가 친가족을 찾았을 때 친모는 그렇게거짓말을 했다. 멜리사는 특히 현수가 친모의 말을 의심했다고 말했다. 왜냐하면 현수는 가족 중 그 누구와도 닮지 않았지만, 멜리사는 한눈에 봐도 한 가족이라는 것을 알 수 있었기 때문이다. 뿐만 아니라 현수의 혈액형은 O형인 반면, 다른 가족들의 혈액형은 모두 A형 또는 B형이었다.

여자는 현수가 가족 중 그 누구와도 닮지 않았다는 사실에 화가 난다.

여자는 현수가 친부모인 줄 알았던 사람들이 친부모가 아니라는 것을 스스로 알아냈다는 사실에 화가 난다. 멜리사는 현수가 어떻게 진실을 알아냈는지 알 수 없었다. 현수는 멜리사에게 보낸 편지에서 그가 친자식이 아니며 이젠 친부모를 찾고 싶다고 한마디만 적었기 때문이다. 멜리사는 현수와 수년 동안 편지를 교환한 후에야 그들이 쌍둥이가 아니라는 것을 깨달았다. 멜리사는 비로소 진실을 알 수 있어 마음이 편하다고 말하면서도 진실을 혼자서만 간직하기로 결심했다고 한다. 멜리사는 이제야 퍼즐이 맞추어지는 듯한 느낌이 든다고 덧붙였다.

여자는 멜리사가 쌍둥이가 아니라는 것을 뒤늦게야 깨달았다는 사실에 화가 난다. 입양기관의 직원은 멜리사에게 그 어떤 서류에도 멜리사가 쌍둥이라는 점은 기록되어 있지 않다고 말했다. 멜리사의 친부모와 자매의 이름은 서류에 기록되어 있지만 쌍둥이 형제에 관한 기록은 없었다는 것이다. 만약 현수가 정말 멜리사의 쌍둥이였다면 분명 서류에 기록되어 있었을 것이다. 입양기관의 직원은 멜리사의 어머니가 출산한 병원에서 관련 서류를 건네받았다고 했다.

여자는 멜리사가 쌍둥이가 아니었다는 사실에 화가 난다.

여자는 현수가 쌍둥이가 아니었다는 사실에 화가 난다.

여자는 큰언니에게 화가 난다. 가끔 여자는 큰언니가 사고로 죽었으면 좋겠다는 생각도 해본다.

여자는 큰언니가 죽었으면 좋겠다고 바라는 자기 자신에게 화가 난다.

여자는 함께 점심식사를 한 후 종이*에 'Na-Yeong Choi'라고 적었던 나영의 양부에게 화가 난다. 나영은 양부가 자신의 한국 이름을 사용하는 건 그때뿐이라고 했다. 나영의 양부는 세금 공제를 받을 때 외에는 나영을 한국 이름으로 불러준 적이 단 한 번도 없었다.

여자는 자신의 몫으로 들어두었던 적금을 집 융자금을 갚는 데 사용했던 양모에게 화가 난다. 그 돈은 두 사람이 함께 한국으로 가기 위해 저축해두었던 돈이다. 물론 여자는 당시에 한국 여행에 전혀 관심을 보이지 않았다. 기억하건대 여자는 당시 한국보다는 오히려 미국에 더 가고 싶어했다. 지금 여자는 10대에 한국에 다녀올 수 있었다면 얼마나 좋았을까 하는 생각을 종종 해본다. 하지만 여자가 한국에 가지 않겠다고 해서 그 돈으로 집 융자금을 갚아야겠다고 말할 필요는 없지 않은가.

여자는 자신의 몫으로 들어둔 적금으로 집 융자금을 갚아도 된다고 한 자기 자신에게 화가 난다.

여자는 20대가 되어서야 처음으로 한국에 갔던 자기 자신에게 화가 난다. 더 어렸을 때 양모와 함께 한국에 갔더라면 더 좋았을 것이다. 만약 여자가 더 어렸을 때 서울의 보육원을 방문해

* Bilagene. 세금 신고시 영수증을 다른 백지에 붙여, 외식 등 지출 사유를 함께 적는 것. 면세를 위한 증빙자료이다.

친가족의 정보를 알아냈더라면 지금보다 충격이 덜했을지도 모른다. 여자는 20대에 처음 서울의 보육원을 방문해 친가족이 존재한다는 말을 듣고 큰 충격을 받았다.

여자는 서울의 보육원에서 친가족이 존재한다는 말을 듣고 자신이 충격을 받았다는 사실에 화가 난다. 그해 여름, 여자는 충격 때문에 몇 주 동안 일도 하지 않고, 양모 외에는 아무도 만나지 않은 채 은둔생활을 했다. 애인도 만나지 않았다. 아무것도 할 수 없었다. 그저 침대에 누워 있었을 뿐이다. 여자가 충격에서 벗어나기까지는 오랜 시간이 걸렸다. 기억하건대 2년은 족히 걸렸던 것 같다. 그 기간 동안 여자는 우울증에 시달렸다.

여자는 서울의 보육원에 친가족에 관한 정보가 보관되어 있었다는 사실에 화가 난다.

여자는 서울의 보육원에 친가족에 관한 정보가 존재함에도 불구하고, 자신이 소위 고아 호적[113]에 올라 있다는 사실에 화가 난다. 로랑은 고아가 아닐 경우 입양을 거부하는 나라가 많기 때문에 한국에서는 입양인 호적에 고아라고 기록한 경우가 적지 않다고 말했다. 그렇다면 여자는 입양을 위해 호적상 고아가 되어버린 셈이다. 여자는 이것이 바로 데이비드 M. 스몰린이 그의 저서에서 수차례 언급했던 표현인 '아동 세탁'이라고 생각한다.[114] 그는 아동이 매매 대상이 되거나 부모로부터 버림받을 경우, 또는 부모가 외부의 압력 때문에 자녀를 입양시켜야 할 경우, 해당 아동은 입양 서류에 고아로 기록된다고 밝혔다. 이것은 적법한 입양을 위해 아동이 희생당하는 경우라고 볼 수 있다.

여자는 자신을 비롯한 수많은 입양인이 위조된 고아 호적을 가지고 있다는 사실에 화가 난다. 모르텐과 여자가 아는 다른 입양인들도 고아라고 기록된 위조 호적을 가지고 있다. 심지어 모르텐의 호적에는 생년월일이 잘못 기재되어 있다. 모르텐의 덴마크 여권에 기재된 생년월일도 실제와는 다르다. 그의 덴마크 국적은 처음부터 잘못된 정보를 바탕으로 한 것이기 때문이다.

여자는 모르텐의 실제 생일은 6월 29일이지만 그의 덴마크 입양 서류에는 생일이 1월 5일로 기록되어 있다는 사실에 화가 난다. 모르텐은 홀트아동복지회를 통해 입양되었다. 여자는 최근 읽었던 서울대학교 연구원 다니엘 슈베켄딕의 저서[115] 를 떠올렸다. 다니엘 슈베켄딕은 홀트아동복지회를 통해 입양된 한국계 입양인들은 생년월일이 잘못 기재된 경우가 생각보다 많다고 밝혔다.

여자는 홀트아동복지회를 통해 입양된 한국계 입양인들의 생년월일이 잘못 기재된 경우가 다른 국가 출신의 입양인들보다 훨씬 많다는 사실에 화가 난다. 홀트아동복지회가 입양아동의 생년월일을 고의로 위조한다고 직접적으로 말할 수는 없지만,

적어도 한국의 다른 입양기관에 비해 일을 엉성하게 처리하는 경우가 많다고는 할 수 있다.

여자는 로랑이 실제로는 1971년에 태어났지만 그의 프랑스 입양 서류에는 1968년이라고 기록되어 있다는 사실에 화가 난다. 자신이 태어난 달이 실제와 다를 때 그 충격이 얼마나 큰지는 리케만 봐도 알 수 있다. 리케는 몇 년째 자신의 생일을 챙기지 않는다. 그렇다면 자신이 1968년에 태어났다고 평생 믿어온 사람이 별안간 1971년생이라는 것을 알게 되었을 때 어땠을지, 여자는 감도 오지 않는다. 실제보다 3살 더 많다고 착각하며 사는 건 생각보다도 어렵다고 로랑은 말했다. 로랑의 양부모는 그가 어렸을 때 다른 아이들보다 배우는 속도가 훨씬 느렸기에 그의 지능이 많이 떨어진다고 오해했다. 로랑을 길에서 발견하고 부산의 한 보육원에 데려간 사람은 경찰이었다. 그 보육원에서는 3살 이하의 아이들은 받아들이지 않았다. 당시 로랑의 나이는 대충 생후 2달 정도였기에 보육원에서는 젖먹이 아이를 보살필 사람이 없다며 우려를 표했다. 결국 홀트입양프로그램[116]을 통해 로랑을 입양 보내기로 결심한 보육원 직원은 무슨 이유에선지 양부모에게 보낼 입양 서류에 로랑의 나이를 실제보다 훨씬 올려 적었다. 즉, 그의 양부모는 실제보다 3살이나 어린 아이를 입양했던 것이다. 로랑의 경우는 꽤 특별한 경우라고 할 수 있다. 대부분의 경우는 로랑의 경우와는 정반대이다. 즉, 입양 서류에 기재된 나이가 실제 나이보다 어린 경우가 더 많다는 것이다. 그것은 대부분의 양부모들이 어린아이를 더 선호하기 때문이다. 그들은 이왕이면 젖먹이 아이를 입양하고 싶어한다. 그 때문에 입양 서류에 해당 아동의 나이를 실제보다 어리게 기재하는 경우는 매우 흔하다고 한다.

여자는 입양 서류에 입양아동의 나이를 실제보다 더 어리게 기재하는 한국 입양기관의 직원들에게 화가 난다. 물론 그들은 해당 아동이 더 쉽게 입양될 수 있기를 바라는 의도에서 그랬을 수도 있다. 하지만 의도가 아무리 선하다 하더라도 평생을 실제보다 나이가 더 어리다고 믿으며 사는 해당 입양아에겐 변명이 될 수가 없다.

여자는 실제보다 나이가 더 어리다고 믿으며 자라는 입양아들이 있다는 사실에 화가 난다.

여자는 ADHD 증후군 환자라고 믿으며 자라는 입양아들이 있다는 사실에 화가 난다.

여자는 현주가 어렸을 때 ADHD 진단을 받았다는 사실에 화가 난다. 집중력 장애, 충동적 행위, 수면 장애 등의 증상을 감지한 정신과의사는 현주에게 ADHD 진단을 내렸다.

여자는 현주에게 ADHD 진단을 내린 정신과의사에게 화가 난다.

여자는 정신과의사의 말을 곧이곧대로 믿었던 현주의 양부모에게 화가 난다.

여자는 집중력 장애, 충동적 행위, 수면 장애 등의 증상이 입양인이라는 현주의 배경과 관련이 있다는 것을 전혀 고려하지 않았던 정신과의사에게 화가 난다.

여자는 집중력 장애, 충동적 행위, 수면 장애 등의 증상이 입양인이라는 현주의 배경과 관련이 있다는 것을 전혀 고려하지 않았던 현주의 양부모에게 화가 난다.

여자는 현주를 비롯해 ADHD 진단을 받은 한국계 입양인들이 꽤 많다는 사실에 화가 난다. 앨리슨과 헨릭 리도 어렸을 때 같은 진단을 받았다. 하지만 훗날 그들에게 내려진 진단은 잘못된 것으로 밝혀졌다.

여자는 앨리슨과 헨릭 리가 잘못된 진단을 받았다는 사실에 화가 난다. 여자는 입양인뿐 아니라 모든 어린이에게 의학적 진단을 내릴 때는 매우 신중해야 한다고 생각한다. 물론 부모의 입장에선 구체적인 대답을 얻고 싶을 것이다. 하지만 성급한 진단을 내리는 것은 아이들을 이유 없이 병리적 대상으로 취급하는 것과 다를 바 없다.

여자는 아이들이 이유 없이 병리적 대상으로 취급되기도 한다는 사실에 화가 난다.

여자는 입양아들이 이유 없이 병리적 대상으로 취급되기도 한다는 사실에 화가 난다. 물론 입양아들이 출생 배경 때문에 심리적 장애를 얻을 수는 있지만, 모든 입양아를 병리적 대상으로 보는 것은 옳지 않다.

여자는 입양아들을 병리적 대상으로 보는 덴마크 미디어에 화가 난다. 덴마크 미디어의 토론장에서는 입양부모들의 권리와 입양아들의 심리적 문제점을 다루는 내용이 주로 등장한다. 그러나 국가 간 입양의 구조적인 문제점은 거의 다루어지지 않는다.

여자는 국가 간 입양의 구조적인 문제점을 간과하는 덴마크 미디어에 화가 난다.

여자는 국가 간 입양의 구조적인 문제점에 화가 난다.

여자는 입양 후 성장 과정을 근거로 전반적인 국가 간 입양을 부정적으로 보는 한국계 입양인들에게 화가 난다.

여자는 입양 후 성장 과정을 근거로 전반적인 국가 간 입양을 긍정적으로 보는 한국계 입양인들에게 화가 난다.

여자는 메테에게 화가 난다. 메테는 양부모 밑에서 행복하게 살았을지 모르나, 그렇지 않은 입양인들도 많다. 예를 들어 테드와 그의 쌍둥이 여동생은 양부모의 친자녀와는 달리 차별을 받으며 자랐다. 테드는 양부모의 친자녀와는 달리 집안일을 해야만 했고, 자녀로서의 대접도 받지 못했다고 한다. 그는 양부모에게서 값싼 노동자 취급을 받으며 자랐던 과거를 다시는 되돌아보고 싶지 않다고 말했다. 16살에 집을 나온 앤드류의 삶 또한 복권에 당첨될 만한 행운과는 거리가 멀다. 앤드류는 덴마크에서 행복한 성장 과정을 거친 본인의 경험만을 바탕으로 국가 간 입양에 관한 의견을 피력하는 메테가 무식하게 보인다고 솔직하게 말했다.

여자는 만약 입양되지 않았더라면 얼마나 비참한 삶을 살았을지 모른다고 말하는 메테에게 화가 난다. 메테의 표현을 빌리자면, 메테는 입양되지 않았을 경우 지금쯤 어느 부잣집 식모로 살며 불결한 백정 대우를 받았을 것이라고 했다.

여자는 한국에서 자랐더라면 지금보다 훨씬 나은 삶을 살 수 있었을 것이라 말하는 멜리사에게 화가 난다. 멜리사는 외모 때문에 학교에서 왕따를 당했다. 멜리사의 학교에는 모두들 백인뿐이었고, 외국인은 멜리사와 라틴아메리카 출신의 소년 한 명뿐이었다. 하지만 멜리사가 한국에서 자랐더라면 더 나은 삶을 살 수 있었을 것이라 어떻게 확신할 수 있을까.

여자는 친부모를 만난 후 자신의 진짜 부모는 양부모라고 말하는 잉빌에게 화가 난다. 물론 친족관계를 정리하는 것은 전적으로 잉빌의 개인적 사정이다. 하지만 여자는 두 명의 어머니와 두 명의 아버지가 있다는 사실을 노골적으로 거부하는 잉빌을 이해할 수가 없다.

여자는 두 명의 어머니와 두 명의 아버지가 있다는 사실을 노골적으로 거부하는 잉빌에게 화가 난다. 그것은 로렌조가 이탈리아인이면서 한국인이라는 사실을 노골적으로 거부하는 것과 다르지 않다. 물론 여자는 국적에 관한 로렌조의 개인적인 생각을 존중한다. 하지만 한국에서 단 일주일밖에 머무르지 않은 채 다시 밀라노로 가겠다고 결심했던 로렌조가 그런 결론을 내렸다는 것은 여자의 눈에 성급하게 보일 뿐이다. 여자 역시 처음 한국에 왔을 때 모든 것이 낯설었던 기억이 있다. 특히 한국어로 표현되는 모든 행위와 말을 이해할 수 없었을 때는 여자가 덴마크인이라는 것을 어쩔 수 없이 받아들여야만 했다. 만약 여자가 한국으로 옮겨와 살지 않았더라면, 여자는 지금도 여전히 스스로를 덴마크인이라 생각하며 살고 있을 것이다.

여자는 한국으로 옮겨와 사는 자기 자신에게 화가 난다.

여자는 한국으로 옮겨와 살지 않는 로렌조에게 화가 난다.

여자는 로렌조에게 화가 난다. 로렌조는 여자와 인사를 제대로 나누기도 전에 불쑥 다가와 취조하듯 질문을 쏟아냈다. '친부모를 만나보았나요?' '어땠어요?' '당신은 친부모와 많이 닮았나요?' '친부모와 얼마나 자주 만나나요?' '양부모에게 이 모든 일을 솔직하게 이야기할 수 있나요?' 어쩌면 여자는 당시에 필요 이상으로 예민했을지도 모른다. 어쨌든 여자는 로렌조에게 상황을 판단할 수 있는 일말의 상식이 있었으면 좋겠다고 바랐다.

여자는 로렌조의 질문에 대답을 해야 한다는 의무감을 느꼈던 자기 자신에게 화가 난다.

여자는 로렌조의 질문에 대답을 했던 자기 자신에게 화가 난다.

여자는 자기 자신에게 화가 난다.

여자는 화가 난다.

여자는 코펜하겐의 리테러튜후스*에서 낭독회를 하던 도중, 청중석에 앉아 있던 한 사람에게서 공격을 받았던 사실에 화가

---

* LiteraturHaus. 코펜하겐의 문학회관.

난다. 처음 있는 일은 아니었다. 여자는 이미 여러 번 낭독회 직후 낯선 사람에게서 다음과 같은 질문을 받은 적이 있다. '양모에 관해 당신이 쓴 글을 보고 양모는 뭐라고 하던가요?' '친부모와 아직도 자주 연락을 하나요?' '만약 부모가 세상을 떠나면 그 자식들은 어떻게 되나요?' '그렇다면 그 아이들을 입양 보내는 것이 최선이 아닐까요?' '당신은 입양에 전적으로 반대하나요?' 비록 여자의 책이 크게 보면 자서전이라 할 수 있지만, 그렇다고 해서 친부모나 양부모와의 관계에 대한 질문에 대답하고 싶지는 않았다. 여자의 책은 『세오호』*가 아니기 때문이다.

여자는 코펜하겐의 오베르가덴**에서 낭독회를 한 직후 여자를 찾아왔던 양부에게 화가 난다. 양부가 원했던 것은 여자의 아버지로서 인정받고 싶다는 바람뿐이었다. 양부는 여자가 갓난아기일 때 친부모에게 버림받았다고 말했다. 그런 여자를 거두어준 것은 바로 그 자신과 그의 아내였다고 덧붙였다. 적어도 여자는 양부의 말을 그렇게 해석했다.

여자는 입양을 여자 앞에서 정당화하려는 양부모에게 화가 난다.

여자는 국가 간 입양을 이상적이라 포장하며 옹호하는 양부모

---

* Se og Hør. '보고 듣다'라는 뜻이다. 스칸디나비아의 가십 매거진.
** Overgaden. 코펜하겐의 현대예술회관.

에게 화가 난다.

여자는 버림받았던 아이를 입양하는 것은 그 아이의 친부모를 위한 일이기도 하다고 주장하는 양부모에게 화가 난다. 그런 주장을 근거로 보았을 때 양부모의 행복은 친부모의 불행을 바탕으로 한 것이라는 생각도 할 수 있다.

여자는 아이를 입양하는 것은 선한 일이라 주장하는 양부모에게 화가 난다.

여자는 입양을 통해 한 아이를 구제했다고 주장하는 양부모에게 화가 난다.

여자는 입양을 통해 한 아이를 구제했다고 주장하는 이다와 비야르케에게 화가 난다. 여자는 덴마크에서 한 아이를 키우는 데 필요한 돈이라면 아프리카에서 수많은 아이를 키울 수 있다는 생각을 하지 않을 수가 없다.

여자는 국가 간 입양을 후진국을 돕는 일종의 후원 행위라 생각하는 이다와 비야르케에게 화가 난다. 국가 간 입양은 후진국 국민을 지원하는 행위가 아니다. 만약 그렇다면 적십자사나 레드 바르네* 등의 기관들은 이미 오래전부터 입양 프로그램을 실시했을 것이다.

* Red Barnet. 덴마크의 국제 아동구제기관

여자는 국가 간 입양을 후진국을 돕는 일종의 후원 행위라 생각하는 사람들에게 화가 난다. 입양 사례의 수가 정점에 이르렀을 당시, 한국의 상황은 후진국과는 거리가 멀었다. 오히려 한국이 세계의 산업화를 이끄는 나라로 여겨지던 때였기에 당시의 한국을 후진국이라 표현하는 것은 옳지 않다.

여자는 한국이 세계의 산업화를 이끄는 나라로 발돋움하던 때에도 수많은 어린이를 해외로 입양시켰다는 사실에 화가 난다.

여자는 한국이 선진국의 대열에 들어섰음에도 불구하고 여전히 적지 않은 수의 어린이들을 해외로 입양시킨다는 사실에 화가 난다.

여자는 2010년까지 한국의 모든 국가 간 입양 프로그램을 중단하겠다고 발표[117]했던 김근태 당시 보건복지부 장관에게 화가 난다. 리케는 국가 간 입양 프로그램을 중단하겠다고 약속한 정치인들 중 그 약속을 지키는 사람을 지금껏 단 한 명도 보지 못했다고 말했다. 1976년에는 박정희 대통령이 1981년까지 한국의 국가 간 입양 프로그램을 중단하겠다고 말했다.[118] 여자는 설사 박정희 대통령이 암살당하지 않았다 하더라도 그 약속을 지켰을 리는 만무하다고 생각한다. 70년대에 들어서자 박정희 대통령의 인기는 점차 낮아졌고, 결국 1979년 그는 수족으로 여겼던 사람에게 암살당했다.

여자는 박정희 대통령이 암살당했다는 사실에 화가 난다. 만약 그가 암살당하지 않았더라면 적어도 80년대에 국가 간 입양이 더 늘어나진 않았을지도 모른다.

여자는 80년대에 국가 간 입양이 더욱 늘어났다는 사실에 화가 난다. 80년대에만 무려 66,511명[119]의 한국 어린이들이 해외로 입양되었다.

여자는 1984년에만 무려 7,924[120]명의 한국 어린이들이 해외로 입양되었다는 사실에 화가 난다. 그 숫자는 하루에 22명의 어린이들이 입양되었다는 것을 의미한다.

여자는 1985년에만 무려 8,837[121]명의 한국 어린이들이 해외로 입양되었다는 사실에 화가 난다. 그 숫자는 하루에 24명의 어린이들이 입양되었다는 것을 의미한다.

여자는 1986년에만 무려 8,680[122]명의 한국 어린이들이 해외로 입양되었다는 사실에 화가 난다. 그 숫자는 하루에 24명의 어린이들이 입양되었다는 것을 의미한다.

여자는 1987년에만 무려 7,947[123]명의 한국 어린이들이 해외로 입양되었다는 사실에 화가 난다. 그 숫자는 하루에 22명의 어린이들이 입양되었다는 것을 의미한다.

여자는 1988년에만 무려 6,463[124]명의 한국 어린이들이 해외로 입양되었다는 사실에 화가 난다. 그 숫자는 하루에 18명의 어린이들이 입양되었다는 것을 의미한다. 리케는 1988년 한국에서 올림픽이 개최된 후에야 국가 간 입양 사례가 눈에 띄게 줄어들기 시작했다고 말했다. 올림픽 개최국은 전 세계 미디어의 조명을 받기 마련이다. 당시 한국 정부는 매년 수천 명의 한국 어린이들을 해외로 입양 보낸다는 점 때문에 서구 미디어의 비판을 받았다.

여자는 리케가 한국으로 이주해 살기 시작할 무렵만 하더라도 국가 간 입양에 관한 이야기는 한국 사회에서 금기로 여겨졌다는 사실에 화가 난다. 리케는 약 15년 전부터 한국의 미디어에서 국가 간 입양 사례를 공개적으로 다루기 시작했다고 말했다. 여자는 1996년 즈음 〈1.5〉라는 텔레비전 드라마[125]에서 한국계 입양인이 등장한 것을 기점으로 사회 분위기가 바뀌기 시작했다고 기억한다.

여자는 불과 15년 전에야 한국의 미디어에서 국가 간 입양에 관한 주제를 정식으로 다루기 시작했다는 사실에 화가 난다.

여자는 한국의 미디어에 화가 난다.

여자는 KBS에 화가 난다.

여자는 오케와 그의 친모가 〈생방송 사람을 찾습니다〉라는 프로그램에서 극적으로 만나는 모습을 연출하지 못할 경우 KBS에서 쫓겨날까봐 걱정했다는 소라의 말에 화가 난다. 소라는 출연자가 방송 출연을 거부하면 상사가 화를 낼까봐, 오케와 그의 친모에게 압력을 넣을 수밖에 없었다고 말했다. 오케와 그의 친모는 상봉에 성공했지만, 프로그램중에 만나는 것은 끝내 거부했다.

여자는 오케와 그의 친모에게 방송 출연을 강권했던 소라에게 화가 난다. 소라는 두 사람에게 만나길 원한다면 꼭 방송을 통해 만나야 한다고 말했다. 오케의 친모가 오케가 어디에 사는지 물었을 때 소라는 받는 것이 있으면 주는 것도 있어야 한다고 말했다.

여자는 오케의 친모가 프로그램이 시작되기 전에 오케를 미리 만나고 싶어했지만 거부당했다는 사실에 화가 난다. 〈생방송 사람을 찾습니다〉와 같은 방송 프로그램이 실제 일반인들의 희생을 강요하는 것은 옳지 않다. 소라는 KBS를 그만둔 후, 오케의 친모에게 오케의 연락처를 건네주었다. 두 사람이 상봉하는 모습을 보며 소라는 그제야 죄책감을 털어버릴 수 있었다고 말했다.

여자는 그토록 힘들게 오케와 만났음에도 불구하고 오케와 더 많은 시간을 함께 보내지 않았던 그의 친모에게 화가 난다.

여자는 덴마크의 양모가 한국을 방문했을 때 여자의 양모는 물론 여자와 함께 더 많은 시간을 보내지 않았던 여자의 친부모에게 화가 난다.

여자는 자신과 더 많은 시간을 보내려는 생각조차 하지 않는 친부모에게 화가 난다. 이젠 여자가 서울에 사는 이상 친부모와 더 잘 알아가며 지내는 것도 나쁘지 않을 것이다. 여자가 서울에 살던 초기에는 친부모와 꽤 자주 만났다. 양부모가 이혼한 직후, 양부를 2주에 한 번씩 만났던 것처럼. 하지만 시간이 흐를수록 만남의 간격은 점점 멀어졌다. 여자가 지난번에 친부모와 만났던 것은 11월이었다. 그것은 4개월 전이다.

여자는 아스트리에게 서울에 놀러오라고 권했던 자기 자신에게 화가 난다. 지난번 아스트리가 왔을 때도 두 사람의 관계를 정의하지 못했는데, 지금이라고 가능할까? 어쩌면 여자가 매달리지 않는다면 두 사람의 관계는 더 자연스러워질지도 모른다.

여자는 아스트리와의 관계를 정의하지 못함에도 불구하고 자신이 사랑하는 사람은 아스트리뿐이라는 사실에 화가 난다.

여자는 아스트리와 함께 둘의 관계를 정의하지 못한다는 사실에 화가 난다.

여자는 아스트리와 함께 둘의 관계를 정의할 수 있다고 희망을 버리지 못하는 자기 자신에게 화가 난다. 여자와 아스트리는 이미 관계를 지속할 수 없다고 결론을 냈음에도 불구하고 여자는 아스트리를 머릿속에서 지울 수가 없다. 여자는 자신이 포기하고 떠나려는 그 무언가를 아스트리가 상징하고 있기에 아스트리에게 매달리는 것은 아닌가 생각해본다. 아직은 완전히 포기하고 떠나지 않았지만, 언젠가는 포기하고 떠나게 될까봐 두려워하는 그 무엇. 아스트리를 놓아준다는 것은 여자가 마침내 그 무언가를 놓아버린다는 것과 같은 의미이다.

여자는 아스트리를 놓아줄 수 없는 자기 자신에게 화가 난다. 여자는 지금껏 자신의 삶에서 굳건한 구심점 역할을 해왔던 아스트리를 놓치고 싶지 않다. 여자는 지금 끝없는 심연으로 추락하는 것 같다. 앤드류는 언젠가 여자가 타로 카드 점을 봤을 때 '탑'을 뽑았던 것을 상기시켜주었다. 그는 '탑'이 도전을 상징하며, 무언가를 새로 지어올리려면 또다른 무언가를 파괴해야 한다는 의미를 지닌다고 했다. 이 카드는 또한 위기와 변화를 암시하며, 그것은 재앙일 수도 있고 혁명일 수도 있으나 한편으로는 내면의 변화를 의미할 수도 있다고 말했다.

여자는 앤드류가 타로 카드에서 해석한 일들이 결국 일어났다는 사실에 화가 난다. 여자는 다시는 앤드류에게 타로 카드 점을 보지 않으리라 결심했다.

여자는 다시는 타로 카드 점을 보지 않겠다고 결심한 자기 자신에게 화가 난다.

여자는 아스트리와의 관계가 이미 오래전에 끝이 났다는 것을 진작에 알아차리지 못했던 자기 자신에게 화가 난다. 지금껏 여자가 생각해왔던 것처럼 두 사람이 지구 반대편에 산다는 것이 문제가 아니다. 그보다 훨씬 복잡한 것이다. 아스트리는 근본적으로 타인에게 구속되어선 살 수 없는 사람이다.

여자는 타인에게 구속되어 살 수 없는 아스트리에게 화가 난다.

여자는 타인에게 구속되어 살 수 없는 자기 자신에게 화가 난다. 여자는 이제야 자신의 문제점을 직시할 수 있게 되었다. 지금까지는 한 사람과 꾸준한 관계를 이어가지 못하는 자신의 성향이 입양과 관련된 트라우마라고만 생각했다. 적어도 지금처럼 입양 문제에 필요 이상의 관심을 가지거나 화를 낸다면 앞으로도 영영 사람을 사귈 수 없을 것이다.

여자는 입양 문제에 자신과 마찬가지로 관심을 가지고 화를 낼 수 있는 사람이 아니라면 사귀고 싶지 않다고 생각하는 자기 자신에게 화가 난다.

여자는 아스트리와 지속적으로 사귀지 못했던 자기 자신에게 화가 난다.

여자는 아스트리에게 화가 난다.

여자는 아스트리를 그리워하는 자기 자신에게 화가 난다.

여자는 사랑하는 연인을 그리워하는 자기 자신에게 화가 난다.

여자는 더이상 아스트리를 그리워하지 않음에도 불구하고, 아스트리를 통해 그리움을 투영해내는 자기 자신에게 화가 난다.

여자는 좀더 일찍 한국계 입양인과 사귀지 못했던 자기 자신에게 화가 난다. 여자는 한국에 살기 시작한 후에야 그 생각을 할 수 있었다.

여자는 과거 한국계 입양인들을 피했던 자기 자신에게 화가 난다. 여자는 길을 걸을 때 한국계 입양인으로 보이는 사람과 마주치면 재빨리 눈을 돌리거나 고개를 숙이곤 했다.

여자는 서울에선 차들이 보행자들을 존중하지 않는다는 사실에 화가 난다. 여자는 서울을 방문한 양모에게 빨간불이 들어와도 차들이 멈추지 않는 경우를 많이 보았다고 말했다. 양모는 길을 건널 때 조심하겠노라 약속했다.

여자는 외국에서 입양한 자녀가 있어도 다문화가정이라 인지하지 않는 입양부모들에게 화가 난다. 외국에서 자녀를 입양하면 그 가정은 다문화가정의 한 부분이 되는 것은 당연하다. 양부모와 그들의 문화에 적응해야 하는 것은 아이들뿐이 아니다. 양부모 또한 입양자녀와 그들의 문화에 적응해야 한다. 여자는 외국에서 자녀를 입양하는 일이 외국인과 결혼하는 것에 비교할 수 있다고 생각한다.

여자는 이처럼 생각하는 스스로에게 화가 난다. 어쩌면 그것은 이상적으로는 가능할지 모르나, 현실적으로는 실현 가능성이 없을지도 모른다. 양부모들은 단지 자녀를 외국에서 입양했다는 이유로 자신들을 다문화가정의 일원으로 생각지 않는다. 결국 그것은 희망사항으로 남게 될 것이다. 여자의 양모 또한 여자를 한국에서 입양했지만 자신을 다문화가정의 일원이라고 생각하지 않았다. 세상에는 다문화가정이 있는 반면, 스스로를 다문화적이라 생각하고 자기만족에 빠진 사람들이 있다. 여자와 여자의 양모는 후자에 속한다.

여자는 자신과 자신의 양모가 후자에 속한다는 사실에 화가 난다.

여자는 이다와 비야르케가 후자에 속한다는 사실에 화가 난다. 여자는 이다와 비야르케가 에티오피아에서 아이를 입양했음에도 불구하고 스스로 다문화가정의 일원이라 생각지 않을 것이라고 확신한다.

여자는 에티오피아 아이를 입양하고 싶어하는 이다와 비야르케에게 화가 난다. 물론 그들은 직접적으로 말하진 않았지만, 여자는 그들이 백인이나 동양인보다는 아프리카 아이가 훨씬 이국적이라 생각하기에 에티오피아에서 아이를 입양하려는 것이라고 생각한다. 적어도 여자는 그렇다고 확신한다.

여자는 에티오피아 아이를 입양하고 싶어하지 않는 쇠스와 크리스토퍼에게 화가 난다. 어쩌면 덴마크는 피부색이 검은 아이들보다 백인이나 동양인 아이들이 성장하기에 더 좋은 나라인지도 모른다. 하지만 여자는 쇠스와 크리스토퍼가 인종차별적이라는 생각을 지울 수가 없다. 그들이 생각하는 인종적 위계질서에서는 백인 아이가 맨 위에 있으며, 흑인 아이는 제일 밑바닥에 위치한다.

여자는 아이의 피부색이 옅으면 옅을수록 덴마크에서 더 쉽게 자랄 수 있다는 일반적 사고에 화가 난다. 적어도 여자의 양모가 아이를 입양했을 당시만 하더라도 그러한 사고가 팽배했다.

여자는 자신의 양부모가 원하는 나라에서 아이를 입양할 수 있는 선택권을 가지고 있었다는 사실에 화가 난다. 물론 입양기관이 양부모에게 선택권을 부여하는 데는 충분한 이유가 있을 것이다. 하지만 여자는 입양아를 상품화한다는 생각을 지울 수 가 없다. 여자는 홈플러스에서 프랑스산, 이탈리아산, 스페인산, 포르투갈산, 호주산, 아르헨티나산, 칠레산, 또는 남아프리카공화국산 중 어떤 와인을 선택할까 고민하는 행위와 입양 행위가 다를 것이 없다고 생각한다. 여자가 양부모가 입양자녀를 선택하는 것에 관해 어떻게 생각하냐고 물었을 때, 레네 명은 그것은 물건을 선택하는 다른 여느 행위와 비슷하다고 대답했다. 레네 명은 입양부모가 입양자녀와 그 출신국을 선택하는 행위는 우리 사회의 일반적 소비 행위를 반영한다고 말했다.

여자는 자신의 양부모가 나이가 든 아이보다 갓난아기를 선택할 수 있었다는 사실에 화가 난다. 여자의 양부모는 입양 규정에 따라 입양부모로서의 권한을 승인받았을 때 3살 이하의 아이를 입양하는 데 동의했다. 3살 이하 아이를 입양했을 때 수반되는 여러 가지 일에 걱정을 하긴 했지만, 여자의 양모는 결국 그에 동의했다고 말했다.

여자는 자신의 양부모가 아이의 성별을 선택해 입양할 수 있었다는 사실에 화가 난다.[126] 그들은 성별을 선택하지 않을 경우 입양 절차가 더 빨리 진행된다는 말을 들었음에도 여자아이를 선택했다. 여자의 양모는 덴마크에선 남자아이보다 여자아이가 자라기에 더 편할 것이라 생각했다. 동시에 그들은 동양 여자아이가 동양 남자아이보다 훨씬 귀엽다는 생각을 가지고 있었다.

여자는 동양 여자아이가 동양 남자아이보다 더 귀엽다는 생각 때문에 여자아이를 입양했던 여자의 양부모에게 화가 난다. 여자는 한국에 살며 여자아이보다 훨씬 귀여운 남자아이를 많이 보았다. 적어도 여자의 눈으로 보았을 때 말이다.

여자는 그들의 눈에 예쁘게 보이는 아이를 입양했던 자신의 양부모에게 화가 난다.

여자는 자신의 양부모가 한국에 가보지도 않았으면서 한국 아이를 입양할 수 있었다는 사실에 화가 난다.[127] 여자는 양부모가 카스트룹공항 대신 서울의 보육원에서 여자를 직접 데려왔더라면 양쪽 모두에게 더 좋았을 것이라 확신한다. 만약 입양에 따르는 변화가 익숙한 환경에서 일어났더라면 여자도 충격을 받진 않았을 것이다. 여자의 양모는 간호사에게서 처음 여자를 받아 안았을 때 여자가 침을 흘리며 자지러지듯 울었던 것을 기억한다고 말했다.

여자는 자신을 어린아이 취급하는 친모에게 화가 난다. 물론 여자도 어머니가 음식을 먹여주는 것을 싫어하진 않지만, 한편으론 성인을 아이 취급하는 행위가 바람직하지 않다고 생각한다. 한국에서는 연인이나 가까운 사람들끼리 서로 음식을 먹여주는 행위가 일반적일지 모르나, 어머니가 다 큰 딸에게 음식을 먹여주는 것이 그다지 보기 좋다고는 할 수 없다.

여자는 성인이 된 후에야 친부모를 만날 수 있었다는 사실에 화가 난다.

여자는 성인이 된 후에야 친모를 연상시키는 익숙한 냄새에 길들여졌다는 사실에 화가 난다. 쌀을 굽는 냄새가 낯설듯, 처음에는 어머니의 냄새도 낯설기만 했다. 하지만 시간이 흐르면서 여자는 어머니의 냄새에 적응할 수 있었다. 이제는 가끔 그 냄새가 그리워질 때도 있다. 그 냄새는 인천국제공항에 처음 내렸을 때 느낄 수 있는 독특한 냄새처럼 뭐라 한마디로 정의할 수가 없다. 그것은 한국의 냄새다. 그것은 어머니의 냄새다. 그것은 양모를 연상했을 때 떠오르는 냄새와는 다르다. 그 냄새를 여자는 좋아하지 않는다. 양모의 냄새가 역겹다고 한다면 분명 지나친 말이 될 것이다. 그 냄새는 여자가 여러 해 동안 시간을 들여 서서히 적응해왔던 냄새다.

여자는 양모의 냄새에 여러 해 동안 시간을 들여 서서히 적응해야 했던 사실에 화가 난다.

여자는 양부의 냄새에는 전혀 적응할 수 없었다는 사실에 화가 난다.

여자는 양부가 세상을 떠나기 전에 더 많은 시간을 함께 보내지 않은 자기 자신에게 화가 난다.

여자는 양부가 세상을 떠나기 전에 그와 더 많은 시간을 함께 보내지 않았다고 자책하는 자기 자신에게 화가 난다.

여자는 양부가 세상을 떠났다는 사실에 화가 난다.

여자는 췌장암 선고를 받고서도 여자에게 알리지 않았던 양부에게 화가 난다. 여자는 요나스를 통해 양부가 췌장암에 걸렸다는 사실을 알았다.

여자는 양부가 췌장암 선고를 받았다는 사실에 화가 난다. 양부는 너무나 젊은 나이에 그런 중병을 얻었다. 양부는 55살이 되던 해에 세상을 떠났다. 여자는 55살이라는 젊은 나이에 세상을 떠난 양부와 생물학적으로 아무런 관계가 없기에 마음이 놓였다고 고백할 수밖에 없다. 반면 여자의 친가 쪽을 보면 친부가 무릎에 인공관절 수술을 하긴 했지만, 친부와 친모 모두 건강을 유지하고 있다.

여자는 죽음을 앞두고서도 이를 받아들이려 하지 않았던 양부에게 화가 난다. 양부는 마지막 순간을 지켜줄 목사와 이야기를 나눈 후에도 죽음이 다가왔다는 것을 인정하지 않았다.

여자는 양부가 세상을 떠나기 몇 달 전 병원에 가서 양부에게 편지를 전달했으나, 끝까지 답장을 해주지 않았던 양부에게 화가 난다. 여자는 양부가 편지를 읽었는지조차도 확신할 수 없었다. 어쩌면 양부는 간호사에게 부탁해 편지를 쓰레기통이나 화장실에 버렸을지도 모른다. 양부는 어떤 식으로든 그 편지를 없애버렸던 것이 틀림없다. 양부가 세상을 떠난 후 여자와 여자의 의붓형제들이 유품을 정리했지만 여자가 보낸 편지는 어디에서도 볼 수 없었기 때문이다.

여자는 양부가 세상을 떠나기 전 병원에 면회를 갔던 자기 자신에게 화가 난다. 여자가 양부와 연락을 끊은 지는 이미 오래전이었다. 그런데 왜 여자는 양부가 세상을 떠나기 직전에 그를 찾았던가? 그렇지 않으면 나중에 후회할까봐 두려웠기 때문일까?

여자는 양부의 장례식에 참석했던 자기 자신에게 화가 난다.

여자는 양부의 유산을 거부하지 못했던 자기 자신에게 화가 난다. 세상을 떠났지만 애도할 마음이 없었던 사람에게서 유산을 물려받을 수는 없지 않은가. 하지만 양부가 물려준 돈은 여자가 책을 쓰는 데 전념할 수 있도록 도와주었다. 클라우스 리프비에르그처럼 유명한 작가가 아니라면, 책을 써서 돈을 많이 벌기는 쉽지 않다. 바로 그 때문에 여자는 아버지의 유산을 거부하지 않았다. 살아생전의 양부에게서 가장 사랑을 적게 받았던 딸이 바로 여자였다고 한다면, 양부의 유산은 바로 여자가 물려받아야 정당하다고 할 수 있지 않을까? 로라와 요나스도 아버지가 자신들과 어머니를 버렸을 때 배신감을 느꼈다고 자주 말했다.

여자는 자식을 버리고 실망시켰던 양부에게 화가 난다.

여자는 양부에게 화가 난다.

여자는 양부에게 분노하는 자기 자신에게 화가 난다.

여자는 이미 세상을 떠난 사람에게 분노하는 자기 자신에게 화가 난다.

여자는 분노하는 자기 자신에게 화가 난다.

여자는 여자를 만나기 위해 헬레네가 서울까지 왔음에도 분노를 삭힐 수 없었던 자기 자신에게 화가 난다.

여자는 여자를 만나기 위해 헬레네가 서울까지 왔다는 사실에 화가 난다. 여자는 헬레네가 오지 않았으면 좋겠다고 생각했던 것을 후회했다. 여자는 단지 국가 간 입양에 비판적이지 않은 사람과 한자리에 앉아 있을 수 없을 뿐이다. 여자는 평소 헬레네와 많은 이야기를 터놓고 나누는 사이이긴 하지만, 한자리에 있는 것이 불편한 것은 어쩔 수 없다.

여자는 헬레네와 한자리에 있는 것을 불편하게 여기는 자기 자신에게 화가 난다.

여자는 국가 간 입양에 비판적이지 않은 사람과 한자리에 있는 것을 불편하게 여기는 자기 자신에게 화가 난다.

여자는 국가 간 입양에 비판적이지 않은 사람들에게 화가 난다.

여자는 국가 간 입양에 비판적이지 않은 대다수의 한국인들에게 화가 난다.

여자는 국가 간 입양에 비판적이지 않은 대다수의 덴마크인들에게 화가 난다. 여자는 앤드류에게 덴마크에서 국가 간 입양에 관해 비판적인 의견을 내놓을 때면 벽에 머리를 부딪치는 것 같다고 말했다. 여자가 한국에서 살기로 결심했던 것도 바로 그 때문이다. 여자는 국가 간 입양에 비판적인 한국계 입양인들을 덴마크보다 한국에서 더 많이 볼 수 있다고 말한다. 한국에 다시 옮겨와 사는 한국계 입양인들의 수는 대략 500~1,000명[128] 사이지만, 그중의 몇 명이 국가 간 입양에 비판적인 입장을 지니고 있는지는 정확히 알 수 없다.

여자는 국가 간 입양에 비판적인 한국계 입양인들을 덴마크에서는 거의 볼 수 없다는 사실에 화가 난다.

여자는 덴마크에서는 국가 간 입양에 관한 비판적 연구를 거의 찾아볼 수 없다는 사실에 화가 난다. 여자가 알고 있는 한 덴마크에 살면서 국가 간 입양을 비판적으로 보는 학자는 레네 명뿐이다.

여자는 덴마크에 화가 난다.

여자는 덴마크의 친구들에게 화가 난다.

여자는 덴마크의 친구들에게 여자의 입장을 잘 이해시킬 수 없다는 사실에 화가 난다. 그들은 여자가 친가족과의 만남에서 얻는 슬픔은 이해하지만, 여자가 경험하는 관념적 슬픔은 이해하지 못한다. 여자의 슬픔은 길거리나 교화시설의 어린이를 구제하는 인도주의적 차원의 입양을 믿지 못하기에 생겨나는 슬픔이다. 미정이 여자에게 왜 덴마크로 되돌아가지 않느냐고 물었을 때, 여자는 서울의 친구들은 덴마크의 친구들과는 다르기 때문이라고 대답했다. 서울의 친구들에겐 모든 것을 하나하나 다 설명하지 않아도 된다.

여자는 덴마크의 친구들에겐 모든 것을 하나하나 다 설명해줘야 한다는 사실에 화가 난다.

여자는 덴마크의 양모에겐 모든 것을 하나하나 다 설명해줘야 한다는 사실에 화가 난다.

여자는 양모가 국가 간 입양에 관해 당연히 여자와 같은 생각을 할 것이라 기대했던 자기 자신에게 화가 난다. 여자의 양모가 국가 간 입양에 관해 여자와 같은 견해를 가질 수는 없다. 솔직히 여자의 양모는 다른 입양인들의 양부모들보다 훨씬 더 입양인들의 상처를 잘 이해해주는 사람이다. 그런데 무엇을 더 바랄 수 있을까? 여자는 양모에게 단순히 한 아이의 어머니가 아니라 한 입양인의 어머니로서 역할을 해내기 위해 스스로 생각하고 경험할 시간을 주어야 한다. 이것은 여자의 양모나 여자가 서두른다고 해결되는 일이 아니다.

여자는 덴마크의 친구들이 국가 간 입양에 관해 여자와 같은 생각을 할 것이라 기대했던 자기 자신에게 화가 난다.

여자는 덴마크의 친구들에게 국가 간 입양에 관한 여자의 생각을 이해시키려 노력했던 자기 자신에게 화가 난다.

여자는 국가 간 입양에 관한 여자의 생각을 이해하지 못하는 친구들에게 화가 난다.

여자는 국가 간 입양에 관한 여자의 생각을 이해하지 못하는 친구들 때문에 괴로워했던 자기 자신에게 화가 난다.

여자는 헬레네 때문에 괴로워했던 자기 자신에게 화가 난다.

여자는 헬레네에게 화가 난다.

여자는 미켈에게 화가 난다.

여자는 백인 여성과는 연애할 수 없을 것 같다고 말했던 여자를 근본주의자라고 불렀던 미켈에게 화가 난다. 여자는 단 한 번도 백인이 아닌 여성과 연애를 해보지 못했던 미켈을 인종차별주의자라 부르지 않는다.

여자는 여자가 한국계 입양인 외에는 연애 상대를 찾지 못할 것이라 말했던 미켈에게 화가 난다. 만약 여자가 미켈에게 덴마크 여자 또는 백인 여자가 아니라면 연애를 못할 것이라 말한다면 어떨까. 솔직히 요점은 그것이 아니지 않은가? 미켈은 여자가 동양 여자와 연애하기를 원하지 않는 것이 아닐까? 안 그래도 여자는 이미 사회적 소수자인데, 두 사람 중 하나가 한국 출신이라는 것만으로도 충분하지 않을까. 그의 속마음이 훤히 들렸다.

여자는 여자가 한국계 입양인과 연애를 한다면 그것은 정치적 행위라고 주장하는 미켈에게 화가 난다.

여자는 여자가 백인 여성과 연애를 하는 것은 정치적 행위로 볼 수 없다고 주장하는 미켈에게 화가 난다.

여자는 친구라곤 한국계 입양인뿐이라고 여자를 질책하는 미켈에게 화가 난다. 여자에게 친구라곤 오직 한국계 입양인뿐이라는 그의 말은 사실이 아니다. 여자의 친구인 미켈도 한국계 입양인이 아니다. 또한 한국계 입양인만 친구로 둔다고 해서 잘못된 것도 아니다. 그러는 미켈은 여자를 제외하고선 모두 덴마크 국적의 백인들만 친구로 두지 않았던가?

여자는 덴마크의 백인들에게 화가 난다.

여자는 서구의 백인들에게 화가 난다.

여자는 동양을 낭만적 시각으로 바라보는 서구 백인들에게 화가 난다.

여자는 동양을 낭만적 시각으로 바라보는 한국계 입양인들에게 화가 난다.

여자는 한국을 낭만적 시각으로 바라보는 한국계 입양인들에게 화가 난다.

여자는 한국 문화에 심취해 있는 한국계 입양인들에게 화가 난다.

여자는 자신들의 뿌리에 심취해 있는 한국계 입양인들에게 화가 난다.

여자는 단지 한국에 옮겨와 산다는 이유만으로 자신의 뿌리에 심취해 있다고 여자를 비난하는 사람들에게 화가 난다.

여자는 '뿌리찾기 운동'에 화가 난다. 여자는 단순히 한국으로 되돌아와서 살거나 친부모를 찾는 행위가 뿌리를 찾는 행위라곤 생각하지 않는다. 적어도 근본적이고 진실한 뿌리의 원천을 되찾으려는 노력을 하지 않는다면 말이다. 여자는 자신의 뿌리를 되찾는 행위는 조국의 친부모와 언어 및 문화를 상실하고 겪는 자연스러운 슬픔을 인정하고 받아들임으로써 심리적 해방감을 찾는 행위의 일부라는 앤드류의 말에 동의한다. 앤드류는 대다수의 입양인들이 양부모에게 상처를 줄까봐 두려워 이러한 과정을 회피한다고 말했다.

여자는 성장 과정에서 모국의 친부모와 언어 및 문화를 상실하고도 스스로에게 슬퍼할 수 있는 기회를 주지 않았던 자기 자신에게 화가 난다.

여자는 모국의 친부모와 언어 및 문화를 상실한 입양아에게 슬퍼할 수 있는 기회를 주는 것이 매우 중요하다는 사실을 양부모가 인지하지 못했다는 사실에 화가 난다. 만약 양부모가 여자를 입양했을 당시 이 사실을 알았더라면 여자는 27살이나 되어서야 비로소 슬픔을 맛보지는 않았을 것이다.

여자는 27살이나 되어서야 처음으로 입양인으로서의 근본적인 슬픔을 맛보았다는 사실에 화가 난다.

여자는 한국말을 배우라고 하는 큰언니에게 화가 난다.

여자는 한국말을 제대로 배우지 못했던 자기 자신에게 화가 난다. 여자는 친부모가 살아 있을 때 한국말을 배워야 한다고 생각한다. 책을 다 쓰고 난 후에 한국말을 배우겠다고 미루다보면 늦을지도 모른다. 특히 책 한 권을 쓰는 데 여자가 얼마나 오랜 시간을 소비하는지 생각한다면 말이다.

여자는 여자가 모든 일을 회피하기만 한다고 생각하는 큰언니에게 화가 난다. 큰언니는 책을 쓰는 일이 풀타임 직업이라는 것을 모르는 것일까? 집필 작업은 하루에 몇 시간 동안 한국어 수업을 듣고 남는 시간에 할 수 있는 일도 아니거니와, 대충대충 왼손으로 할 수 있는 일도 아니다.

여자는 낮에는 한국어를 배우고 글은 밤에 쓰라고 말하는 큰언니에게 화가 난다. 그렇다면 잠은 언제 자야 하는 것일까? 학교와 집을 오가는 버스 안에서? 어쩌면 여자의 큰언니는 잠을 자지 않고서도 살 수 있을지 모른다. 하지만 여자는 적어도 하루에 7시간은 자야 한다.

여자는 매일 밤 적어도 7시간의 수면을 취해야 한다는 사실에 화가 난다.

여자는 여자가 매일 적어도 7시간의 수면을 취해야 한다는 것을 이해하지 못하는 큰언니에게 화가 난다.

여자는 1년 안에 한국어를 배우지 못했던 자신을 이해하지 못하는 큰언니에게 화가 난다. 한국어는 제대로 배우기가 매우 어려운 언어이다. 그럼에도 큰언니는 여자에게 1년 안에 한국어를 배울 수 있다고 말한다.

여자는 한국어가 제대로 배우기 매우 어려운 언어라는 사실에 화가 난다. 한국어 수업이 영어로 진행되기에 더욱 쉽지 않다. 두 언어를 동시에 배우는 것과 마찬가지인 셈이다.

여자는 두 언어를 동시에 배워야 한다는 사실에 화가 난다.

여자는 시간을 말할 때 한국어와 한자를 동시에 사용한다는 사실에 화가 난다. 12:05는 '열두시 다섯분' 또는 '십이시 오분'이라고 읽는다면 훨씬 쉬울 텐데도 '열두시 오분'이라고 읽어야 한다. 여자는 시를 말할 때는 한국어를 사용하고, 분을 말할 때는 한자를 사용하는 것이 매우 혼란스럽다고 생각한다.

여자는 한국어에는 대화를 나누는 상대방에 따라 일곱 가지의 서로 다른 존칭법이 존재한다는 사실에 화가 난다. 덴마크어처럼 예의와 격식을 갖추는 정도에 따라 존칭법이 세 가지만 존재한다면 한국어를 배우는 것이 훨씬 쉬울지도 모른다.

여자는 여자가 한국어 책을 소리내어 읽을 때면 바보처럼 들린다는 사실에 화가 난다.

여자는 한국어 책을 소리내어 읽을 때면 바보 같다고 생각하는 자기 자신에게 화가 난다.

여자는 여름방학 때 했던 일을 주제로 한국어 작문을 해야 한다는 사실에 화가 난다. 여자는 작문 주제를 받아들고 마치 초등학교 3학년이 된 것 같은 느낌을 지울 수가 없었다. 한국어 강사는 다른 주제를 선택할 수 없었던 것일까.

여자는 한국어로 동요를 불러야 한다는 사실에 화가 난다. 물론 신체 부위의 이름 등은 홀로 중얼중얼 암기하는 것보다 동요를 통해서 배우면 더 쉽고 재미있을지도 모른다. 하지만 여자는 유치원 아이들처럼 동요를 부르느니 차라리 홀로 중얼중얼 암기하는 것이 더 좋다고 생각한다.

여자는 여자가 성인이 된 후에야 한국어를 배우기 시작했다는 사실에 화가 난다. 여자는 정준과 함께 한국어 연습을 하며, 한국어가 다른 언어와는 매우 다르다고 말했다. 여자는 아랍어를 배울 때와는 달리 한국어를 배울 때면 가슴속의 수많은 감정이 요동을 친다고 말했다. 정준도 그렇다고 말했다. 그 때문에 정준은 한국어로 말을 하려고 입을 열 때마다 말문이 막힐 때가 종종 있다고 덧붙였다.

여자는 정준이 더는 한국어로 말을 할 수 없다는 사실에 화가 난다. 정준은 최면 치료를 받으면, 가슴속에 겹겹이 숨어 자리하고 있던 한국어 단어들을 다시 꺼낼 수 있지 않을까 생각해보았다고 한다.

여자는 테드가 더는 한국어로 말을 할 수 없다는 사실에 화가 난다. 한때는 한국어로만 말을 했던 테드가 지금은 한국어를 단 한마디도 기억하지 못한다는 것은 너무나 이상하다. 테드는 서강대에서 공부를 시작하며 다시 한국어를 기억해낼 수 있기를 바랐지만 그의 바람은 이루어지지 않았다. 오히려 그는 다른 학생들보다 한국어를 배우는 속도가 더 느렸다. 그는 심리적 장애가 원인일지도 모른다고 말했다. 언어는 기억과 밀접한 관계가 있는데, 그는 입양되기 전의 일을 하나도 기억할 수 없다고 말했다.

여자는 테드가 입양되기 전의 일을 하나도 기억하지 못한다는 사실에 화가 난다.

여자는 입양 당시 8살이었던 테드와 그의 쌍둥이 여동생이 한국말로 대화하는 것을 허락하지 않았던 그들의 양부모에게 화가 난다. 테드는 양부모가 한국과 친부모에 관해 이야기하는 것조차도 금지했는지는 기억하지 못했다. 테드와 그의 쌍둥이 여동생은 그런 양부모 때문에 한국이라는 나라에서 태어났다는 것을 수치스럽게 여기게 되었다고 말했다.

여자는 친자식을 낳은 후 울리카의 양육권을 포기했던 울리카의 양부모에게 화가 난다.

여자는 저녁 8시 이후만 되면 항상 술에 취해 있었기에 행크와 제대로 대화를 나누지 못했던 그의 양모에게 화가 난다.

여자는 도미니크를 성폭행했던 도미니크의 양부에게 화가 난다.

여자는 양부에게 성폭행을 당했던 입양인이 도미니크뿐만이 아니라는 사실에 화가 난다. 여자는 그간 만났던 한국계 입양인들 중 얼마나 많은 이가 양부에게 성폭행을 당했는지를 알고 난 후 경악을 금치 못했다. 양부는 친부와 달리 입양자녀와 생물학적으로 아무런 관계가 없기 때문일까. 그들은 친딸이 아닌 양딸과 성관계를 가지는 것은 근친상간이 아니라고 여기는 것일까.

여자는 입양인들의 양부들에게 화가 난다.

여자는 입양인들의 양모들에게 화가 난다.

여자는 입양인들에게 친모가 존재한다는 사실을 간과하는 양모들에게 화가 난다.

여자는 입양인들에게 친부가 존재한다는 사실을 간과하는 양부들에게 화가 난다.

여자는 친부에게 화가 난다.

여자는 친모에게 화가 난다.

여자는 여자가 아침식사로 밥과 김치 대신 빵과 계란을 먹는 것을 친부모에 대한 거부 행위로 받아들이는 친모에게 화가 난다. 아침 식탁에 올라온 토스트와 스크램블드에그를 본 친모는 아무 말도 하지 않았지만, 여자는 친모의 눈길에서 실망감을 엿볼 수 있었다. 친모는 자신과 같은 음식을 먹지 않는 여자에게 실망했던 것이 틀림없다. 만약 여자가 아침에는 입맛이 없어 음식을 잘 먹지 못한다는 것을 이해한다면 친모도 그러한 눈길로 여자를 바라보진 않았을 것이다.

여자는 여자가 쉽게 식습관을 바꿀 수 없다는 것을 이해하지 못하는 친모에게 화가 난다. 여자는 단지 배를 채우기 위해 음식을 먹지 않는다. 주로 아침에 빵을 먹는 나라에서 자란 여자는 음식을 일종의 안정감을 주는 매개체라고 생각해왔다. 단지 여자가 한국에서 태어났다는 이유만으로 끼니마다 밥을 먹어야 한다는 법은 없다.

여자는 배가 불러 더 먹을 수 없다고 말했음에도 여자의 밥그릇에 밥을 더 채워주었던 친모에게 화가 난다.

여자는 여자가 한국말을 이해할 수 없다는 것을 잘 알면서도 여자에게 한국어로 말을 거는 친모에게 화가 난다.

여자는 여자와 친모 사이에 장벽이 존재한다는 사실에 화가 난다. 그 장벽은 심리적, 언어적, 문화적, 지리적 장벽 등 수도 없이 많다.

여자는 엄밀히 따지자면 친모를 잘 모른다는 사실에 화가 난다.

여자는 엄밀히 따지자면 친부를 잘 모른다는 사실에 화가 난다.

여자는 오케가 친부와 만나지 못했다는 사실에 화가 난다. 오케의 아버지는 오케가 한국에 오기 직전에 세상을 떠났다.

여자는 오케와 만나지도 못하고 세상을 떠난 그의 친부에게 화가 난다.

여자는 앨리슨과의 만남을 거부했던 앨리슨의 친모에게 화가 난다. 앨리슨은 한국사회봉사회 직원으로부터 친모가 만남을 거부한다는 말을 들었을 때 얼마나 실망했을까. 앨리슨은 겉으로는 아무렇지 않은 척했으나, 여자는 앨리슨이 너무나 실망했다는 것을 잘 알고 있다. 친모로부터 또다시 거부당했을 때의 슬픔은 이 세상의 그 어떤 슬픔과도 비교할 수 없다.

여자는 울리카에게 다시는 연락하지 말라고 했던 울리카의 친모에게 화가 난다. 여자는 이미 양부모로부터 버림받았는데 친모에게서도 버림받았으니 죽고 싶다고 하소연하는 울리카를 이해할 수 있다. 여자는 종종 울리카가 어떻게 지내는지 걱정한다. 울리카가 비외른처럼 자살할까봐 두렵기 때문이다.

여자는 누워 있다가도 잠에 빠지지 않으려고 온갖 기억을 불러모으며 발버둥치는 자기 자신에게 화가 난다. 울리카는 친모에게 상처받았기에 친모를 다시 볼 마음이 없을지도 모른다. 하지만 그 때문에 자살까지 하지는 않을 것이다. 평소 자살 충동을 자주 느낀다는 테드조차도 친부모와 연을 끊었을 때 자살하지 않았다.

여자는 친부모를 찾아보라고 테드에게 권유했던 자기 자신에게 화가 난다. 여자는 테드가 감정을 겉으로 잘 드러내지 않는 사람이기 때문에 친부모를 만나는 일이 쉽지 않을 것이라고 생각했다. 피할 수 없는 감정들을 제대로 소화해낼 수 없다면 친부모를 만나는 것이 매우 어려울 것이 틀림없다.

여자는 친부모를 찾아다녔던 테드에게 화가 난다.

여자는 친부모를 찾아다녔던 자기 자신에게 화가 난다.

여자는 이미 오래전에 친부모를 찾지 않았던 자기 자신에게 화가 난다.

여자는 항상 시간에 쫓기는 듯한 느낌 때문에 화가 난다. 양부가 세상을 떠난 후부터 4년 전 친부모를 만나기 전까지의 시간 동안, 여자는 더 늦기 전에 친부모를 찾을 수 있을까 하는 두려움에 시달렸다. 여자는 더 늦기 전에 친부모를 만나려면 시간을 그냥 흘려보내면 안 된다고 생각했다. 하지만 친부모를 만난 후에도 시간에 쫓기는 듯한 느낌은 사라지지 않았다. 그 느낌은 여자가 한국어를 배우는 것만으로는 친부모와 떨어져 살았던 지난 시간을 보상받을 수 없다는 것을 깨달은 후에야 비로소 사라졌다.

여자는 한국어를 공부하는 자기 자신에게 화가 난다. 여자는 언어를 배우는 방법이 잘못되었다는 생각을 지울 수가 없다. 한국어를 비롯한 각국의 언어들은 책을 통해서만 배울 수는 없다. 여자가 영어를 못하는 한국인 룸메이트나 연인과 함께 산다면 한국어를 더 빨리 배울 수 있을 것이다. 좋든 싫든 한국어만 사용해야 하기 때문이다.

여자는 항상 한국어를 사용하지 않아도 된다는 사실에 화가 난다.

여자는 항상 한국어를 사용해야만 하는 상황에 화가 난다.

여자는 미정과 함께 영어를 하지 못하는 미정의 친구들을 만날 때면 자신의 의사와 상관없이 어느새 광대 역할을 하고 있는 자기 자신에게 화가 난다.

여자는 미정의 친구들이 영어를 못한다는 사실에 화가 난다.

여자는 자신이 한국어를 못한다는 사실에 화가 난다.

여자는 서울에서 택시를 탈 때마다 택시 기사들이 여자에게 왜 한국어를 못하냐고 물어본다는 사실에 화가 난다.

여자는 사람들을 만날 때마다 여자가 입양인이기 때문에 한국어를 못한다고 말해야 한다는 사실에 화가 난다. 왜 여자는 원치 않는 질문을 피하기 위해 자신이 교포라고 둘러댈 수 없는 것일까.

여자는 자주 원치 않는 질문을 받는다는 사실에 화가 난다. 여자는 한국어를 못한다고 미리 말하지만, 택시 기사들은 항상 같은 질문을 던진다. '한국 사람 같은데, 왜 한국말 못해요?' '어디서 왔어요?' '한국에는 처음인가요?' '친부모는 만났어요?' '한국 사람 아니에요?' 여자는 이제 너무나 자주 들어 거의 외우다시피 한 이 5개의 질문들이 듣기 싫어서 일부러 택시를 타지 않을 때도 있다.

여자는 택시를 탈 때 그 시간을 한국어 배우는 시간으로 활용하지 못하는 자기 자신에게 화가 난다.

여자는 서울에 산다는 점을 최대한으로 활용하지 못하는 자기 자신에게 화가 난다. 서울에 산다는 것은 한국어를 배울 수 있는 절호의 기회라 할 수 있다.

여자는 여자와 함께 만날 때면 한국어로 말하는 것을 포기하는 미정에게 화가 난다.

여자는 여자와 함께 더 많은 시간을 보내지 않는 친부모에게 화가 난다. 그들과 함께 시간을 보내는 것은 한국어를 배울 수 있는 좋은 방법이라 할 수 있다.

여자는 한국어를 배우지 않아 양심의 가책을 느끼는 자기 자신에게 화가 난다. 여자의 친부모가 여자를 만나주지 않는다면 여자가 한국어를 배워야 할 이유가 없다. 여자가 한국어를 배우고 싶었던 가장 큰 이유는 친부모와 대화를 나누고 싶었기 때문이다.

여자는 영어를 배우지 않는 언니들에게 화가 난다.

여자는 영어를 배우려고 노력하는 언니가 단 1명도 없다는 사실에 화가 난다.

여자는 친가족과 통역 없이 대화를 나누기 위해 새로운 언어를 배워야 하는 사람이 바로 자기 자신이라는 사실에 화가 난다.

여자는 자신을 낳아준 어머니와 통역 없이는 대화할 수 없다는 사실에 화가 난다.

여자는 자신을 낳아준 아버지와 통역 없이는 대화할 수 없다는 사실에 화가 난다.

여자는 김민정 작가와 통역 없이 대화할 수 없다는 사실에 화가 난다. 여자는 두 사람이 나눌 이야기가 많다고 확신했다. 적어도 여자는 문학페스티벌의 낭독회에서 영어로 번역된 김민정 작가의 작품을 접하고 감동을 받았다.

여자는 배수아 작가와 독일어 외에는 다른 언어로 대화를 나눌 길이 없다는 사실에 화가 난다. 여자는 너무나 오래전에 독일어를 배웠기에 단어들을 기억하기가 쉽지 않았다. 독일어로 말하는 것은 영어로 말하는 것과 다르다. 여자는 이제 영어를 말할 때면 입을 열기 전에 오래 생각하지 않아도 된다. 물론 처음에는 쉽지 않았다. 무슨 말을 하려고 입만 열면 난처하고 어색하기 짝이 없었지만, 시간이 흐르면서 상황은 나아졌다. 하지만 여자의 한국어 실력은 여전히 제자리다. 한국에 살기 시작한 후에도 한국어 실력이 눈에 띄게 늘지 않았다는 것은 어찌 생각하면 좀 이상하기도 하다.

여자는 그간 한국어를 배우는 것을 우선적으로 생각하지 않았던 자기 자신에게 화가 난다. 만약 여자가 일찍 한국어를 배웠더라면 지금까지와는 다른 방식으로 한국 사회에 적응할 수 있었을 것이고, 더 많은 기회를 얻을 수 있었을 것이다.

여자는 한국의 레즈비언들이 모이는 인터넷 동호회에서 그들과 한국어로 대화를 할 수 없다는 사실에 화가 난다. 미정은 인터넷에는 레즈비언들을 위한 데이트 사이트가 여러 개 있다고 말했다. 그중에는 회원 수가 수천 명에 이르는 대규모 사이트가 있는가 하면, 오직 섹스를 위해 만남을 가지는 사이트도 찾아볼 수 있다고 했다.

여자는 미정에게 데이팅 프로필을 만들어달라고 부탁해야만 한다는 사실에 화가 난다. 여자의 프로필에는 영어를 할 수 있는 사람만 원한다고 적혀 있다.

여자는 영어를 할 줄 안다는 것 외엔 여자와 지나 사이에 아무런 공통점이 없다는 사실에 화가 난다.

여자는 지나와 만났던 자기 자신에게 화가 난다.

여자는 혜진과 만났던 자기 자신에게 화가 난다.

여자는 혜진에게 만나기 전에 사진을 달라고 말하지 않았던 자기 자신에게 화가 난다. 여자는 앞으로 사진을 먼저 보내달라고 말할 작정이다. 마음이 끌리지 않는 사람과 만나 시간을 허비하고 싶진 않기 때문이다.

여자는 혜진이 매력적으로 보이지 않는다는 사실에 화가 난다.

여자는 인터넷에서 만난 사람과 연인으로 발전할 수 있다고 믿는 자기 자신에게 화가 난다.

여자는 술집이나 클럽에서 만난 사람과 연인이 될 수 있다고 믿는 자기 자신에게 화가 난다. 물론 여자가 술집이나 클럽에서 만난 사람에게 매력을 느끼는 경우도 있다. 하지만 대부분은 언어의 장벽이나 나이 차 때문에 관계를 진전시키는 것이 불가능하다. 예를 들면 예나의 경우가 그러하다. 예나는 매우 매력적이었지만 여자에 비해 나이가 많이 어렸다. 여자는 자신보다 나이가 많은 여성에게 매력을 느끼는 편이다. 미정은 '핑크 홀'을 찾는 레즈비언들의 평균 나이를 말하며, 나이가 좀 있는 레즈비언들은 그런 곳에 가지 않는다고 알려주었다. 예전에는 서울에 레즈비언들이 모일 수 있는 장소가 없었다. 미정은 15년 전만 하더라도 서울에 레즈비언을 위한 술집이나 클럽이 하나도 없었다고 말했다.

여자는 미정이 어렸을 때는 레즈비언들을 위한 술집이나 클럽이 하나도 없었다는 사실에 화가 난다.

여자는 2000년에 코미디언이자 배우인 홍석천이 동성애자라며 커밍아웃을 선언한 직후 직장에서 해고당했다는 사실에 화가 난다.

여자는 커밍아웃을 하지 않는 한국의 동성애자들에게 화가 난다. 여자는 미정과 함께 한국의 동성애자들에 관해 이야기하다가 동성애자들이 그들의 성 정체성을 숨기기만 한다면 일반인들이 동성애자들을 바라보는 시각도 달라지지 않을 것이라고 말했다. 여자는 단지 홍석천과 최현숙[129]이 커밍아웃을 한 것으로는 충분치 않다고 덧붙였다. 동성애자로서의 삶이 더 쉬워지기 위해서는 더 많은 동성애자들이 자신들의 성 정체성을 떳떳하게 밝히고 앞으로 나서야 한다. 물론 그렇게 하면 그들은 가족이나 가까운 친구들을 잃게 될지도 모른다. 하지만 그러한 희생이 없다면 쉽지 않은 일이 분명하다.

여자는 한국에서 동성애자로 살기 위해서는 희생해야 하는 것이 적지 않다는 사실에 화가 난다.

여자는 미정이 동성애자라는 것을 밝힐 경우, 희생해야 하는 것이 적지 않다는 사실에 화가 난다.

여자는 미정이 동성애자라는 것을 밝히지 않을 경우, 희생해야 하는 것이 적지 않다는 사실에 화가 난다.

여자는 미정이 직장에서 해고당할까봐 동료들에게 자신의 성 정체성에 관해 거짓으로 일관해야만 했다는 사실에 화가 난다. 물론 미정이 그것을 거짓된 행위로 이해할 수 있다면 말이다.

여자는 직장 동료들에게 자신의 성 정체성을 숨긴 미정에게 화가 난다.

여자는 부모에게 자신의 성 정체성을 숨긴 미정에게 화가 난다.

여자는 미정에게 분노하는 자기 자신에게 화가 난다. 물론 여자가 미정에게 커밍아웃을 하라고 권하는 것은 어렵지 않다. 하지만 미정이 레즈비언이라는 것을 알게 되면 미정의 친부모는 어떤 반응을 보일까? 혹여 미정에게 손찌검을 하진 않을까?

여자는 미정이 레즈비언이라는 사실에 화가 난다.

여자는 자신이 레즈비언이라는 사실에 화가 난다.

여자는 평소 먹던 음식을 먹을 수 없다는 사실에 화가 난다. 음식을 제대로 섭취하지 못하면 사회생활에도 지장이 생기기 마련이다. 여자는 레스토랑에서 사람들을 만날 때마다 음식이 너무 맵거나 기름져서 먹을 수가 없다. 여자는 소고기나 돼지고기를 먹을 수 없기 때문에 갈비와 삼겹살을 먹을 수 없다. 여자는 차 한잔을 앞에 두고 사람들과 만나는 것이 훨씬 낫다고 생각한다.

여자는 여자가 소고기나 돼지고기를 먹을 수 없다는 사실에 화가 난다.

여자는 취할 때까지 술을 마실 수 없다는 사실에 화가 난다. 여자는 가끔 치밀어오르는 화를 억누르기 위해 무언가를 해야만 한다. 그렇지 않으면 울분이 여자를 집어삼킬 것 같아 두려워진다.

여자는 평생 남들과 다른 식단으로 살아야 하는 자기 자신을 배려하지 않는 미정에게 화가 난다.

여자는 평생 남들과 다른 식단으로 살아야 한다는 사실에 화가 난다. 정박사는 지금부터라도 조금씩 일반적인 음식을 먹는 것은 가능하나, 대장에 염증이 생기기 전과 똑같은 식단으로 되돌아갈 수는 없다고 말했다. 만약 다시 예전과 같은 식단으로 되돌아간다면 증상이 재발할 것이라고 덧붙였다.

여자는 만성 스트레스 때문에 대장염이 생겼다는 사실에 화가 난다. 적어도 정박사는 그게 원인이라고 했다. 여자는 세브란스

병원의 러셀 박사보다는 정박사를 더 신뢰한다. 러셀 박사는 여자에게 위암 검사를 해보라고 권했지만 결과는 음성으로 판명되었다. 그는 한국인들이 백인이나 흑인보다 유전적으로 위암에 걸릴 확률이 더 크다고 말했다.

여자는 위암에 관해 이런저런 이야기를 잔뜩 늘어놓으며 여자에게 겁을 주었던 러셀 박사에게 화가 난다. 검사 결과를 묻기 위해 여자에게 전화를 했던 앤드류는 러셀 박사가 단지 분위기를 띄우기 위해 그랬을 수도 있다고 말했다. 역시 그에게 진찰을 받아 보았던 앤드류는 러셀 박사가 미국에서는 사회의 패자였지만 한국에서는 왕 대접을 받는 백인 중의 한 명이라고 말했다.

여자는 러셀 박사가 한국에서는 왕 대접을 받는다는 사실에 화가 난다.

여자는 왕처럼 행동하는 러셀 박사에게 화가 난다. 여자는 러셀 박사가 병원에 들어서면 모든 직원이 고개를 돌려 그에게 관심을 보인다는 것을 알아챘다. 러셀 박사는 서류와 컴퓨터 화면에 코를 파묻고 있는 동료들의 관심을 불러일으키려, 등을 돌리고 앉아 있는 동료에게 큰 소리로 쓸데없는 말을 던지기도 한다.

여자는 한국에서 아이를 입양했다는 이유로 여자의 양모에게 감사하다고 말했던 러셀 박사에게 화가 난다. 여자의 양모는 한국에 도착한 지 얼마 되지 않았기에 시차에 적응도 못하고 있었지만, 여자의 검사 결과를 들어보기 위해 함께 병원에 갔다. 여자가 양모를 소개하자마자 러셀 박사는 온갖 미사여구로 양모에게 찬사를 보냈다. 그는 양모의 손을 맞잡으며 한국에서 아이를 입양한 여자의 너그러운 행동은 그 어떤 찬사의 말로도 충분치 않다고 치켜올렸다.

여자는 단지 양모와 함께 왔다는 이유만으로 여자에게 평소보다 더 친절하게 대했던 러셀 박사에게 화가 난다. 적어도 여자는 갑작스러운 그의 환대가 바로 양모 때문이라고 확신했다. 러셀 박사는 여자의 양모가 자신과 동등한 입장에 있다고 느꼈던 것일까. 그 때문에 평소 보잘것없는 존재처럼 취급했던 여자에게도 태도를 바꾸었던 것은 아닐까.

여자는 러셀 박사에게 화가 난다. 러셀 박사는 단지 여자가 백인이 아니라는 이유만으로 여자를 하인처럼 취급했다. 여자는 러셀 박사의 동료가 아니라 진료를 받으러 온 환자이기 때문에, 충분히 존중을 받을 필요가 있다.

여자는 자신이 존중받지 못했다는 사실에 화가 난다.

여자는 자신이 백인이 아니라는 사실에 화가 난다.

여자는 여자를 백인처럼 대하는 양모에게 화가 난다. 다시 말하자면, 여자의 양모는 여자가 백인이 아니라는 것을 잘 알고 있지만, 백인인 자신과 마찬가지로 여자를 길렀다는 것이다.

여자는 여자의 한국적인 외모를 예쁘다고 칭찬하는 양모에게 화가 난다. 여자의 양모는 기회가 있을 때마다 여자에게 도자기 같은 피부와 칠흑처럼 검은 머리를 가졌다고 말한다. 양모는 친자식을 낳았다 하더라도 여자처럼 예쁘지 않았을 것이라고 수도 없이 말했다.

여자는 단지 해외에서 아이를 입양했다는 이유만으로 자기 자신을 진보적이라 생각하는 양모에게 화가 난다.

여자는 단지 해외에서 아이를 입양했다는 이유만으로 그들 자신을 진보적이라 생각하는 양부모에게 화가 난다.

여자는 그들 자신을 페미니스트라 생각하는 양부모에게 화가 난다. 여자는 솔직히 서구의 한 여자가 잘 알려지지 않은 나라에 사는 다른 여자의 자녀를 입양했다는 사실만으로 여성의 권리를 위한 일을 했다고는 생각지 않는다. 여자는 오히려 그것이 '재생산적 권리'[130]의 착취 또는 약탈에 지나지 않는다고 생각한다. 최근 여자는 미네소타대학의 케이티 레오가 쓴 글에서 '재생산적 권리'는 자신의 자녀를 직접 기를 수 있는 권리와 임신의 여부를 스스로 선택할 수 있는 권리를 포함한다는 내용을 읽었다.[131]

여자는 스스로 페미니스트라고 생각하는 양모에게 화가 난다.

여자는 자신의 양모에게 화가 난다.

여자는 양모와 함께 크리스마스를 보내기 위해 덴마크로 가지 않았던 자기 자신에게 화가 난다.

여자는 양모와 함께 크리스마스를 보내기 위해 덴마크로 가지 않았기에 죄책감을 느끼는 자기 자신에게 화가 난다.

여자는 크리스마스가 존재한다는 사실에 화가 난다.

여자는 추석이 존재한다는 사실에 화가 난다.

여자는 설날이 존재한다는 사실에 화가 난다.

여자는 설날을 함께 보내기로 했다가 약속을 취소했던 친부모에게 화가 난다. 몇 년 전 추석에도 똑같은 일이 있었다. 다른 점이 있다면 그때는 친부모가 전화로 미리 약속을 취소하지 않았다는 것이다.

여자는 언니들의 남편이 서울에 오기 때문에 여자가 오지 않았으면 좋겠다고 경희에게 전화를 했던 친모에게 화가 난다. 경희는 여자의 친모가 딸들이 남편을 데리고 오는지 몰랐다고 말했다.

여자는 친가족에게 화가 난다. 생각하면 생각할수록 화가 나서 다시는 그들을 보지 않으리라는 생각마저 했다.

여자는 더 큰 인내심으로 친가족을 대하지 못하는 자기 자신에게 화가 난다. 친가족은 어느 날 갑자기 그들의 삶에 들어온 여자에게 적응할 시간이 필요하다. 그들은 여자와는 달리 이러한 상황을 사전에 준비할 시간을 갖지 못했다. 여자를 찾았던 것은 그들이 아니다. 여자가 그들을 찾았던 것이다.

여자는 친가족에게 짐이 된 것만 같은 자기 자신에게 화가 난다.

여자는 한국을 모국이라 불러야 할지 확신할 수 없는 자기 자신에게 화가 난다.

여자는 모국이 있는지 없는지조차 확신할 수 없는 자기 자신에게 화가 난다.

여자는 모국에 관한 일반적 사고에 화가 난다. 우리는 왜 사회학자 플레밍 뢰글리즈가 말했듯 물리적 터전에 연연하지 않고 살 수 없는 것일까?[132]

여자는 혈연에 관한 일반적 사고에 화가 난다.

여자는 한국의 여름학교[133] 입학식에 화가 난다. 여름학교는 여러 해 전 코리아클럽에서 개최한 행사로서, 당시 참석했던 한국의 유명인사는 개회사에서 한국계 입양인들이 한국으로 되돌아오는 이유는 바로 혈연과 뿌리 때문이라고 말했다. 그곳에서는 한국계 입양인들이 한국 사회의 귀중한 자원으로 간주되었다.

여자는 자신이 한국 사회의 귀중한 자원으로 여겨진다는 사실에 화가 난다.

여자는 자신이 항상 한국 사회의 귀중한 자원으로 여겨지지 않는다는 사실에 화가 난다. 여자가 덴마크에 입양될 당시, 여자는 단지 사회의 짐으로밖에 여겨지지 않았다. 이제 와서 여자가 사회의 귀중한 자원으로 여겨지는 이유는 여자가 서구에서 받았던 교육과 서구적 배경 때문이다. 여자는 이 사실을 너무나 잘 알고 있다. 로랑은 바로 그 때문에 한국 정부가 한국계 입양인들에게 이중국적을 허용했다고 말했다. 그는 한국에 거주하는 다른 외국인 이민자 그룹은 한국계 입양인들과 비교해 성장 배경이나 교육 수준이 낮기 때문에 이중국적을 허용하지 않는다고 덧붙였다. 예를 들어, 한국에 수 세대 동안 거주하는 중국 이민자들은 이중국적을 가질 수 없다.[134]

여자는 중국인 이민자들이 이미 수 세대 동안 한국에 거주했지만 이중국적을 가질 수 없다는 사실에 화가 난다. 로랑은 한국 정부가 한국계 입양인들에게 이중국적을 허용하는 것은 신자유주의적 사상 때문이라고 말했다. 그는 가장 교육 수준이 높고 생활력이 강한 이민자들로서 이미 특권을 누리고 있는 사람들만이 특권을 부여받을 수 있는 자격을 가지고 있다고 덧붙였다.

여자는 한국계 입양인이라 해서 모두 이중국적을 가질 수 있는 것은 아니라는 사실에 화가 난다. 노르웨이와 덴마크의 한국계 입양인들은 해당 국가의 정부 방침 때문에 이중국적을 가질 수 없다.

여자는 이중국적을 허용하지 않는 덴마크 정부에 화가 난다. 마침내 한국 정부는 한국계 입양인들에게 이중국적을 허용했지만, 덴마크 정부는 여전히 이를 거부한다.

여자는 덴마크 정부에 화가 난다.

여자는 한국 정부에 화가 난다.

여자는 한국계 입양인들을 서구와 한국을 잇는 매개체로 여기는 한국 정부에 화가 난다.

여자는 성장 과정에서 친부모와 접촉할 수 없었다는 사실에 화가 난다. 과거에는 성장 환경이 중요하다고 여겨졌다. 시간이 흐르면서 유전자도 성장 환경만큼이나 중요하다는 것이 드러났다. 유전자는 친부모로부터 물려받는 외모뿐만 아니라 성격도 포함한다.

여자는 자신이 친모의 성격을 물려받았다는 사실에 화가 난다. 만약 여자가 친부의 성격을 물려받았다면 여자의 삶은 더 쉬워졌을지도 모른다.

여자는 친부의 성격을 물려받았다면 삶이 더 쉬워졌을지도 모른다고 생각하는 자기 자신에게 화가 난다.

여자는 성장 과정에서 친부모와 접촉할 수 있었다면 더 쉬운 삶을 살았을지도 모른다고 생각하는 자기 자신에게 화가 난다.

여자는 친부모 밑에서 자랐더라면 더 쉬운 삶을 살았을지도 모른다고 생각하는 자기 자신에게 화가 난다.

여자는 자신이 친부모 밑에서 자라지 못했다는 사실에 화가 난다. 여자와 닮은 사람들 밑에서 자랐더라면 여자의 삶은 지금과는 다를 것이다. 여자가 스스로를 반영해볼 수 있는 구체적인 사람들. 여자는 여자가 셋째언니와 함께 있는 모습을 본 아스트리가 무척이나 놀랐던 것을 아직도 기억한다. 아스트리는 여자와 여자의 셋째언니가 걷는 모습이 너무나 닮았다고 말했다.

여자는 자신이 단 한 번도 친부모와 함께 산 적이 없다는 사실에 화가 난다. 여자는 지금도 여전히 친부모의 집에서 잠을 잤던 날을 기억한다. 여자는 바닥에 자던 친모를 한참이나 바라보았다.

여자는 친모와 함께 자는 것을 그리워하는 자기 자신에게 화가 난다. 서른이 되어서 어머니와 같은 요 위에 누워 자는 일을 그리워하는 것은 일반적이라 할 수 없다. 여자가 자신의 그리움을 토로했을 때, 로랑은 그것이 일반적이든 아니든 스스로 마음이 편하면 되는 일이 아니냐고 반문했다. 그는 갓난아기가 어머니와 떨어져 사는 것도 일반적인 일은 아니라고 덧붙였다.

여자는 어머니의 품을 그리워하는 자기 자신에게 화가 난다. 서른이 되어 어머니의 품을 그리워하는 것은 일반적이라 할 수 없다.

여자는 자신이 서른이 되었다는 사실에 화가 난다. 여자는 갓난아기였으면 좋겠다고 생각한다. 만약 여자가 갓난아기라면 어머니의 품에 안기는 것이 매우 자연스러울 것이다.

여자는 자신이 어머니의 품에 안기는 것이 자연스럽지 않다는 사실에 화가 난다. 어머니의 입장에선 서른이나 된 딸을 품에 안아주는 것이 자연스럽지 않을 것이다. 만약 그 일이 자연스러운 것이라면 어머니도 여자를 안아주었을 것이다.

여자는 자신을 안아주지 않는 어머니에게 화가 난다. 여자는 서로 품에 꼭 안아주는 일이 성인이 된 입양인은 물론 친모에게도 치유 요법이 될 수 있다는 것을 『입양 치유』에서 읽은 적이 있다. 저자 조 솔은 아이를 품에 안아주는 것은 아이뿐만 아니라 어머니에게도 치유 효과를 가져온다고 말했다. 여자는 그것이 현실적으로는 쉽지 않다고 생각한다. 치유된다는 것. 레네 명은 치유라는 단어를 그리 자주 사용하지 않는다. 그것은 아픈 사람에게 적용되는 말이기 때문이다. 레네 명은 여자와 스카이프로 나눈 대화에서 건강하고 재바른 사람에겐 치유라는 말을 사용하지 않는다고 말하며, 건강한 아픔이라는 이분법적 개념에도 동의하지 않는다고 덧붙였다. 여자는 화해와 조화라는 말이 더 적합하다는 레네 명의 말에 동의한다. 여자가 한국으로 이사했던 것은 여자 스스로 화해와 조화를 갈구했기 때문이다. 과거와의 화해와 조화.

여자는 과거와 화해하지 못하는 자기 자신에게 화가 난다.

여자는 어머니에게 안아달라고 말하지 못하는 자기 자신에게 화가 난다.

여자는 어머니에게조차 안아달라고 말하는 것이 자연스럽지 않다는 사실에 화가 난다.

여자는 아버지에게조차 안아달라고 말하는 것이 자연스럽지 않다는 사실에 화가 난다.

여자는 아버지에게 안아달라고 말하지 못하는 자기 자신에게 화가 난다.

여자는 여자를 안아주지 않는 아버지에게 화가 난다.

여자는 자신이 아버지의 품에 안겼을 때의 느낌을 그리워한다는 사실에 화가 난다.

여자는 아버지와 함께 누워 잘 때의 느낌을 그리워하는 자기 자신에게 화가 난다.

여자는 자신이 아버지의 손길을 그리워한다는 사실에 화가 난다. 여자는 아직도 호텔로 돌아가는 버스 안에서 여자의 머리를 쓰다듬어주었던 아버지의 손길을 기억한다. 그들은 하루종일 버스를 타고 여기저기 관광지를 함께 다녔다. 여자는 가이드가 봇물처럼 쏟아내는 한국어를 이해하지 못해 결국은 두통까지 얻었다. 여자에겐 이해할 수 없는 언어가 단순한 소음으로 여겨졌기 때문이다. 호텔에 도착했을 때, 여자는 아버지의 어깨에 머리를 기댔고, 아버지는 여자의 머리를 쓰다듬어주었다.

여자는 자신이 어머니의 손길을 그리워한다는 사실에 화가 난다. 여자는 호텔 방에 앉아 있을 때 여자의 손을 꼭 잡아주었던 어머니의 손을 기억한다. 어머니가 잠에 빠졌을 때, 아버지는 여자에게 어머니 옆에 함께 누워서 자라고 말했다. 어머니 옆에 누운 여자는 어머니의 숨소리, 코 고는 소리를 들으며 어머니의 손을 꼭 잡아쥐었다. 그 바람에 잠을 깨어 여자를 바라보던 어머니의 눈길을 여자는 지금도 잊을 수가 없다. 어머니는 여자에게 잡힌 손을 황급히 빼냈다.

여자는 여자에게 잡힌 손을 빼냈던 어머니에게 화가 난다.

여자는 어머니에게 더 가까이 다가갈 수 없다는 사실에 화가 난다. 여자는 로랑과 만나 서로의 친부모에 관한 이야기를 하다가 자신의 어머니는 감정의 둘레에 철조망을 쳐놓은 것 같다고 말했다. 그 감정을 둘러싼 철조망을 넘어가려면 피투성이가 될 것 같다고도 했다. 여자는 어머니가 처음 만났을 때와는 많이 달라졌다고 말했다. 어머니는 처음엔 눈물을 자주 흘렸다. 하지만 어느 시점이 되자 어머니는 감정을 겉으로 내보이지 않고 굳게 문을 닫았다.

여자는 감정의 문을 닫은 어머니에게 화가 난다. 여자는 어머니가 의도적으로 그렇게 하지 않았다는 것을 잘 알고 있지만, 그럼에도 마음에 상처가 남는 것은 어쩔 수가 없다. 어머니를 잘 모르는 사람이라면 어머니가 감정이 메마른 사람이라고 오해할 것이다. 서울에서 열렸던 한 심포지엄[135]에서 강의를 했던 김호수 교수는 메마른 감정, 우울증, 자기혐오와 같은 반응은 자식을 입양시켰던 어머니에게서 자주 볼 수 있다고 말했다. 자식을 입양시키는 일은 평생 잊지 못할 트라우마로 남기 마련이다.

여자는 자식을 입양시키는 일이 평생 떨쳐버릴 수 없는 트라우마로 남는다는 사실에 화가 난다. 조 솔은 『입양 치유』에서 자식을 입양시키는 일은 자식을 납치당하는 것에 견줄 수 있다고 말했다. 가게에서 쇼핑을 하던 중 자식이 납치당하는 것과 비슷하다는 것이다. 여자는 그 상황에서 자식을 잃어버린 부모의 감정을 완벽하게 이해할 수는 없다. 만약 그런 경험을 하고서도 어느 정도 정상적인 감정과 느낌을 바탕으로 삶을 지속할 수 있다면 행운이라 여겨야 할 것이다. 자식이 납치당하는 것을 경험하는 것보다 더 고통스러운 일이 있을까? 그와 같은 일을 당한 후 얻게 되는 죄책감과 수치심에서 벗어나기 위해선 수많은 시간의 심리치료를 받아야 할 것이다. 만약 그러한 심리적 상태에서 벗어나지 못하면 결국은 여자의 어머니처럼 될 것이다. 그것을 너무나 잘 알고 있기에, 여자는 자신을 입양 보냈던 어머니를 책망할 수 없다. 치유되지 않은 상처를 안고 사는 것은 쉽지 않다. 여자는 어떤 면에선 자신에게 속마음을 드러내보이지 않는 어머니를 충분히 이해할 수 있다. 그 외에 다른 방법이 있을까?

여자는 친모가 여자를 입양시킨 후 심리치료를 받을 기회를 얻지 못했다는 사실에 화가 난다. 여자는 자식을 입양 보내는 것은 자식을 납치당한 것에 비교할 수 있다고 했던 조 솔의 말이 꽤 일리가 있다고 생각한다. 물론 여자의 어머니가 심리치료를 권유받았다고 해서 치료를 받았으리라고는 확신할 수 없다. 하지만 그런 사람들에게 심리치료의 문이 열려 있다는 것을 지속적으로 일깨워주는 것은 매우 중요하다고 생각한다. 여자의 어머니가 아무에게도 털어놓지 못하는 죄책감과 수치심을 평생 가슴에 지니고 살아야 할 이유는 없다.

여자는 친모와 연락이 닿은 후에도 친모가 심리치료를 받지 못했다는 사실에 화가 난다. 여자는 두 사람 모두 입양과 관련된 심리치료를 받을 수 있었더라면 좋았을 것이라 확신한다.

여자는 한국에는 한국어와 영어를 능통하게 잘하는 입양 관련 심리치료사가 없다는 사실에 화가 난다. 적어도 여자는 두 언어로 소통할 수 있는 심리치료사를 알지 못한다. 로랑도 마찬가지다. 로랑은 한국에는 서구와는 달리 심리치료사가 그다지 많지 않아서일 것이라고 말했다.

여자는 한국에는 서구와는 달리 심리치료사가 그다지 많지 않다는 사실에 화가 난다.

여자는 친모와의 관계를 재정립하려면 심리치료사의 도움이 꼭 필요하다는 사실에 화가 난다.

여자는 심리치료사의 도움을 받으면 친모와의 관계가 더 나아질 것이라고 믿는 자기 자신에게 화가 난다. 심리치료를 통해 모든 트라우마에서 벗어날 수 있는 것은 아니다.

여자는 친부모와 만나도 기뻐하고 만족하지 못하는 자기 자신에게 화가 난다. 그런데도 친부모와의 호의적인 관계를 바라는 것이 옳은 일이라고 말할 수 있는 근거는 무엇일까?

여자는 친부모와의 관계를 진전시킬 수 있다고 믿는 자기 자신에게 화가 난다.

여자는 친부모와 더 가까워질 수 있다고 믿는 자기 자신에게 화가 난다.

여자는 친부모와 더 가깝게 지내지 못했다는 사실에 화가 난다.

여자는 친부모와 더 가깝게 지내지 못하는 것을 자책하는 자기 자신에게 화가 난다.

여자는 친부모와 매우 가깝게 지내는 그레이스를 질투하는 자기 자신에게 화가 난다. 그레이스는 친부모와 함께 살기 때문에 더 가깝게 지내는 것이 이상한 일은 아니다.

여자는 그들과 함께 살자고 권하지 않는 친부모에게 화가 난다. 친부모와 함께 살면 한국어도 더 빨리 배울 수 있을 것이다.

여자는 가슴속에 솟구치는 울분을 진작에 치유하지 못했던 자기 자신에게 화가 난다. 여자의 양모는 이전에는 몰랐던 사실이니 어쩔 수 없었다고 말하며, 1년 전에 틱낫한[136]을 만났다 하더라도 상황이 달라지진 않았을 것이라 덧붙였다. 여자가 가슴속에 쌓인 울분을 인지하고 이를 치유하기 위해 마음을 열었던 것은 바로 지금이니까.

여자는 가슴속에 쌓인 울분을 치유하기 위해 더 일찍 마음을 열지 못했던 자기 자신에게 화가 난다. 조금 과장되게 말하자면, 여자는 쌓인 울분 때문에 거의 죽음 직전에 이른 후에야 이를 치유하기로 결심했던 것이다. 앤드류가 아니었더라면 여자는 정말 울분 때문에 죽었을지도 모른다. 여자는 『화 : 불꽃을 잠재우는 지혜』[137] 라는 책을 읽어보라고 권했던 앤드류에게 감사한다. 그 책에는 울분을 감싸안고 잘 보듬어줌으로써 얻는 것도 있을 것이라 했던 틱낫한의 말도 찾아볼 수 있다.

여자는 『화 : 불꽃을 잠재우는 지혜』라는 책을 읽으면 도움이 될 것이라 말했던 앤드류에게 화가 난다.

참고 및 주석

1 Kim, Jae Ran. "Scattered Seeds". *Outsiders Within–Writing on Transracial Adoption.* Jane Jeong Trenka, Julia Chinyere Oparah, Sun Yung Shin (red.) South End Press, 2006.

2 Hübinette, Tobias. "North Korea and adoption". *Korean Quarterly* Winter 2002/2003.

3 Langvad, Maja Lee. "International adoption er en industri국가 간 입양은 하나의 산업입니다". *Information*, 2008. 6. 16. "International adoption i en global verden국제 사회 내의 국가 간 입양". *Information*, 2009. 3. 13.

4 Svane-Knudsen, Ditte. "Ufrivillig barnløshed fordobler risikoen for selvmord원치 않는 불임 때문에 두 배로 증가한 자살 위험률". videnskab.dk, 2011. 11. 4.

5 Soll, Joseph M., Buterbaugh, Karen Wilson. *Adoption Healing.* Gateway Press, Inc., 2000. (한국어판: 조 솔, 캐런 윌슨 부터보 지음, 뿌리의집 옮김,『입양 치유—입양으로 아이를 잃은 어머니의 회복과 성숙을 위한 카운슬링』, 뿌리의집, 2013)

6 '입양인'은 덴마크어 'adopteret'로 번역될 수 있음.

7 '입양아'는 덴마크어 'adoptivbarn'으로 번역될 수 있음.

8 Glaffey, Kristina Nya. "Red en voksen, køb en spæd kineser어른을 구하려면 중국 젖먹이 아이를 구입해라". *Information*, 2008. 5. 22.

9 Jyotsna A, Gupta. "The Political Economy of Maternity in the Glocal Era". 12th IWFFIS International Conference in Seoul, 2010. 4. 14.

10 Choi Hyongsook. "Counseling Services of Adoption Agencies Experienced by Unwed Mothers". cchronicle.com, 2010. 3. 22.

11 "S. Korea's Minimum Wage to Reach $3.80 an Hour". koreatimes.co.kr, 2008. 6. 27.

12 덴마크와 한국에 공통적으로 적용되는 규칙. 덴마크의 항소 규칙 참조. 해외입양인연대 G.O.A.'L., Global Overseas Adoptees' Link의 입양 후 규칙에 의하면, 18살 이하의 한국계 입양인이 생물학적 친부모를 찾을 경우 양부모의 동의가 있어야 함. G.O.A.'L.은 1998년 한국계 입양인들이 설립한 기관.

13 Heit, Shannon. "A fight to change adoption law". koreaherald.com, 2010. 3. 30.

14 Rasmussen, Kim Su. "Hvad er dansk racisme?덴마크식 인종차별주의는 무엇인가?" Unpublished lecture, 2003.

15 Petersen, Lene Myong. *Adopteret—Fortællinger om transnational og racialiseret tilblivelse*입양인—초국가적, 인종화된 창조에 관한 이야기: p. 248. Ph.d.-afhandling, Danmarks Pædagogiske Universitetsskole, Aarhus Universitet, 2009.

16 Ministry of Health&Welfare. "International Korean Adoptees Resource Book-

Adoption Policies". adoptionjustice.com.

17 고경화. 2004년 11월 5일, 보건복지부 국정감사 언론 배포자료 발췌. 국가 간 입양 사례 건당 수익은 9,616,000원인 데 비해, 국내입양 사례 건당 수익은 2,198,000원이라는 점은 국내입양을 활성화하는 데 장애요인이 될 수 있다.

18 Trenka, Jane Jeong. "Structural Violence, Social Death, and International Adoption: Part 3 of 4". cchronicle.com, 2010. 3. 21.

19 Limb, Jae-un. "A generation fights to reform adoption laws". koreajoongangdaily.joins.com, 2009. 11. 11.

20 관련 정보는 adoptionaustralia.com.au에서 찾아볼 수 있음.

21 Langvad, Maja Lee. "International adoption er en industri국가 간 입양은 하나의 산업입니다". *Information*, 2008. 6. 16.

22 Smolin, David M. "South Korean Adoption in Global Perspective". The Second International Symposium on Korean Adoption Studies in Seoul, 2010. 8. 3.

23 Follevåg, Geir. Adoptert Identitet차용된 정체성: p. 19-22. Spartacus Forlag, 2002.

24 애란원은 서울의 한 기관으로서 미혼모들이 임신 기간 중 또는 임신 후 머무를 수 있는 곳이다.

25 호주의 입양법은 dcp.wa.gov.au에서 참고 가능.

26 2010년 2월 24일 서울에서 개최된 제60회 여성정책포럼. 패널 참석자로 이명숙 등이 있음.

27 Berg, Jacques. "Adoption er moderne kolonialisme입양은 신식민주의다". *Information*, 2012. 8. 2.

28 프란츠 파농Frantz Fanon, 1925-61: 작가, 정신과 의사, 혁명가, 정치이론가. 저서 『대지의 저주받은 사람들』에서는 유럽의 식민주의 정책을 신랄히 비판했다. 그의 저서들은 아프리카, 아시아, 미국 등지의 해방운동에 영감을 주었다.

29 Halliday, Jon&Bruce Cumings. *Korea: The Unknown War. An Illustrated History*: s. 11. Penguin Books, 1990. 정확한 사망자 수는 알 수 없지만, 할리데이와 커밍스에 의하면 한국전쟁 기간 동안 목숨을 잃은 한국인은 3백만 명이 넘는다고 함.

30 Stark, Heidi Kiiwetinepinesiik, Kekek Jason Tood Stark. "Flying the Coop". *Outsiders Within—Writing on Transracial Adoption*. Jane Jeong Trenka, Julia Chinyere Oparah, Sun Yung Shin (red.) South End Press, 2006.

31 F4 비자는 교포 및 한국계 입양인들에게 주어지는 여권의 형태이다.

32 Kang, Shin-who. "Adoption Abused for Enrollment in Schools at US Military Camp". koreatimes.co.kr, 2008. 12. 7.

33 Hübinette, Tobias. *Comforting an Orphaned Nation. Representations of International Adoption and Adopted Koreans in Korean Popular Culture*: p. 56. Ph.d.-afhandling, Department of Oriental Languages, Stockholm University, 2005. [한국어판: 토비아스 휘비네트(이삼돌) 지음, 뿌리의집 옮김, 『해외 입양과 한국 민족주의—한국 대중문화에 나타난 해외 입양과 입양 한국인의 모습』, 소나무, 2008]

34 Moon, Katharina H.S. *Sex Among Allies: Military Prostitution in U.S.-Korea Relations*: p. 1. Columbia University Press, 1997.

35 Onishi, Norimitsu. "Korean Men Use Brokers to Find Brides in Vietnam". nytimes.com, 2007. 2. 22. 기사에서는 국제결혼을 하는 한국 남성들의 수가 증가하는 이유 중 하나로 한국 여성들의 교육 수준이 높아졌기 때문이라고 설명한다.

36 Choe, Sang-hun. "Group Resists Korean Stigma for Unwed Mothers". nytimes.com, 2009. 10. 7.

37 Rasmussen, Kim Su. "Editor's note". *Journal of Korean Adoption Studies* 2.1 (2010): p. 5.

38 2009년 설립된 한국아동권리보장원KCARE, Korea Central Adoption Resources은 현재 한국계 입양인 지원센터KAS, Korea Adoption Services로 그 명칭이 바뀌었다.

39 2012년 당시 한국계 입양인 지원센터는 한국아동권리보장원으로부터 개별 입양 사례와 관련된 서류를 인양받지 못했다고 한다. 그 때문에 자신의 뿌리와 배경을 찾아나섰던 한국계 입양인들은 과거 실질적으로 입양이 진행되었던 보육원이나 입양기관을 직접 찾아가 관련 서류를 요구해야만 했다.

40 Ellen Otzen, 〈Korea's Lost Children〉, BBC World Service, 2010. 8. 6. 해당 라디오 다큐멘터리 소개글은 bbc.co.uk에 게재되어 있다.

41 소위 익명입양 프로그램을 통하게 되면 친부모들이 양부모의 신원을 확인하는 것이 불가능하다.

42 국가 간 익명입양 사례에 해당. 국내입양일 경우엔 개방 또는 익명입양의 개념이 덴마크와 한국에서 다르게 적용된다.

43 개방입양의 개념은 친부모가 양부모의 신원을 조회하는 것이 가능하거나, 적어도 입양된 아동의 성장이나 만족도 등에 관한 서류를 받아볼 수 있는 것을 의미한다. 친부모와 입양아동의 접촉이 가능하도록 소통의 기회를 제공하기도 한다.

44 한국은 2013년 5월 24일, 헤이그협약에 서명했지만 아직까지 비준하지 못했다. 헤이그협약의 취지는 국가 간 입양의 경우 아동의 복지와 삶을 우선적으로 고려해야 한다는 것이다.

45 입양 감독기관의 홈페이지에 기록된 내용을 보면, 2002~2012년 사이에 덴마크로 입양된 한국 어린이의 수는 357명이라고 한다.

46 관련 정보는 retsinformation.dk에서 찾아볼 수 있다.

47 Smolin, David M. "Abduction, Sale and Traffic in Children in the Context of Intercountry Adoption": p. 5. Information Document No. 1. Hague Conference on Private International Law, 2010. 6. available online at https://assets.hcch.net/upload/wop/adop2010id01e.pdf

48 Ibid.

49 한국미혼모네트워크, 「모든 어머니는 자식을 키울 권리가 있다」, 2011. 5. 18.

50 3년에 한 번씩 서울에서 개최되는 행사로 전 세계 수백 명의 한국계 입양인들이 모여 서로의 경험과 지식을 나누는 장으로 활용함.

51 호주의 입양법에 관한 내용은 dcp.wa.gov.au에서 찾아볼 수 있음.

52 "President Kim Dae Jung's Speech. 23. Oct 1998 at the Blue House". *Chosen Child*, 1.5 (1999): 15-16.

53 Hübinette, Tobias. "President Kim Dae Jung and the adoption issue". *Korean Quarterly* Spring 2003.

54 국외입양인연대ASK, Adoptee Solidarity Korea는 2004년 설립된 단체로서, 한국에 거주하는 한국계 입양인들로 구성되어 있다. 국외입양인연대는 한국의 국가 간 입양 정책 및 사례의 문제점을 개선하기 위해 활동한다. 현재는 한국입양인참여연대SPEAK, Solidarity and Political Engagement of Adoptees in Korea.

55 진실과 화해를 위한 해외 입양인 모임TRACK, Truth and Reconciliation for the Adoption Community of Korea은 2007년 설립된 단체로서 그 목표는 과거 및 현재의 입양 사례에 투명하게 접근할 수 있는 기회를 제공하는 것이다.

56 "Adopted Koreans according to country 1953-2009". 해당 정보는 tobiashubinette.se 참조.

57 Christensen, Anders, Gitte Cordes. "Adoption i krise위기의 입양". *Information*, 2008. 5. 23.

58 Von Borczyskowski, Annika, Anders Hjern, Frank Lindblad, Bo Vinnerljung. "Suicidal behaviour in national and international adult adoptees: a Swedish cohort study국내 및 국제사회에서의 성인 입양에 따른 자살적 행위: 스웨덴 코호트 연구". *Social Psychiatry and Psychiatric Epidemiology* 41.2 (2006): 95-102.

59 Langvad, Maja Lee. "International adoption er en industri국가 간 입양은 하나의 산업입니다". *Information*, 2008. 6. 16.
60 Christensen, Anders, Gitte Cordes. "Fokus er på etisk forsvarlige adoptioner윤리적으로 건강한 입양에 초점을 맞추어야 한다". *Information*, 2008. 6. 21.
61 Hübinette, Tobias. *Comforting an Orphaned Nation. Representations of International Adoption and Adopted Koreans in Korean Popular Culture*: p. 61. Ph.d.-afhandling, Department of Oriental Languages, Stockholm University, 2005. [한국어판: 토비아스 휘비네트(이삼돌) 지음, 뿌리의집 옮김, 『해외 입양과 한국 민족주의—한국 대중문화에 나타난 해외 입양과 입양 한국인의 모습』, 소나무, 2008]
62 Ibid.: p. 52-63.
63 Hübinette, Tobias. "North Korea and adoption". *Korean Quarterly* Winter 2002/2003.
64 Dobbs, Jennifer Kwon, Tobias Hubinette. "Gathering Adoptee Voices to End South Korea's Corrupt International Adoption Practices". *United Adoptees International*, 2009. 8. 13.
65 Holt, Bertha sammen med David Wisner og Harry Albus. *The Seed From The East*. Holt International Children's Services, 1956.
66 Ibid.: p. 197.
67 Dobbs, Jennifer Kwon. "Korea to Haiti: Lessons in Overseas Adoption Corruption". cchronicle.com, 2010. 3. 9.
68 Kim, Jae Ran. "Scattered Seeds". *Outsiders Within–Writing on Transracial Adoption*. Jane Jeong Trenka, Julia Chinyere Oparah, Sun Yung Shin (red.) South End Press, 2006.
69 해외입양인연맹G.O.A.'L., Global Overseas Adoptees' Link은 한국계 입양인들을 위해 한국어 강습 등 다양한 지원 프로그램을 운영한다.
70 뿌리의집Koroot: 한국계 입양인들을 위한 숙박시설. 서울에 위치하며 김도현 목사가 운영한다.
71 Kim, Jae Ran. "Scattered Seeds". *Outsiders Within–Writing on Transracial Adoption*. Jane Jeong Trenka, Julia Chinyere Oparah, Sun Yung Shin (red.) South End Press, 2006.
72 2010년 서울국제작가축제. 2010년 5월 10~14일 개최됨. 한국문학번역원은 해당 년도의 서울국제작가축제연감을 발행했다.
73 토마스 베른하르트Thomas Bernhard, 1931-1989: 작가, 극작가, 시인.
74 Graff, E.J. "The problem with saving the world's 'orphans". boston.com, 2008. 12. 11.
75 Bae, Ji-sook. "Disabled Orphans Neglected in Adoption". koreatimes.co.kr, 2008. 5. 16.
76 Ibid.
77 관련 정보는 adoptionsnaevnet.dk에서 찾아볼 수 있음.
78 2008년 설립된 단체로 TRACK, ASK, Koroot, 공익인권법재단 공감으로 이루어져 있다. 후에, 한국미혼모가족협회KUFMA, 구 Miss Mama Mia와 입양인 원가족 모임 민들레회도 이 단체에 합류했다. 참고: Jane Jeong Trenka, 「Internationally Adopted Koreans and the Movement to Revise the Korean Adoption Law」, 『이화젠더법학』 2011년 2권 2호 p. 158-159.
79 Dobbs, Jennifer Kwon, Jane Jeong Trenka, Tobias Hübinette. "Rethinking Consent to Adoption". koreatimes.co.kr, 2009. 12. 31.
80 Smolin, David M. "Abduction, Sale and Traffic in Children in the Context of

Intercountry Adoption": p. 5. Information Document No. 1. Hague Conference on Private International Law, 2010. 6. available online at https://assets.hcch.net/upload/wop/adop2010id01e.pdf

81 Kim, Young-gyo, Jane Jeong Trenka. "American adoptive father launches campaign to help unwed Korean moms". english.yonhapnews.co.kr, 2007. 6. 14.

82 Hübinette, Tobias. "From Orphan Trains to Babylifts". *Outsiders Within–Writing on Transracial Adoption.* Jane Jeong Trenka, Julia Chinyere Oparah, Sun Yung Shin (red.) South End Press, 2006.

83 holt.or.kr 참고.

84 Jim Loach, 〈추방된 아이들Oranges and Sunshine〉, 2010.

85 Lee, Marie Myung-Ok. *Somebody's Daughter.* Beacon Press, 2005.

86 Langvad, Maja Lee. *Find Holger Danske.* Borgens Forlag, 2006.

87 Hübinette, Tobias. *Comforting an Orphaned Nation. Representations of International Adoption and Adopted Koreans in Korean Popular Culture*: p. 77. Ph.d.-afhandling, Department of Oriental Languages, Stockholm University, 2005. [한국어판: 토비아스 휘비네트(이삼돌) 지음, 뿌리의집 옮김, 『해외 입양과 한국 민족주의—한국 대중문화에 나타난 해외 입양과 입양 한국인의 모습』, 소나무, 2008]

88 Selman, Peter. "Intercountry adoption in the new millennium; the 'quiet migration' revisited". *Population Research and Policy Review* 21.3 (2002): 205-225.

89 "[*Hankyoreh 21* Cover Story] Holt International's price for children". Oversat af Kang ShinWoo. Publiceret på english.hani.co.kr, 2009.7. 24.

90 Petersen, Lene Myong. *Adopteret–Fortællinger om transnational og racialiseret tilblivelse*입양인—초국가적, 인종화된 창조에 관한 이야기: p. 27. Ph.d.-afhandling, Danmarks Pædagogiske Universitetsskole, Aarhus Universitet, 2009.

91 한국미혼모네트워크, 「모든 어머니는 자식을 키울 권리가 있다」, 2011. 5. 18.

92 Nam You-Sun. "S. Korea abortion debate heats up after crackdown". www.afp.com, 2010. 3. 9.

93 Ibid.

94 Choi, Hyung-Ki, Ji-Kan Ryu, Koon Ho Rha, Woong Hee Lee. "South Korea(Taehan Min'guk)". *The International Encyclopedia of Sexuality* vol. 4: p. 547-601. Robert T. Francoeur, Raymond J. Noonan (red). New York and London, The Continuum International Publishing Group, 2001.

95 Yim, Seung-hye. "New rules for domestic adoptions". koreajoongangdaily.joins.com, 2012. 3. 10.

96 입양촉진 및 절차에 관한 특례법.

97 Heit, Shannon. "A fight to change adoption law". koreaherald.com, 2010. 3. 30.

98 D'Itri, Jessica. "South Korea's Unwed Mothers Organize". foreignpolicyblogs.com, 2010. 2. 25.

99 김수희, 「"당당한 엄마로 살고 싶어요."」, 여성신문, 2010. 1. 8.

100 김수희, 같은 글.

101 Sung, So-young. "Breaking the taboo: Sex education in spotlight". koreajoongangdaily.joins.com, 2009. 12. 2.

102 Christensen, Joan Rang, Anders Riel Müller, Maja Lee Langvad, Lene Myong. "Erklæring om adoption, september 2012입양에 관한 성명서, 2012년 9월". Modkraft.dk, 2012. 9. 19.

103 주지홍, <토끼와 리저드Maybe>, 2009.

104 구 입양센터. 현재는 AC아동구제기관으로 개명됨.
105 조세현, '천사들의 편지 6th', 인사아트센터, 2008.
106 Müller, Anders Riel. "Adoptee justice is about social justice". koreatimes.co.kr, 2012. 10. 9.
107 Hübinette, Tobias. *Comforting an Orphaned Nation. Representations of International Adoption and Adopted Koreans in Korean Popular Culture*: p. 63. Ph.d.-afhandling, Department of Oriental Languages, Stockholm University, 2005. [한국어판: 토비아스 휘비네트(이삼돌) 지음, 뿌리의집 옮김, 『해외 입양과 한국 민족주의—한국 대중문화에 나타난 해외 입양과 입양 한국인의 모습』, 소나무, 2008]
108 Trenka, Jane Jeong. "Structural Violence, Social Death, and International Adoption: Part 2 of 4". cchronicle.com, 2010. 3. 20.
109 Ibid.
110 한국계 입양인과 입양가족에게 한국 여행의 기회를 제공하는 프로그램. 여행 기간은 일반적으로 14일이며, 이 기간 동안 참가자들은 문화적, 역사적 가치가 있는 명소를 방문하며, 한국 음식을 맛볼 수 있다. 종종 입양기관을 방문할 수 있는 기회도 제공된다. 이 프로그램은 입양기관, 여행사, 입양단체 등에서 협력 및 후원한다.
111 Lee, Ji-yoon. "Unmarried mothers coming out of isolation". koreaherald.com, 2010. 3. 29.
112 Ibid.
113 입양기관에 의해 조작된 증명서로서, 입양 절차를 원활히 하기 위해 성명, 주소, 생년월일 등 특정 정보가 수정되어 있다.
114 Smolin, David M. "Abduction, Sale and Traffic in Children in the Context of Intercountry Adoption": p. 5. Information Document No. 1. Hague Conference on Private International Law, 2010. 6. available online at https://assets.hcch.net/upload/wop/adop2010id01e.pdf
115 Schwekendiek, Daniel. "Happy Birthday? Official versus Chronological Age of Korean Adoptees". *Journal of Korean Adoption Studies* 1.1 (2009): p. 25-39.
116 구 홀트입양프로그램Holt Adoption Program은 1972년 홀트아동서비스Holt Children's Services로 명칭이 개정되었다.
117 "[*Hankyoreh 21* Cover Story] Holt International's price for children". english.hani.co.kr, 2009. 7. 24. (임지선, '똑똑한' 한국 아이 2169만 원이오, 한겨레21, 2009. 5. 14.)
118 Hübinette, Tobias. *Comforting an Orphaned Nation. Representations of International Adoption and Adopted Koreans in Korean Popular Culture*: p. 70-71. Ph.d.-afhandling, Department of Oriental Languages, Stockholm University, 2005. [한국어판: 토비아스 휘비네트(이삼돌) 지음, 뿌리의집 옮김, 『해외 입양과 한국 민족주의—한국 대중문화에 나타난 해외 입양과 입양 한국인의 모습』, 소나무, 2008]
119 "Adopted Koreans according to country 1953-2009". 관련 수치는 tobiashubinette.se에 게재되어 있다.
120 Ibid.
121 Ibid.
122 Ibid.
123 Ibid.
124 Ibid.
125 이관희, 〈1.5〉, MBC, 1996.
126 현재는 입양아동의 성별을 양부모가 선택할 수 없다.
127 2012년 법령이 개정되어, 현재는 입양부모가 한국을 방문하지 않고 한국 아동을 입양하는

것이 불가능하다.

128 Rasmussen, Kim Su, Tobias Hübinette et al. "Reconciliation without borders". *Korean Quarterly* Autumn 2009.

129 최현숙: 한국의 정치인. 2004년 자신이 레즈비언임을 공식적으로 밝혔다.

130 Leo, Katie. "Feminist lens on adoption". womenspress.com, 2008. 11. 26.

131 Langvad, Maja Lee. "International adoption i en global verden국제사회 내의 국가 간 입양". *Information*, 2009. 3. 13.

132 Røgilds, Flemming. "Slip ordene løs!—om brudfladerne mellem minoritetslitteratur og hverdagssociologi말을 뱉어라!—소수민족 문학과 일상사회학의 교차점". *Den poetiske fantasi: om forholdet mellem sociologi og fiktion시적 판타지: 사회학과 소설의 관계에 대하여*. Rasmus Antoft, Michael Hviid Jacobsen, Lisbeth B. Knudsen (red.) Aalborg Universitetsforlag, 2010.

133 한국의 입양인들에게 한국의 문화, 역사, 언어를 습득할 수 있는 기회를 제공하는 프로그램. 입양기관 및 입양 단체에서 주관함.

134 Lee, Tae-hoon. "Dual Citizenship to Be Allowed". koreatimes.co.kr, 2010. 4. 21.

135 Hosu Kim. "A Virtual Mother's Tactile Love: Korean Birthmothers' Online Community". The Second International Symposium on Korean Adoption Studies in Seoul, 2010. 8. 3.

136 틱낫한: 불교 승려, 작가, 평화운동가.

137 Thich, Nhat Hanh. *Anger–Wisdom for Cooling the Flames*. Riverhead Books, 2002.

: 추천의 글

한국인들이여, 자 이제, 우리의 진실을 마주할 준비를 하라. 우리가 전 세계에 버린 아이들이 돌아왔다. 지식인, 시인, 예술가, 노마드 소수자, 저항하는 주체가 되어 모국어도 없이 마이크를 들고 돌아왔다. 한국인들이여, 우리가 신봉하는 국가주의, 민족주의, 가족주의, 혈연주의, 순결주의, 가부장제가 어떻게 우리의 아이들을 비참의 고통에 몰아넣었는지 바라보라. 이산된 자아와 역사 없는 이방인이 된 그들의 비명을 똑똑히 들어보라. 그리고 감내하라. 입양 보낸 그들의 목구멍에서 쏟아지는 분노에 찬 비트를. 그 비트에 얹은 세상에서 제일 긴 여자 힙합 아티스트의 래핑을. 디아스포라 문학의 정점에서 다성악으로 터지는 그 목소리를. 그리하여 우리는 통곡하라. 그 여자의 입에서 나오는 불길에 온몸을 데이면서.

나는 마야의 낭독을 서울에서 한 번, 코펜하겐에서 한 번 들었다. 그리고 마야의 낭독을 들으며 울음과 웃음이 섞인 이상한 목소리로 화답하는 두 나라의 청중을 보았다. 나는 출생국과 입양국, 두 공동체의 비밀과 거짓말을 들킨 사람들의 미묘한 수치가 이런 것인가 생각했다. 우리가 신봉하는 순결한 신부와 정상적인 가족은 원래 없는 것에 이름을 붙인 것이 아닌가. 순결이 어디 있고, 정상이 어디 있단 말인가. 우리는 왜 없는 것을 신봉하여 우리가 낳은 아이를 키우지 않았는가. 왜 장애아, 여자아이, 혼혈아, 비혼모의 아이들을 우선 팔아먹었는가. 그 아이들이 자신마저 미워하게끔 했는가. 그 아이들이 자신마저 믿을 수 없게끔 했는가. 정신병자로 만들고 자살하게 만들었는가. 그러고서도 지금의 한국이 국민국가라고 할 수 있는가. 우리는 왜 가족주의 휘하에서 아이를 유기하는 폭력을 적극 지원하는 국가를 지금까지 그냥 내버려두었는가. 한국인들이여, 마야가 창조한, 이 영원히 돌고 다시 돌아오는 고백과 절규의 라임과 펀치라인을 들어보라! 우리는 이 노래를 세이렌의 음성처럼 뱃전에 몸을 묶고 들어야 한다.

—**김혜순**(시인)

HUN ER VRED

그 여자는 화가 난다

초판 1쇄 발행 2022년 7월 7일
초판 2쇄 발행 2022년 7월 18일

지은이 마야 리 랑그바드
옮긴이 손화수

펴낸이 김민정
책임편집 송원경
편집 유성원 김동휘
디자인 한혜진
저작권 박지영 형소진 이영은 김하림
마케팅 정민호 이숙재 김도윤 한민아 정진아 이민경 우상욱 정유선
브랜딩 함유지 함근아 김희숙 박민재 박진희 정승민
제작 강신은 김동욱 임현식
제작처 영신사

펴낸곳 (주)난다
출판등록 2016년 8월 25일 제406-2016-000108호
주소 10881 경기도 파주시 회동길 210
전자우편 nandatoogo@gmail.com **페이스북** @nandaisart **인스타그램** @nandaisart
문의전화 031-955-8853(편집) 031-955-2696(마케팅) 031-955-8855(팩스)

ISBN 979-11-91859-25-6 03850

• 난다는 (주)문학동네의 계열사입니다.
• 잘못된 책은 구입하신 서점에서 교환해드립니다.
기타 교환 문의: 031-955-2661, 3580